符号作品系列散文卷

乡土物语

符号 著

黄河出版传媒集团
阳光出版社

图书在版编目（CIP）数据

乡土物语 / 符号著. -- 银川：阳光出版社，
2021.10
（符号作品系列. 散文卷）
ISBN 978-7-5525-6142-5

Ⅰ.①乡… Ⅱ.①符… Ⅲ.①散文集－中国－当代
Ⅳ.①I267

中国版本图书馆CIP数据核字（2021）第243597号

符号作品系列 散文卷 **乡土物语**   符 号 著

责任编辑 林 薇 胡 鹏
封面设计 杨智麟 唐小糖
责任印制 岳建宁

黄河出版传媒集团
阳 光 出 版 社 出版发行

出 版 人 薛文斌
地　　址 宁夏银川市北京东路139号出版大厦（750001）
网　　址 http：//www.ygchbs.com
网上书店 http：//www.shop129132959.taobao.com
电子信箱 yangguangchubanshe@163.com
邮购电话 0951-5014139
经　　销 全国新华书店
印刷装订 四川立杨彩色印务有限公司
印刷委托书号 （宁）0022133

开　　本 880mm×1230mm　1/32
印　　张 9.5
字　　数 230千字
版　　次 2021年11月第1版
印　　次 2022年1月第1次印刷
书　　号 ISBN 978-7-5525-6142-5
定　　价 68.00元

序

符号的散文和散文的符号

刘燕成

一

一瞬间，我就想到了这个序文标题。

打算以此，说说我所认识的符号先生，说说我心中的散文。可是，定下题目后，我却很久都无法动笔。因而再去认真阅读符号先生的散文，有的篇目甚至是反复地读，发现，我仍是很难深刻地读到真懂。这里讲的难，并不是符号先生的散文不好读，而是，对于那些极具生命痛感的大散文，倘若没有痛彻骨髓的人生遭际或对人生种种际遇的深刻认知，没有紧贴大地的乡土体悟，没有心慈意善的生活担当，则很难读透它的真意和哲理。同时，我还反复地在心里梳理自己的散文脉络，试图构筑出一个真正的散文符号，再以其与符号先生的散文作比较，分辨出高低、长短。然而，因我天生愚钝，至今仍然尚未具备良好的文学修养和坚实的文学知识谱系，仅以我近20年业余散文创作的粗略体验和感悟，要想真正理性系统性地辨析出散文的好坏，实在是太难做到了。

因此，仅零星杂碎地说一说一个读者粗浅的读后感吧。

二

　　倘若细算，我与符号先生还仅是一对刚认识不久的新朋友，见面才一次。在2019年8月的某一日，符号先生用手机微信发来信息，说，来与六盘水水城的文友做一次交流吧。我以为他说的是玩笑话，就没有在意。可是过了几日，他发来一份文学活动方案，把我列为授课老师，我才大吃一惊，发现他是动真格了。就这样，便给我至今为数不多的凉都六盘水之旅又添了一次闲游的好机会。我当然很愉快地答应了。见到符号先生时，他一脸浓密的胡须，大眼睛、光头、休闲装，这般模样，让我错误地认为他是一位美术家而不是作家。我甚至在没有与符号先生见面之前，觉得他的名字特别稀奇古怪，认为只是一个笔名。发手机信息悄悄咨询六盘水挚友龙尚国先生，答曰，是真名，目前任水城县文联主席。坐下来聊天，才晓得，符号先生师范毕业后，分配至乡村中学教书两年，后又考入贵州教育学院和贵州师范大学汉语言文学专业脱产进修学习了四年。师大毕业再到乡村中学任教一年后调入县直单位谋职，业余酷爱文学创作，尤其喜欢小说、散文创作，出版个人文集，加入了省作协，是一个特别勤奋的70后作家。晤面之时，符号先生就透露过，他应政协水城县委员会科教文卫体委员会的安排与委托，正在创作一部水城民族民间传统文化的乡土系列散文，尚未想好文集书名，但已创作完成了10余万字，完稿后准备公开出版。

　　散文集《乡土物语》，就是符号先生前面所讲的那部书。洋洋洒洒20余万言，含"稼穑记""匠人志""习俗册""娱乐谱"4辑、40余篇文章，这些文章主要讲述了符号先生的"四种情怀"：一是写养育肉身的稼穑浓情。每一棵庄稼都是养育我们肉身的恩人，尤其，对于生长于乡村、种植过庄稼的人们来说，他们对庄稼一定是有着深厚感情的。符号先生就是这样的一个乡村汉子。文章《农耕乃衣食之源》《苞谷》《洋芋》《豆子》《荞子》《麻布衣裳》《犁地》《烁腊肉》《叶子烟》等，无不深刻地阐释了人与庄稼的血肉联系，同时还详尽地介绍了农耕与衣食的因果联系，道尽了苞谷、洋芋、荞子等庄稼的种植、管理及其深厚的文化含义。字里行间，写的虽是庄稼，道出的却是人类与庄稼之间的浓情，是作者深藏于灵魂深处的那份感恩之心。二是写修缮乡村的匠人亲情。符号先生在《天干饿不死手艺人》《木匠》《解板匠》《石匠》《篾匠》《铁匠》《唢呐匠》《砖瓦匠》《弹花匠》《骟匠》等文章中，深情地表达了一个从乡村走向都市的山里娃对那些身怀不同技艺艰难谋生的乡村匠人的无比崇敬之情，他甚至是把他们视为亲人一般来描写，或是已经远去的某位先祖的样子，或是至亲至爱的父母的模样，又或是手足般的兄弟姐妹。曾经，就是这些匠人们，不知疲劳地奔波在不同的村庄，以他们精炼、精致、精细的手艺，修缮着我们的乡村破洞，让乡村充满了生活的本真之色。三是写源远流长的习俗旧情。贵州是一个多民族共居的省份，有着诸多习俗。文章《多姿多彩的习俗文化》《故乡年俗》《元宵节亮灯》《端午习俗散记》《印象中秋》《故乡婚事》《寻找〈江南才女陈氏寄夫书〉》等，描述了乡村不同时令节气中的乡俗故事，比如：所写到的元宵、端午、中秋，道出了各个节日的来源、演变及保留至今的鲜活场景，让人窥探到了人生的苦乐。每一种习俗，都有其独特的情怀，它们在一代代人中流传，像一条河流川流不息。四是写充满童趣的娱乐真情。写童年游戏，贵在凸显一个"真"字。童年，那真是一段天真无邪的难忘岁月，每一句话、每一个举动，都是忠诚与真实的，没有任何遮掩和修饰。《其乐无穷的民间娱乐游戏》《打毛蛋》《打陀螺》《躲猫猫》《拣子》《打板》《弹珠珠》《坐转珠车》《推铁环》《解绷绷》《放风筝》《打鸡儿棒》《丢手帕》《跳绳》《老鹰捉小鸡》等文章，符号先生翔实地记录和回忆了童年时期玩过的各种游戏。20世纪70年代及以前的中国乡村，物质贫乏，精神娱乐活动更是匮乏，而对于那时的少年儿童，所有的娱乐项目都紧贴大地，是贴在大地上的儿戏，即便是放风筝，也是生怕断了线，"嗖"一下，风筝自由自在飞上了天，因而总是紧紧地捏线，目光未曾离开过风筝。"自己宛如故乡放飞的风筝一样，不论飞得多高多远，根永远在故乡，情永远在故乡。"符号先生这个句子，满是真情，我觉得写得特别好。

细读《乡土物语》，让我感受到了"四个美"：一是粮食之美。虽然，粮食存在于我们一日三餐之中，实在是太普通、太熟悉不过了。但是，倘若某一天粮食又离开了我们，就像旧时的饥寒交迫，"路有冻死骨"的惨状，当不敢想象，那将是何等地渴望粮食。"在炼腊肉时，随便丢一把苞谷米在青冈树柴烧的火塘子母灰中，用小木棒来回搅拌，时不时发出一声声'啪啪啪'的苞谷米爆裂声，拣一颗丢进嘴里，随着苞谷米发出'嗞'的一声，满口生香。""在青青的山地间，蓝蓝的天空下，望着一片片洋芋花开的世界，我想到了香喷喷的柴火烧洋芋，油炸脆生生的洋芋片，不由得满口生津。""婆娘全靠穿招，酸菜全靠豆汤。"这就是符号先生笔下的苞谷、洋芋、豆子之美，一个有着深厚生活阅历的作家，敬畏大地、敬畏粮食的优美语句。二是匠人之美。"昔日故乡的手艺人，我们称之为匠人"，旧时，乡村欠发达，得益于匠人们不辞辛劳，走村串寨，以一技之长，给乡村生活带去许多便利。"从乡村人们修房造屋来说，离不开墙匠、茅匠、石匠、木匠、砖瓦匠等；从人们使用的铁制、竹木制农具来说，离不开铁匠、木匠、篾匠；从人们的穿用衣物和铺笼帐盖来说，离不开裁缝匠、弹花匠、补鞋匠；从人们的婚丧嫁娶来说，离不开筒筒匠（二胡匠）、唢呐匠……还有什么教书匠、泥水匠、骟猪匠、骟鸡匠、补锅匠、剃头匠、磨刀匠等等，太多太多了。可以说，凡是乡村人们生产生活的方方面面，都离不开这样那样的匠人。这些匠人都是各个行业中的师傅……"匠人之美，在这样的句子中表露无遗。日渐失传的匠人技艺，需要这般真实的记录，以昭一代人的生活真相，得以翔实地保存和展示。三是习俗之美。一方水土养一方人，即便相同的地方，不同的季节就有着不同的习俗。"虽然不惑有余，尽管年味渐淡。但回想起20世纪八九十年代故乡过年时的那些情景，那些风俗和仪式，就像电影一样撞击着我的心灵，一幕幕地浮现在我的眼前，挥之不去……""离开前，我们依旧要烧纸钱、放鞭炮、叩头。一般盛满一墨水瓶煤油，就可以燃烧一个晚上，直到天明。漫漫长夜有灯的相伴，祖像便不再孤独了……""清明节的习俗是丰富有趣的，除了讲究禁火、扫墓、挂纸外，还有踏青、放风筝、插柳等活动……""我们便会围坐在煤火炉边，一边眼巴巴地瞅着冒着热气、发出簌簌声的铝锅，一边嗅着锅里散发出来的缕缕粽子的香气。那垂涎三尺的样子现在想想真是好笑……"符号先生这些细致入微的描写，表达了自己对习俗之美的怀念和崇敬。四是儿戏之美。"一些游戏可以就地取材，找一些木棍、石子、叶子，就可以开始游戏，如打鸡儿棒、拣了、踢毽了……民间传统娱乐游戏趣味性强，其能够代代流传是因为具有极强的趣味性，符合幼儿好奇、好动的特点。民间娱乐游戏有着悠久的历史和传统，流传下来的游戏项目也是数不胜数。它是一代又一代人传承下来的朴素智慧与生活趣味，也是那些物质匮乏之年代，让小伙伴们乐此不疲、亲密无间的嬉戏娱乐活动。传统的东西总是散发着永恒的味道，这些游戏不知道流传了多久，每一代孩童在玩耍的时候仍然是趣味依旧……"平凡的语言，写出了享受儿戏的美，表达了山里娃对儿时所玩过的游戏仍念念不忘。尤其，对于乡村日渐城镇化和电子化产品越发多样的当下，各类网络游戏层出不穷，且易让人上瘾，如此境况之下，让孩子们回归传统游戏，实在是太有必要了。符号先生对各类游戏的书写，展现了传统游戏的无限乐趣，文学的功能因而颇有凸显。

三

散文，不在篇幅长短，只有好和不好。好的散文，它不一定长。长散文，因为长可藏丑，写起来相对容易下笔，精彩之处，相对可能会多一些，也就好像买彩票，买得多，中奖概率可大一些。但篇幅长了，冗余与虚空之处，也相对就多了，味道，就被冲得相对寡淡了。短小散文，好写，而且表面看上去，谁都会写，谁都能写，但要真能把它写好，实在是太难了。散文语言的精练，结构的精巧，内容与情感的盈满，不但要求你围绕着"精美"努力，而且要在"精美"中求得大智慧、大情怀、大收获。

当下散文创作，表面看，人数众多，队伍庞大，流派纷呈，呈现出繁华景象。尤其，中国自古就是散文大国，自先秦诸子始，传统散文已达巅峰。目前，不少作家仍对散文进行着各种大胆的实验和探索，助推着散文这艘大船不断前行。有人说过，小说是我写的世界，而散文，是写我的世界。因而，"我"的高度，"我"的肥瘦，决定了散文的相貌。以我的粗浅经验，写好散文，除了多读书、多练习、多体悟之外，还要对平淡如水的生活、曲折多磨的人生、万象纷呈的尘世，胸怀敬畏，以一对敏锐的眼、一颗赤诚的心、一双勤奋的手，不断创造生活的、文学的奇迹。

　　符号先生的散文，如果硬要指出不足的话，那就是，他的好散文数量还不够多。不过我想，作为70后一代人，正是人生与文学创作的旺盛期，在不断丰盈的人生积淀和独有的文学创作体悟中，他一定会创作出更多更好的散文来，一如他率真、诚挚、热情大方的为人，赢得四海宾朋的赞誉。

　　　　　　　　2020年国庆中秋双节之际写于黔北娄山关山下

　　（**刘燕成**，男，苗族，贵州天柱人，现供职于贵州省公共资源交易中心，居贵阳。业余专事散文创作，作品散见《民族文学》《四川文学》《延安文学》《岁月》《雪莲》《贵州作家》等文学期刊，系列散文《黔山秀水——一个苗族作家的贵州山水之旅》被列为2017年度中国作家协会少数民族文学重点扶持项目，出版散文集《遍地草香》《月照江夏韵》《贵山富水》等，系中国作家协会会员、中国散文学会会员、贵州省作家协会会员、贵阳市作协家协会理事。）

目　录

contents

附　录

第一辑

稼穑记

农耕乃衣食之源

　　我国自古就是一个以农业生产为主的国家，我们的祖先是一个勤劳的民族，他们用勤劳的双手努力种地，创造了辉煌的农耕文明。我国农耕文化的起源，有一句"男耕女织"之说，这不仅是指早期的劳动人民，也是农耕文化形成的基础。早在河姆渡时期，出土的谷物化石，则说明"农耕"由此（或更早）产生。习近平总书记2013年12月《在中央农村工作会议上的讲话》中指出："农耕文化是我国农业的宝贵财富，是中华文化的重要组成部分，不仅不能丢，而且要不断发扬光大。"可见，农耕和农耕文化对我国这样一个农业大国来说是何等地重要。

　　农耕乃衣食之源，人类文明之根。农耕文化是世界上最早的文化之一，也是对人类影响最大的文化之一。农业是人与自然交互作用的产物，具有强烈的地域环境依赖性。因此，农业生产必须遵循大自然和农作物生长发育的规律，协调外部环境与生物有机体之间的矛盾。如

果违反自然规律，就像"入泉伐木，登山求鱼"一样，劳而无获。"天地人"三者的有机协调，是农业生产事半功倍的先决条件和必要条件。

由于历史上我国的主要政治、经济、文化、农业活动中心多集中在黄河流域的中原地区，我们的祖先便以这一带的气候、物候为依据，建立了二十四节气。远在春秋时代，就定出仲春、仲夏、仲秋和仲冬等节气。以后不断地改进与完善，到秦汉年间，二十四节气已完全确立。《淮南子》一书就有了和现代完全一样的二十四节气的名称。由于农历是一种"阴阳历"，既根据太阳也根据月亮的运行制定，因此不能完全反映太阳运行周期。但中国古代又是一个农业社会，农业需要严格了解太阳运行情况，农事完全根据太阳进行，所以在历法中又加入了单独反映太阳运行周期的"二十四节气"，用作确定闰月的标准。

二十四节气是中国古代订立的一种用来指导农事的补充历法，它能反映季节的变化，指导农事活动，影响着千家万户的衣食住行。因此，从二十四节气上，就可以掌握季节变化，决定对农作物的适时播种、生长培育、收割和储藏。即所谓的春种、夏长、秋收和冬藏。可以说，二十四节气与农业生产都尊崇了天人合一、尊重自然这一规律，是古代中国劳动人民长期经验的积累和智慧的结晶。在漫长的农耕社会中，二十四节气为指导农事活动发挥了重要作用，拥有丰富的文化内涵。由于中国地域辽阔，具有非常明显的季风性和大陆性气候，各地天气气候差异巨大，不同地区的四季变化也有很大差异。因此，二十四节气与农事活动，在我国各个地方是不一样的。

中国传统家庭的经济生活，是一种小农型自然经济的生活，其生产方式，是一种小生产方式。小生产是为了自给自足，自身丰衣足食。《孟子》一书中，不止一次重复谈到孟子的理想："五亩之宅，树之以桑，五十者可以衣帛矣。鸡豚狗彘之畜，无失其时，七十者可以食肉矣。百亩之田，勿夺其时，数口之家可以无饥矣。"这里的粮食、丝帛都是自己生产，自己消费的。北齐颜之推《颜氏家训·治家第五》说："生民之本，要当稼穑而食，桑麻以衣。蔬果之畜，园场之所产；鸡豚之善，塒圈之所生。爰及栋宇器械，樵苏脂烛，莫非种植之物也。至能守其业者，闭门而为生之具以足，但家无盐井耳。"在颜之推心目中，如果家中再有盐井以制盐的话，那真是万事不求人，可以闭门而完备地生活。这样，就能"守其业"了。

小生产的参加者大多是家庭成员，其分工是一种自然的分工，或依年龄大小，或依男女性别等进行分工。辛弃疾《清平乐·村居》云："大儿锄豆溪东，中儿正织鸡笼。最喜小儿亡赖，溪头看剥莲蓬。"正反映了这种年龄的分工。而范成大《田园杂兴》曰："昼出耘田夜绩麻，村庄儿女各当家。"则反映出了男耕女织的性别分工。

我国有960万平方千米的领土面积，幅员辽阔。境内地形地貌丰富多样，有高原、丘陵、平原、山地等。海拔落差非常大，青藏高原喜马拉雅山的珠穆朗玛峰海拔8844米，为世界第一高峰，新疆吐鲁番盆地低于海平面15米，南北温差非常大，至今还清楚地记得读小学一二年级时，在语文课本中读过这样的语句："大兴安岭雪花还在飞舞，海南岛上鲜花已经盛开，长江两岸柳树开始发芽。"

就贵州省内而言，境内属于高原山地的地形地貌，山高坡陡，深谷纵横。贵州省东西海拔落差也不小，毕节与六盘水交界的韭菜坪海拔2906米，而黔东南州的黎平县地坪乡水口河出省界处海拔147.8米。气候温差也不小，六盘水梅花山十月飞雪，而黔南的罗甸寒冬腊月霜雪少见。就六盘水市水城县而言，海拔落差及气候温差也不小。境内北部的金盆乡干河海拔2000余米，南部猴场乡格支海拔只有600多米；北部的干河十月飞雪，南部的猴场少见冰雪。

水城位于祖国的西南部，地处云贵高原黔西北乌蒙山麓。说到水城的地理、气候、农业等，让我们先来了解一下水城的历史沿革。据历史记载，水城这块神奇的土地，距今有2200多年的历史。公元前221年，秦统一中国，水城境属汉阳县辖地。西汉建元六年（公元前135年），汉武帝遣唐蒙通夜郎，置犍为郡，水城境属犍为郡汉阳县辖地；元鼎六年（公元前111年），开置牂柯郡，汉阳县改属牂柯郡，水城境属其辖地；新朝始建国元年（公元9年），牂柯更名同亭，汉阳更名新通，水城境属新通辖地；东汉永初元年（公元107年），汉阳、朱提由牂柯析出，别置犍为属国，治所朱提县（今云南昭通），属国汉阳县，时辖有今水城、威宁、赫章等；泰始七年（公元271年），分益州，置宁州，统八郡，汉阳为宁州朱提郡属县之一，水城境属宁州朱提郡辖地；东晋咸康四年（公元338年），分宁州之牂柯、夜郎、朱提、越嶲4郡置安州，州治牂柯，朱提领瑭瑯、汉阳、南秦、朱提4县，水城境属宁州朱提郡辖地；南北朝梁太清三年（公元549年），宁州土人爨瓒反，汉阳等县皆废，均为爨氏之卢鹿部，水城境卢鹿部辖地。

唐总章二年（公元669年），置汤望州（今水城境），由戎州（今四川宜宾）都督府监领，隶属剑南道；宋开宝七年（公元974年），罗甸部普贵纳土内附，太祖嘉之，赐爵为罗甸王，命为贵州刺史，水西卢鹿部为其属地，水城属于水西地域，属罗氏鬼国卢鹿部，至元十五年（公元1278年），罗氏鬼主阿榨内附，诏授安抚使，佩虎符，至元十六年（公元1279年），置罗氏鬼国安抚司；至元十七年（公元1280年），改为顺元路宣抚司，至元十九年（公元1282年），改为顺元路宣慰司，领贵州48处长官司，中有曰漕泥及市北洞两长官司，即今水城境；明崇祯八年（公元1635年），筑水西（今黔西）、大方（平水西后改大定）、果勇底（今织金）3城，水西辖地中有中水、下水、底水，底水为今水城境。

清雍正十年（公元1732年），在底水之下钟山建土城；雍正十一年（公元1733年），设水城厅，隶属大定府辖地；民国二年（1913），改水城厅为水城县，民国十二年（1923），水城县归省直属（原隶属贵西道）。1950年，水城县隶属毕节专区。1965年，水城境内设立水城矿区人民委员会，受煤炭工业部和贵州省人民委员会双重领导，水城县仍属毕节专区。1966年，水城矿区人民委员会改为水城特区。1970年，原水城特区与水城县合并为水城特区，归属六盘水地区。1978年，六盘水地区改设六盘水市后，水城特区归属六盘水市。1987年，撤销水城特区，分设水城县和钟山区，水城县归属六盘水市。2020年，撤销水城县，设水城区。

故乡水城县南开乡凉山村，有一个叫臭水井的自然村寨。这便是生我养我的胞衣之地，故乡凉山海拔2000余米。臭水井这个地名源于此地有一水井，因流入水井的水经过之处含有酸性的硫黄，久而久之水流过的地方泥土变为黄色，就像钢铁生了锈一样，且含有些许硫黄的异味而得名。这个寨子地处水城、纳雍、赫章三个县的交界处，被群山包围。在群山之中有大片大片的山坡地，山坡地间零星地分散着小块的平地和小盆地（麻窝地）。这里的人家住房大多随着两排大山的山脚，依山而建，在20世纪七八十年代，基本上是土墙茅屋，或石墙茅屋和木质结构的茅草房。三家五家或十家八家集中在一起，随着山势的走向绵延十余里。

臭水井海拔均在2000米以上。因地势高寒，自古被称为凉山。在民国之前，凉山山高林密，人迹罕至，虎狼成群，是强盗土匪经常出没之地。从臭水井现存的近代坟墓来看，最早迁来凉山臭水井居住的，应该是在清乾隆年间，从浙江绍兴迁来的杨姓和从江西迁来的符姓。之后，又陆续从毕节等地迁入了杨姓、付姓、解姓、蒋姓、颜姓、黄姓、郭姓、李姓、曹姓等人家。自从各自的祖先从不同的地方迁来此地安营扎寨，200余年间，世世代代和睦相处，相安无事。俗话说："一碗泥巴一碗饭""人勤地不懒"故乡凉山的人们，以种植荞子、麦子、苞谷、洋芋、豆子、毛稗、小米、火麻、叶子烟等解决了温饱问题，直到如今，凉山人们的生存和发展都离不开这些农作物的春种、夏长、秋收和冬藏。一年24个节气都有做不完的农活，均有不同的农事活动。现笔者用散文的形式将凉山普遍种植的苞谷、洋芋、荞子、豆子等农作物，从播种、除草到收割等各个环节，以及所用的相关农具，凭自己做过、见过，或听父母说过的，用笨拙的笔记录下来，若有不妥之处，还望大家批评指正。

苞　谷

一

　　苞谷是故乡水城县南开乡凉山最主要的粮食作物，苞谷是当地方言的说法，大部分地方称为玉米，其实它真正的学名叫玉蜀黍。我国不同的省和地区对玉米的别称也不一样，东北和中原地区俗称棒子，西北及东南部地区俗称玉茭，西南地区俗称苞谷、苞米等。为了叙述方便，我还是尊崇故乡凉山的说法，就把它称为苞谷。我的故乡地处黔地乌蒙山麓的水城县南开乡凉山村一个高寒偏僻的小山村，海拔两千余米，因地势高寒，夏天特别凉爽，自古以来，在这里居住的祖先称她为凉山。不论是人民公社的大集体时代，还是土地承包分到各家各户，苞谷都是故乡最主要的粮食作物之一。

　　谚语云："清明要明，谷雨要淋。""谷雨前后，种瓜种豆。""清明撒早荞，谷雨撒早秧。"在故乡还有"勤人要听懒人哄，茨檬开花好下种"的谚语，所谓茨檬是当地方言，即火棘。火棘开出白色的花，就可以卜种。母亲还说，当冬瓜树叶子长到每片能包得住三颗苞谷米时，就表示栽苞谷的时间到了，大自然真神奇。过了清明，雾罩少了，雨水多了。谷雨前后，是栽苞谷、大豆、花豆、瓜，撒苏麻秧、辣子秧、毛稗秧等的最佳时期。因此，在谷雨前后，该种的农作物和该撒的秧苗种子，必须全部栽种和撒种结束。

　　　　　　　　　　　　　　　　第一辑　稼穑记

　　栽苞谷、花豆等，用的是农家肥，即草粪。栽苞谷、花豆的草粪，是在栽好洋芋的雨水节气，从猪圈、牛圈中挖出来的，挖粪跟大寒节气挖栽洋芋的草粪一样。粪挖好后，也要让它捂上几天，接着翻粪拌粪除去曝气，再用背箩背到地里。草粪背好后，就开始栽种了。栽苞谷、大豆、花豆也跟栽洋芋一样，工序多，人员相应也要得多。在故乡凉山，一般是三五家相互换工栽，所谓换工就是今天栽你家的，明天栽我家的，后天栽他家的。一般一至两天就能栽好一家的。

　　栽种苞谷时，打犁沟的打犁沟，丢苞谷种的丢苞谷种，抬粪的抬粪，丢粪的丢粪，盖苞谷的盖苞谷。栽种苞谷的犁沟，是打在之前所栽的两沟洋芋之间的行距上，犁沟也是用牛来打，称为扯犁沟。抬粪和丢粪与栽洋芋是一样的，唯一不同的是，栽洋芋是先丢种子再丢粪，用粪盖住洋芋种。而栽苞谷、花豆与之相反，是先丢粪，再把苞谷种、花豆种不偏不倚地丢在草粪上。苞谷种和花豆种合并成一窝，也就是说，所丢的苞谷种和花豆种是丢在一起的。丢苞谷种、花豆种时两手并用，且左右手要协调配合好，一般是右手丢苞谷种，左手丢花豆种，栽种苞谷、花豆的窝距在两尺左右，每窝丢三颗苞谷种，一至二颗花豆种，种子一定要丢在粪上，可不能马虎。若丢歪了，就得弯下腰，把种子捡起来放在粪上。

　　盖苞谷就不能像栽洋芋一样用牛盖，人工辅助盖。而盖苞谷全是人工用薅刀盖，盖的厚度要适中。若盖浅了，种子会被太阳晒干变成哑种子，发不了芽；若盖深了，热量达不到，种子就会霉烂。一般是捞三小薅刀泥巴就刚好盖一窝不深不浅的苞谷种，适宜种子着床发芽。大豆是种在两窝苞谷、花豆的中间，种大豆很简单，不需打窝，也不需放粪。在盖好苞谷、花豆种子后，用围腰兜着大豆种子，拿薅刀把的前一只手（一般是用右手，但有的人是用左手）掌心捏着大豆种子，五指和大鱼际（人的手掌正面拇指根部，下至掌跟，伸开手掌时明显突起的部位，医学上称其为大鱼际。大鱼际肌肉丰富，伸开手掌时明显突起，占手掌很大面积）紧握住薅刀把，挖一小薅刀，稍松五指，让大豆种子从指缝间落下五六颗，再盖上一小薅刀泥巴即可。谚语云："荞盖深，麦盖浅，大豆只盖半边脸。"就是说，栽荞子要盖得深，栽麦子要盖得浅，而栽大豆只盖半边脸就更浅了。盖大豆种子，一小薅刀泥巴刚好。俗话说："边头角落种一窝，家可养个闲婆婆。"种好大豆，就在每块地的后坎脚相隔两三丈远种上一窝瓜。挖一个大窝儿，放满草粪，放上两三颗瓜种，用细泥巴轻薄覆盖即可。

在故乡凉山，一地栽多种农作物，称之为套种。谚语云："套种轮作，强如多种一坡。"由于凉山高寒，土地贫瘠，广种薄收，在20世纪八九十年代，要把分得的有限土地充分利用好，才能解决一家人的温饱问题。凉山人家大多是套种轮作的农作物，关键是要掌握好各种农作物种植的稀密度，若种植稀了，少长粮食多长草，反之，不长粮食光长草。合理密植不误地，一季收成当两季。

现代诗人左河水的七言绝句《谷雨》："雨频霜断气清和，柳绿茶香燕弄梭。布谷啼播春暮日，栽插种管事诸多。"其中"布谷啼播春暮日"中的布谷，指布谷鸟，也称杜鹃、子规。相传远古时，蜀国国王杜宇很爱他的百姓，禅位后隐居修道，死了便化为布谷鸟（凉山人称为苞谷雀），每当春季就飞来唤醒老百姓快快"布谷"，催人播种。说到布谷鸟的叫声，想起小时候夏天在故乡凉山听到的一种鸟叫声，很有教育意义。这种鸟叫的是"勤快穿多少，懒的光屁屁"——"勤快穿多少，懒的光屁屁"，就这样重复着鸣叫，一次要鸣叫五六遍，且叫声的声速由慢到快，音量由底到高。一天当中，每隔一段时间就要鸣叫一次。有的人说，这种鸟鸣叫的是"油炒鸡嘎嘎,割把韭菜放"——"油炒鸡嘎嘎,割把韭菜放"或"老者光胯胯,儿子耍大马"——"老者光胯胯,儿子耍大马"。你还别说,仔细一听,真的还是这么回事。有的人说这种鸟是阳雀,据父亲说应该是立夏雀,一到立夏节气,在故乡凉山就听到这种鸟的叫声。这三种鸣叫声,都应该是同一种鸟的叫声,只不过是各人所听的意象趣味不同而已吧?!但具体是什么鸟,我就不知道了,大自然真的很神奇、很有趣。

伴着花香,那一声声从山冈上传来的"苞谷——苞谷——苞谷"的布谷鸟叫声,催人们赶快下种。清脆悦耳的布谷鸟声、犁牛的吆喝声、锄头薅刀劳作的叮当声、人们的谈笑声此起彼伏,组成了一曲曲悦耳动听的山乡耕作交响曲,令人心旷神怡,催人奋进。故乡凉山,主要种植洋芋、苞谷、花豆、荞子,在我的记忆中也种过燕麦、小米、毛稗等。在故乡凉山,若一个农民不会种这些农作物,他就不是一个地地道道的农民,不是一个称职的庄稼人。我那时跟着大人,也学会了许多农活,如犁地、薅苞谷、撕苞谷、挖洋芋、割苞谷草等,都做得得心应手。即使在1995年我参加工作后,也会利用周末和节假日回家帮助父母干过几年的农活,还记得在那几年的暑假期间挖洋芋时,因久不下雨土地硬板,曾挖断过三四把薅刀把。

二

故乡凉山的人们习惯把立夏当作是气温显著升高,炎热降临,雷雨增多,农作物进入旺季生长的一个重要节气。到了立夏的四月初,苞谷、大豆、洋芋、花豆等幼苗相继破土而出,前后不过十来天,整块地里的禾苗全部现沟。立夏下过雨后,雨露滋润,土壤炕和,人们兜着苞谷种,扛起薅刀到地里去补苞谷种。为什么要去补苞谷种呢?原来是之前种下去的苞谷种，有极少数的苞谷种在盖的时候不慎，被泥饼压住了，发出的幼芽顶不开泥饼，盘卷着长不出来，这时要把泥饼挪开，掐掉盘芽尖，让幼芽健康成长。还有的就是烂种或者折窝的要补上种子，抑或是一窝少于三株幼苗的，也要补上种子，这称为"补苞谷"。同时，也补上花豆种。

小满和芒种，苞谷幼苗长到三四寸高了，布谷鸟就发出了"薅苞谷——薅苞谷"的叫声，提醒人们就要薅头道苞谷、大豆及洋芋等农作物了。这个节气要整理秧地，如整理移栽大秧（叶子烟秧）地、辣子秧地、苏麻秧地、毛稗秧地等。谚语云："苞谷薅得嫩，强如放道粪。"当苞谷的幼苗长到有三片叶子的时候，就可以薅头道苞谷了。这时在每株苞谷幼苗顶端的叶心处都会托着一颗小水珠，在阳光下晶莹剔透，可爱极了。这让我想起了母亲常说的一句话："有一棵秧苗，就有一颗露水。"这里说的秧苗应该就是苞谷苗吧！好像其他秧苗很少看到有这样的露水。薅头道苞谷时，连套种的花豆、洋芋、大豆同时薅。

对于薅苞谷，俗话说："头道刨根，二道翕根（即培根）。"所谓刨根就是揭掉苞谷禾苗四周紧紧箍着的泥块，当地方言称为揭掉苞谷禾苗的"口水转转"。这是一个比喻的说法，即像生乳牙的孩子会流口水，要用若干块布缝制一个圆圈套在孩子的脖子上，360度旋转弄干口水。揭掉苞谷禾苗的"口水转转"，就是把禾苗周围箍着的干硬泥块盖盖揭掉，先刮开离禾苗稍远的泥巴，再一薅刀从禾苗的前面揭掉干硬的泥块盖盖，必须不能损伤禾苗的叶子，露出禾苗白色的根部，最后捞一小薅刀新的细软泥土盖住禾苗白色的根部，并把禾苗扶正，让禾苗既透气，又好吸收热量。这样就算是薅好了一窝苞谷。写到这里，不由想起了流传故乡凉山的一首民歌。据说有一位将要出嫁的村姑，一边薅苞谷，一边唱民歌："苞谷出土三匹叶，薅刀伸去有捞来。娘家日子过去了，婆家日子渐渐来。"当然，薅苞谷时就连和苞谷栽成一窝的花豆也薅了。薅大豆跟薅苞谷一样，在薅大豆的同时，打扫干净洋芋禾苗的夹窝草，从苞谷的窝距间捞泥巴来培在洋芋苗根部，培圆培正，就算薅好了一窝洋芋。待把头道苞谷薅结束，接着就要给苞谷苗追长苞谷秸秆的肥，让苞谷拔节疯长。用硝酸铵、碳酸铵或尿素等化肥，放在距离苞谷苗约两寸远的周围，化肥不能放成一堆，而要撒撒稀稀地放。若将肥料扎堆放在苞谷苗根部，化肥会把禾苗"咬"死。给苞谷追好肥，就要栽辣椒秧、苏麻秧和毛稗秧等农活了。

小暑已是初伏前后，苞谷已经长到接近半腰高。这时就要薅二道苞谷和追长苞谷个个的肥，所谓追长苞谷个个的肥，就是通过追肥后，让快要排扇子头的苞谷植株有足够的养分，为苞谷孕穗、抽雄、开花作保障，用的也是硝酸铵、碳酸铵或尿素等化肥，追肥的方式与追长苞谷秸秆的一样，也不能把化肥放成一堆，且距离苞谷根部不要太近。边追肥边薅二道苞谷，追好一块地就薅一块地。谚语云："野草除个光，收成堆满仓。"不论是薅头道苞谷，还是薅二道苞谷，都不能薅"猫儿盖屎"，即一薅刀泥巴盖着未锄掉的杂草，而是要挖下一薅刀接到上一薅刀；也不能薅"老牛吃草"，只铲到草皮，而是要把草根挖出来；更不能薅"母鸡塘塘"，而是要行距和窝距薅接到，不能留有野草生长的空间。薅二道苞谷时，要拔尽禾苗的夹窝草，并放在禾苗的根部，用薅刀从禾苗周围捞泥巴压着放在禾苗根部的杂草，封个严严实实，培土要培得正、培得高、培得圆，让放在禾苗根部的杂草腐烂成粪，相当于又给苞谷施了一次肥，叫二道蓊根。谚语云："泥巴垛得深，庄稼如箐林。""六月雨值黄金""六月草棒打倒，七月草薅不薅算了。"意思就是说六月天雨水少、阳光强、气温高，挖出来的杂草容易被晒死和腐烂，到了七月，受雨水、气温的影响，再来薅二道苞谷作用就不大了。因此，哪怕是在"锄禾日当午，汗滴禾下土"的炎热六月，人们也要坚持把二道苞谷薅完才心安。

雨热同季，苞谷长得很快。只一二十天，苞谷就有一人多高，已经封林，开始排扇子头。这时在故乡凉山的坡坡岭岭、山间地头，到处都是绿油油的苞谷林。苞谷排扇子头，也就预示着苞谷即将要"出天花"和"戴红帽"。所谓"出天花"和"戴红帽"，就是苞谷开花了。具体是指苞谷顶端开始长出雄性圆锥大型花序，因雄性圆锥大型花序是开在苞谷的顶端，我们称之为"出天花"；在苞谷半腰处的雌花序被多数宽大的鞘状苞片（背苞谷苞）所包藏，雌蕊为长而细弱的线形花柱，因雌蕊线形花柱均为红色且开在苞谷苞苞的顶端，好似苞谷苞苞顶着的一顶帽子，我们称之为"戴红帽"。苞谷从"出天花"前十天到"戴红帽"后的一个月内，是苞谷灌浆最快、吸肥最多的阶段。因此，苞谷在开花、灌浆的这个时期，若有条件，再追一次氮肥是最好不过的。大多数人家因条件限制只追施两次氮肥，少部分人家条件稍好就追施三次氮肥，为收成提供保障。

立秋过后，随着布谷鸟"苞谷快熟——覅逗小娃哭……苞谷快熟——覅逗小娃哭"的鸣叫声，就接近了七月半。谚语云："六月半出一半，七月半熟一半，八月半收一半。"意思是说对海拔较底河谷坝子，对大季作物水稻和苞谷，到了农历的六月十五，水稻抽穗、苞谷出天花（抽穗）出了一半；农历的七月十五，水稻、苞谷成熟了一半；八月十五，水稻、苞谷收了一半。但对海拔较高的故乡凉山大季作物苞谷而言，到了农历七月十五，不要说成熟一半了，就是要用新苞谷祭供已故祖宗，在一块地里，也只能选出几个，经过煮熟才勉强抹下米籽的嫩苞谷。难怪，山冈上的布谷鸟在催苞谷快熟，不要让山

　　　　　　　　　　　　第一辑　稼穑记

里的小孩因吃不到新苞谷而哭闹。同是南开乡的凉山村和发仲村，只相隔十余公里，凉山村三月中旬栽苞谷，发仲村四月中旬才栽苞谷，九月上旬，凉山村才撕苞谷时，发仲村早在八月下旬苞谷就撕完毕了。凉山村的庄稼种得早、收得晚，而发仲村的庄稼种得晚、收得早，两地的农事活动相差一个月左右。虽说故乡凉山的苞谷栽得早、熟得晚，生长周期长，但苞谷品质和所含营养，相对来说要比发仲村生长周期短的苞谷好。不论是什么农作物，只要生长周期长，它吸收的阳光雨露和日月精华相对来说都要多一些，其品质和营养价值就要高得多，这是自然而然的道理。因此，在二十四节气中，即使是同一个地区，因海拔高度不同，农事活动各异。

三

寒露节气的农活，主要就是撕苞谷了，即收苞谷。撕苞谷要用撮箕、背箩、背垫、肩背口袋、拐扒子（即拐耙子）和苞谷签签。肩背口袋，顾名思义，就是可以跨在肩膀上的口袋，用来装撕下的苞谷壳。苞谷签签，是用五六寸长、半寸宽的一块竹片，一头削尖，在腰间用辣子签烧红烙两个眼孔，再用比较柔软的苞谷壳，穿过苞谷签签两个烙好的眼孔上打个结，刚好可以戴在中指上。苞谷签签可算是收苞谷使用的最小农具了，别看它小，作用可大了。用它撕开苞谷苞苞，既省力，减少手的伤痛，又能提高劳动效率。

一切农具准备就绪，脚踏实地撕苞谷。到了苞谷地里，把背箩顿好，用拐扒子支稳。背上肩背口袋，放好撮箕，在右手的中指上戴好撕苞谷的苞谷签签，就开始撕苞谷了。用左手拿着苞谷苞苞，将右手中指上戴好的苞谷签签朝苞谷苞苞的缨须处，即苞谷苞苞的顶端"戴红帽"处锥穿过去，左右手同时用劲，就轻而易举将苞谷苞苞的壳撕到苞谷蒂蒂处。整个纯黄色或纯白色的苞谷就露出来了，有时还会碰到几个花苞谷（撕出来的苞谷颗粒颜色为乌黑与或黄或白相间的苞谷），在取下苞谷时，左手紧握苞谷蒂蒂，右手一用力，整个苞谷"啪"的一声就取下来了。在取下苞谷之前，还要留一份心思，若苞谷大个，颗粒饱满且满尖的，在取下的时候，就要掌握好分寸和力度，留下几匹苞谷壳附着留作标志，作为下一年的苞谷种，取下后丢进撮箕里。撕下的苞谷壳放到肩背口袋里，背回家，作为寒冬腊月喂牛、马和羊的食料。就这样，撕满一撮箕后，抬去倒在背篓里。有时嫌背篓小，还要理出大个的苞谷沿着背篓口插一圈，可以多装一撮箕苞谷，称之为"插口"。撕满一背，再把苞谷壳用肩背口袋装紧压实搭在背篓的顶端，一起背回家。苞谷壳放在圈楼上，苞谷倒堆在堂屋里。

　　无论晴天、阴天，人们一般是在地里撕苞谷，雨天就在家里拣苞谷。撕个三五天后，堂屋里就有一大堆像样的苞谷了。利用雨天待在家里拣苞谷。一堆苞谷，要拣分成种子、人的口粮和牲畜饲料三样。作为种子的，在地里撕苞谷时，就已经留好的，只要把带有几匹苞谷壳的拣出来就是。作为留作种子的苞谷，既不多，又显眼，很快拣好。拣出的苞谷种，用留好的苞谷壳一个一个辫在一起，辫成一串一串的背上炕楼。大个的、颗粒饱满的、较为成熟水分干的和成色较好的，拣在一起作为人的口粮。那些水分

没有干到一定程度，用手一掐便冒出白浆浆，不够成熟的，不论大小，均拣在一边，不需上炕楼，用来做新苞谷粑粑汤或新苞谷粑粑，煮的称为新苞谷粑粑汤，蒸的称为新苞谷粑粑。剩下小个的、颗粒不饱满和成色不好的，拣在一起作为牲畜的饲料。除了留作做新苞谷粑粑的，拣好一撮就抬一撮上炕楼，并事先用木板在炕楼上隔好，哪一处堆放苞谷种，哪一处堆放人的口粮，哪一处堆放牲畜的饲料，必须分隔开堆放。

对分拣出来做新苞谷粑粑的嫩苞谷，用手抹或者用菜刀切下苞谷米后，放在水里淘一下，用一双筷子在苞谷米中旋转若干圈，把混杂在苞谷米中的苞谷红帽须须搅出来，将苞谷米倒进筲箕滤干后倒进桶里，再加上适量的水，连水一起将苞谷米用石磨推成苞谷浆浆，就可做新苞谷粑粑汤或新苞谷粑粑了。用当地制作的酸菜和煮熟的花豆米，加水放在锅里烧着，用小调羹将苞谷浆浆一调羹、一调羹舀满，慢慢放进锅里和酸菜豆米一起煮熟，一锅新苞谷粑粑汤就做好了，吃起来味道清香甘甜，很不错。用汤瓢把苞谷浆浆舀放在笋壳或者苞谷壳上，扒平，使其厚薄均匀，放在蒸锅或甑子里蒸熟，做成新苞谷粑粑。新苞谷粑粑出笼，趁热即可以食用，也可以让其冷却后水分蒸发，过几天再拿来烤着吃，也很香。用二十多天把苞谷撕好、拣好上炕楼后，就要多烧几拢火，加大火力炕苞谷。

在加大火力炕苞谷之前，还要看看炕楼上苞谷的多少。若年成好，收的苞谷多，怕楼枕承受不住被压断，就得要打几个顶子支撑着楼枕。记得有一年，我家收的苞谷特别多，应该有两万多斤吧，父亲就在伙房的四角及中间各打一个顶子支撑着楼枕。否则，若不注意，等苞谷压断楼枕，就容易发生火灾。加大火力炕个十来天，苞谷就干得差不多了。

撕收完苞谷，庄稼地里苞谷草像完成了自己的使命似的，一天天干枯萎缩，在地里东倒西歪地站着，或有气无力地随秋风摇摆。不要小看这些干枯萎缩的没有生机的苞谷草，它可是牛、马和羊等牲畜过冬的好饲料。如果没有这些苞谷草，到了寒冬腊月，牲口既冷又饿，怎么过冬呢？因此，要把苞谷草割好背回家堆放好作为牲畜过冬的饲料。可以说割苞谷草，也是凉山人家的一项重要农事劳动。

晴天中午及下雨天，不能割苞谷草。因为在晴天的中午，太阳光特别强烈，苞谷草很脆，苞谷草那锋利的叶子还戳人脖颈，痒痛无比；雨天，苞谷草被雨淋湿，因此，割后容易腐烂。割苞谷草最好是在晴天早晚和阴天，当然在月亮特别明亮的晚上也较适合割苞谷草。记得小时候，每逢月亮很圆很大，月光很好的晚上，父亲、母亲总要带着我们弟兄姊妹几个到地里割苞谷草。天上月明星稀，地上秋虫啁啾，猫头鹰时不时发出"嘀嘀——嘀嘀——嘀嘀"的叫声，令人有点心惊肉麻，在阴深恐惧的氛围中，更显得秋夜的宁静和劳动的惬意！

割苞谷草只需一把镰刀和事先到茅草山上割捆苞谷草的茅草，当地称之为草绕子。在割苞谷草之前要把镰刀磨快，所谓快就是锋利的意思。割苞谷草之前，父亲就要把家里的四五把镰刀找来放在磨刀石旁边，然后用洗脚盆打来半盆水，再抬来一张小板凳，一切准备就绪后，父亲坐在小板凳上，磨刀石就在面前，几把待磨的镰刀放在左手边，装着半盆水的洗脚盆放在磨刀石旁。开始磨镰刀了，父亲右手拿着镰刀把，把镰刀平放在磨刀石上，用左手的食指和中指轻轻按在镰刀的刀尖处，让镰刀的刀刃紧紧靠着磨刀石，随着两只手不时地来回伸缩，镰刀的刀刃和磨刀石摩擦，便发出了轻微的嚯嚯声。这样磨了分把钟，镰刀就会发烫，父亲的左手就很自然地离开镰刀的刀尖，伸到旁边的脚盆里刁水来淋一下磨刀石，随后又换成左手拿着镰刀把，右手的食指和中指轻轻按在镰刀的刀尖处，磨镰刀的另一面刀刃。这样反复磨两三次后，父亲就用右手的大拇

　　　　　　　　　第一辑　稼穑记

指在刀刃上轻轻地上下横划两三下，试试看"快不快"。"快不快"是故乡土话，意思就是指锋不锋利。一把镰刀磨好了，接着磨另一把，直到把收来的镰刀磨完为止。个把小时下来，父亲磨得手酸肩痛，但镰刀总算磨好了、磨快了。俗话说"磨刀不误砍柴工"，先把刀磨快了，干起活来既省事省力，又提高工作效率。

割苞谷草时，看苞谷草的高度，要适时调整身体向下的倾斜度，左手臂稍微向内弯曲抱着苞谷草，右手握镰刀紧靠苞谷草根部割下苞谷草，一刀一窝。左手抱满后平放在地上为一夹，两夹放成一堆，用茅草捆好一堆就是一捆苞谷草。一般是割完一块地的苞谷草后，再回头来捆。捆的时候，用两只手把茅草尖对尖地扭成一根草绳子，称之为草绕子，用草绕子紧紧捆住苞谷草的腰部。捆好后，五六个或七八个不等扛拢根部朝下站立成一棚，扭一根草绕子捆住草棚的颠部，用一捆苞谷草，将其上部弯曲，用草绕子扎紧，下部分散开，做成一个草帽戴在草棚上防雨。最后，用手将草棚外围的每捆苞谷草的下端拉一下，使其舒张通风易干。

四

过个十天半月，待苞谷草彻底干透后，就用草扦背苞谷草。找一处好背起来的地坎，把割苞谷草时棚好的苞谷草扛到地坎处，草扦插稳在地坎上，将苞谷草一捆一捆地串在草扦上并压紧，串到草扦五分之二高处，把拴在草扦上的索子一分为二交叉绕过草扦作背系后，继续往草扦上串苞谷草，把草扦串满即可背了。一般背一草扦一次能背十二三捆苞谷草，把苞谷草背到离家较近的地方暂时棚好。把地里所有的苞谷草背好后，就要堆苞谷草。堆苞谷草就是把背到家附近，暂时棚成小棚的苞谷草打散开来重新堆为一大堆。一般是两百多捆苞谷草堆为一堆，选好堆苞谷草的场地后，用目测的方法在场地上估测一个直径为四五米长的大圆圈，从圆心处开始站立苞谷草，由里往外一圈一圈地加到估测时的圆的外圈，站立的最后一圈苞谷草草颠稍向圆心倾斜。之后，父亲爬上站立好的苞谷草顶部，我们在地上扛苞谷草递给父亲，父亲将每捆苞谷草根部朝外，草颠指向圆心。这样一层一层地往上叠堆，叠堆到三米左右高时，叠堆的苞谷草要逐渐往圆心处收缩，待堆到约五米高时，一座宝塔形的苞谷草堆就呈现在眼前。最后父亲用草绕子扎紧宝塔顶端的苞谷草颠，再用一捆苞谷草将其上部弯曲，用草绕子扎紧，下部分散开，做成一个草帽戴在草堆的顶部防雨，避免时间长了，雨水渗进去捂烂捂坏草堆。堆好的苞谷草堆像一个个倒立的大陀螺，这让我突然想到了中国文联主席铁凝的中篇小说《麦秸垛》，我想苞谷草堆也可以称之为苞谷草秸垛吧。

板地犁完了，打苞谷个个。把堂屋中杂七杂八的农具等用品腾出来，并打扫干净，用撮箕从炕楼上把已经炕干了的苞谷个个，先撮个一二十撮苞谷个个铺在堂屋的地面上，两三个人用连枷捶打一气，使苞谷个个脱粒垫好底后，一个人从炕楼上撮苞谷个个直接往地上抛下，一至二人用连枷捶打。一边撮，一边打。一季苞谷个个要按照留作人的口粮和喂猪的分两次捶打脱粒。每打一次，都要用浪筛筛过，把打碎打断的苞谷核与苞谷米、苞谷糠分开，还要用小平簸箕簸过，又将苞谷米和苞谷糠分开。待筛好、簸好后，作为人口粮的苞谷背上楼放在大篾围箩里，喂猪的背上楼装入小篾围箩中，并用木板盖好。不盖好行不行？当然不行。不盖好，耗子偷吃不说，还容易上灰尘。这些可是一年中一家人和牲口的口粮。

进入冬至，就到了数九寒天，故乡凉山一天比一天冷！

谚语云："一九二九，怀中揣手；三九四九，冻死猪狗；五九六九，隔河看柳；七九六十三，羊皮褂褂脱给狗穿；九九八十一，庄家老二下田犁。"在高海拔的故乡凉山，到了数九寒天，大雪纷纷，凌冻厉害，一下雪下凌就要下个几天、十几天，甚至几十天。在我的记忆中，应该是十一二岁的时候，有一年大雪大凌接连下了整整两个月。在这两个月中，冰天雪地，白雪皑皑，挑水的人都要在鞋上套上一双草鞋，还要一个人抬着一撮箕煤灰，边走边把煤灰撒在路上防滑，挑水才安全，要不随时有人倒桶翻的危险。这时大雪封山，喂养的牛、马和羊也只能关在圈里。那么这些牲口吃什么呢？吃干苞谷草。去苞谷草堆扛来苞谷草放在院窝里，在圈楼上把铡刀放下来。用铡刀把苞谷草铡为一节一节，每节约五六寸长，再用撮箕把铡好的苞谷草抬倒在圈里供牛、马和羊享受。

在冰冻三尺、大雪封门的日子里，除了喂养好牲口外，还要抹苞谷种子。苞谷种子不能用连枷捶打，因为怕把苞谷种子打破，所以要用手从留作苞谷种的苞谷个个上一颗一颗抹下苞谷种子。在从炕楼上放下之前编好的苞谷种辫子，堆在堂屋中烁腊肉的柴火塘边。一家人用小板凳围坐在柴火塘边，从苞谷种辫子上一个一个摘下苞谷种个个，先打颠子。所谓打颠子，就是抹去苞谷种个个颠上既小颗又不绽的一小部分苞谷米，然后抹下既大颗又绽的做种子。抹好的苞谷种用麻袋装好，扛回炕楼放在阴凉干燥的地方储藏好。

苞谷用石磨磨成苞谷面，可以用来做苞谷饭、苞谷甜酒。那么，怎么做苞谷饭呢？将准备好的苞谷面放在做饭簸箕里，洒上水，用分饭槽搅拌均匀，确保苞谷面湿润即可，称之为"拌面"。拌面时，洒水不可太多，水太多苞谷面之间没有间隙，水蒸气无法透过木甑子，蒸不熟；水太少，蒸出来的苞谷饭干涩生硬，像火药面一样，收缩性不好。苞谷面加水后一定要搅拌得均匀，若拌得不均匀，蒸出来的苞谷饭会有大大小小的饭团，不好吃。拌好面后，将木甑子放在有水的锅里，称为甑脚锅。待甑脚锅里的水烧开，甑子来烟，即甑子冒出热气后，将拌好的苞谷面一饭槽一饭槽地上到木甑子里，称为上生面。上好生面后盖上甑盖。

看到木甑子盖上来烟了，蒸大约20分钟后，木甑子中苞谷面已经完全黏合在一起，形成了苞谷面团，达到了八分成熟的时候。此时，将苞谷面团倒在做饭簸箕中，把木甑子放回甑脚锅盖上甑盖，加一瓢水倒在甑脚锅里后，就用分饭槽将苞谷面团挨（即捣）散，再洒一次水搅拌，这次水要比拌面时稍微多点，一定搅拌均匀，不留饭疙瘩，称之为分饭。分好饭，等个七八分钟的样子，甑脚锅里的水已经烧开了，甑子也来烟了，又将分好的饭重新上在甑子里，盖上甑盖，约蒸20分钟后，美味可口的苞谷饭就做好了。蒸好的苞谷饭软软的，有弹性，配上酸菜红豆汤及豆豉做的蘸水，若再炒上一盘腊肉，那个味道胜过山珍海味。现在与跟我年龄相仿的人说到苞谷饭，他们说从小吃苞谷饭吃怕了，现在都还怕吃苞谷饭。而我却对他们说，也许是我从小吃苞谷饭吃习惯了，改不了了，现在还特别喜欢吃苞谷饭。

小寒节气做苞谷甜酒，做甜酒的工序是蒸酒饭、拌酒药、发酵和装甜酒。用苞谷面蒸成熟饭，撒上酒药，称为酒饭。俗话说："冷酒热豆豉。"待酒饭冷却后，撒上酒药。酒药和饭的比例，是做甜酒成败的关键，酒药少了，甜味不够，酒药多了，甜味会慢慢地变成辣味。因此，酒药和饭的比例要恰到好处，才能酿造出美味香甜的苞谷甜酒。酒药撒在冷却的饭里就成了酒饭，酒饭要搅拌均匀，装在簸箕或者锑锅、铝锅里压紧，抬上炕楼或者顿在火头上的小炕上，用干净的布料和衣服覆盖封闭，捂上一两天后，检查是否热和了，热和了就说明酒

　　　　　　　　　　　　第一辑　稼穑记

来了，即发酵了，也就是说甜酒做成功了。如果还不热和，就说明酒还没来，即还没有发酵，也就是说甜酒还没有成功，要加大火力炕。俗话说："三天甜酒，七天豆豉。"就是说一般情况下做甜酒只需要三天的时间，做豆豉要七天的时间。第三天检查是否热和了，如果热和而炕软，就说明酒来了，即发酵了，同时还有酒酿子淌出来，甜酒制作成功。揭开覆盖物，用筷子把甜酒扒散开，否则甜酒会捂成酱黄，味道变酸。待做好的苞谷甜酒退凉后，装进坛子并封闭好，吃到来年的五六月间都不会变味。

新苞谷个个都可以烧吃、煮吃，炕干的苞谷可以用来烤酒，炒苞谷花，烤出的酒称之为苞谷酒。在故乡，父亲曾经烤过苞谷酒。记得小时候在苞谷成熟季节里，我们去上学时，将一两个事先烤好的新苞谷粑粑放在书包里，就可以当午餐，吃了经饿。在放学回家的路上，我们还随时跳到地里，取下稍微带点红色的苞谷秸秆，去掉苞谷叶子，用嘴把苞谷秸秆的皮剥掉，就可吮吸苞谷秸秆甘甜的汁水，就像吃甘蔗一样，我们称之为苞谷秆。放学回到家，或在山上地里割牛草、马草、猪草、垫圈草，回到家后，就提着镰刀到房前屋后的园地里随便割倒几株苞谷秆掰下几个苞谷，或烧或煮，就能美美地享受一顿美餐。在山上放牛时，随便掰几个新苞谷，用苞谷壳包着，直接丢进用青冈树烧好的火塘子母灰里，过个二三十分钟，那苞谷散发出的清香令人难忘。还有在烁腊肉的时候，随便丢一把苞谷米在青冈树柴烧的火塘子母灰中，用小木棒来回搅拌，时不时发出一声声"啪啪啪"的苞谷米爆裂声，拣一颗丢进嘴里，随着苞谷米发出"嗤"的一声，满口生香。苞谷米还可以用煤灰或河沙炒成苞谷花，成为我们读书时的美味午餐。这些孩提时代所做过的与苞谷相关的事，至今还记忆犹新啊！

洋　芋

一

　　洋芋也是故乡凉山最主要的粮食作物。洋芋是当地方言说法。它的别称各地不同，有地豆、洋芋、土豆、荷兰薯、山药蛋、山药豆、地蛋等，其实洋芋的学名叫"马铃薯"。洋芋一般是在农历的二月栽种，三月幼苗出土，四月开花，五月结果，六月收获。

　　谚语云："庄稼一枝花，全靠肥当家。"粪是去年大寒节气三九、四九的隆冬时节，从猪圈、牛圈中挖出的草粪，挖粪也叫出粪。挖粪干什么？挖粪出来待开春栽洋芋。猪圈、牛圈中的粪是春天、夏天从山上或者地里割来的狼鸡草，即蕨草、羊尾草、马耳朵草、狗尾巴草、茅草、臭草等，以及秋天、冬天从山上的树林中搂来的木叶，用铡刀铡过的苞谷草，放在猪圈、牛圈中，与猪、牛、马、羊等牲畜的屎尿相结合腐烂而组成的有机肥，称之为农家肥或草粪。草粪保温时间较长，蓬松透气好，不箍根。在栽洋芋、苞谷等农作物前一个月，要把粪从猪圈、牛圈中挖出来。那么，为什么要提前一个月挖出来呢？原来在猪圈、牛圈圈坑中的粪叫作"生粪"，"生粪"的曝气大，会把种子烧坏，因此要提前一个月挖出来，捂上一个月左右，才能除去曝气。

　　圈坑里的草粪多的上百背，少的也有几十背，至少要五六个人挖才行。如果劳动力少或不够，就要三两家相互换工挖。今天挖你家的，明天挖他家的，后天挖我家的。三个人在圈坑里，一人用钉耙把牲口踩紧的草粪挖松，一人用钉耙把粪上在撮箕里，一个人抬起来倒在几个背粪人的背笋里。根据背粪人力气的大小和背笋的大小，一背粪三五撮箕不等。几个背粪的人，一个接着一个地把粪背到房前的园地中。粪出好后，要用钉耙把堆在园地里的粪捞拢封闭，拍打紧。堆在园地里的粪，好似一座平顶的小山，粪堆上冒出的股股热气就是曝气。

谚语云："立春天渐暖，雨水送肥忙。"背粪之前要翻粪，翻粪就是把在大寒节气从猪圈、牛圈坑中挖出来堆在房前或房屋档头园地里像小土丘一样的草粪堆，用钉耙一边把粪堆挖松，一边用钉耙背将成饼的草粪拍散，再用撮箕一撮一撮地把粪翻过来。边翻边撒上钙镁磷肥。拍紧、压实，让其捂个十天半月进行发酵，增强肥力。

故乡春天还有一种农活叫铲土皮灰，所谓土皮灰就是指连土带草根铲起来烧成的灰。烧土皮灰来做什么？烧的土皮灰可以作为栽洋芋的粪。对离家较远的土地，为增加土地的肥力，减少背粪的负担，人们就地铲下地坎上的杂草、地上的草皮，再砍些许灌木，并将其堆成一个土丘，点上火，烧个三五天，就有了一堆土皮灰。在烧土皮灰的同时，往土皮灰中放入半撮箕洋芋，用土皮灰覆盖好，约半小时过后，劳作的人们便有了可口的午餐。烧土皮灰也是用来准备栽洋芋的。

烧好土皮灰，就开始背之前翻好、捂好的草粪了。说到背粪，还要得先说说背粪的农具。背粪的农具主要有背笋、背垫、拐扒子、钉耙和撮箕。背笋是用竹篾编制的，背笋底平整，呈长方体，底小口大，背笋口为椭圆形，底的容量只有口的1/5，此设计起肩好背。整个背笋高一米三四，背系以下近似于长方体，背系以上呈喇叭状。背垫是用苞谷壳或棕皮及米草编制的，称为背垫，其实是背背篓时用来垫背的，先披上背垫，再背上背篓，后拿着拐扒子。

拐扒子是背篓时用来歇气的一种木质农具。拐扒子，是当地方言的说法，恐怕有很多人还不知道这种农具。所谓拐扒子，是在一根一米左右长的木棒顶端上，安装一个形状如自行车龙头那样的自然生成的或经过加工的呈"八"字形的横木，做好后的拐扒子顶端形如"八"字，所以称之为拐扒子。整个拐扒子形状如一根"T"形的拐杖，但比拐杖多了两个用途。

一个用途是村民在用背篓、夹篓、背架背粮食或农用物资时，沿着崎岖山路、羊肠小道爬坡下坎时，拐扒子可以当拐杖使用，这对背负重物的人来说，等于多了一条腿，多了一个保持平衡的支点。另一个用途，和它的造型有关，拐扒子形似拐杖，但其"横木"比拐杖的"握手横木"要长许多，且形如弯弓状，当背负重物的人行走疲累，需要停下来歇歇脚时，他们不必将背着的背篓、夹篓、背架等放在地上，直接把背篓、夹篓、背架的底部放在拐扒子弯弓形的"横木"上支撑着，降低双肩的压力，让酸痛的双肩得到缓解，人也可以得到歇息。

在我的记忆中，那时候在农村除了挑水、推磨、舂炭、舂碓和挖洋芋、撕苞谷外，背粪也算是一件较苦的农活了。从猪圈、牛圈楼上把背篓、背垫、拐扒子拿下来，找好钉耙、撮箕。在粪堆的土坎上顿好背篓，用拐扒子横木的一头着地，另一头支住背篓的上部，让背篓稳稳地站立好。用钉耙将草粪捞到撮箕里，再一撮箕一撮箕地把粪抬装到背篓中，一般三四撮箕就可以装满一背篓，应该有百把斤重。按照一块块土地面积的大小，一背一背地把粪背到地里分散堆好，形成一个个黑色的小土丘。放眼望去，犹如兴义的万峰林。地块远的，一个人背一背粪来回要一小时，一天也就背十来背粪，地块近的也就是一二十分钟。但不论地块远和近，背一天的粪，整个人都会腰酸背疼、疲惫不堪。

二

背好粪，土皮灰烧好后，便是耖地。耖地的农具包括犁头、牛珈担、牛纤绳、牛嘴笼、牛打脚、牛千斤、铧口、犁铲等。父亲从柴草棚的角落里找出了闲置一个冬天的犁头、铧口、泥铲等农具，牵出清闲了一个冬天的黄牛，煮好牛料，让牛饱饱地吃上一顿，好有力气劳动。农民肩扛犁头，手牵牛绳，走进地里开始耖地。因土地在秋收之后，就已经犁过了一次，称作犁板地。犁过的土地经过冬天的冰雪严寒，地下的害虫也被冻死得差不多了。这次耖地是让泥土更加松散酥软，好让种子更好地着床。在春阳沐浴中，牛喘着粗气，有时还"哞哞"地叫两声，农民紧跟牛后，一只手掌控着犁头，另一只手扬起带有泥铲的牛鞭，口中还时不时发出"呗叱——呗叱——呗叱"的声音。锃亮的铧口深情而又粗野地划开土地，随着铧口与泥土碰撞产生轻微的籁籁声，任它再板结、再大的土疙瘩也被弄得松散酥软，散发出泥土的气息。

二月惊蛰前后十天是栽洋芋的最佳季节，谚语云："惊蛰一犁土，春分地气通。"惊蛰节气的到来预示着真正的万物复苏，一阵阵的春雷提醒着冬眠中的动物们出来活动了，提醒着人们开始进入春耕季节了。谚语云："抢种如赶考，抢收如抢宝。"在惊蛰节气，是栽洋芋的最佳时期，不能延误农时。洋芋既不耐寒，又不耐热，喜温凉气候。栽种早了，出土的幼苗容易被霜雪冻死。栽晚了，只能长秸秆，来不及长果实就被热死了。洋芋不论是栽早，还是栽晚，只要一到三伏天，洋芋叶子及秸秆就会一起枯死。谚语云："清明断雪，谷雨断霜。"

洋芋种下去，要历时40多天，才能发芽出土。因此，要在洋芋幼苗出土时，刚好正值谷雨节气。这样，才能保证出土的洋芋幼苗不被霜雪冻死。

秒好栽洋芋的地，就开始栽洋芋了。把去年挖洋芋时选好搁在阁楼上的洋芋种，用背篓背到堂屋或者院窝里。洋芋切成块状种植，能促进块茎内外氧气交换，破除休眠，提早发芽和出苗。切洋芋种也要讲究一定的原则和方法，切块过大，用种量大，会造成浪费，一般一块切成20至30克为宜；切块过小，保持不了水分，种子容易干坏。切块时要纵切，使每一个切块都带有一至两个芽眼。对洋芋种大的，且芽眼多的，就要切破成三四块，切破后的每块洋芋种只要有一至两个芽眼就足够了，洋芋块种到地里，一个芽眼就会长出一棵幼苗，开花结果。对洋芋种小的，且芽眼少的，就要切破成一至两块，实在是太小的洋芋种就不用切了。洋芋种切好后，最好用干煤灰裹一下，这样种子才不容易烂掉。

切好洋芋种，用背篓背到地里，就可以栽洋芋了。栽洋芋工序多，人员相应也要得多。打犁沟的打犁沟，丢洋芋种的丢洋芋种，抬粪的抬粪，丢粪的丢粪，盖洋芋的盖洋芋。一般打犁沟是一人一头牛和一套犁地农具。犁沟必须要打成一条直线，每沟的行距两尺五寸左右。丢洋芋种的披上背垫，把用绳子拴好的撮箕挂在胸前，把洋芋种放在撮箕里，走一步丢一块洋芋种，两手并用，种子窝距在一尺左右为宜。丢粪的也是和丢种子一样，披上背垫，把用绳子拴好的撮箕挂在胸前，紧跟丢种子的后面，待抬粪的将粪抬来倒在他胸前撮箕里，丢粪的也是两手并用，一把粪丢下去刚好盖住种子，若稍微丢歪了，就随时用脚帮助把粪弄到种子上。草粪不仅能给洋芋种增加肥效，而且还是洋芋种子发育的温床。草粪本身含有热量，能够保护种子抵御寒冷。时令虽然已经进入惊蛰节气，但气候容易反弹，乍暖还寒，种子有了草粪的保护，就更加安全了。待打犁沟的打好犁沟后，还要掉头回来，与打犁沟一样，还要用牛盖洋芋种。用牛盖在前，人用薅刀随后拍打大泥饼，让种子容易出苗，且把每沟捞成肥猪背盖赶后。牛盖一沟，人盖一沟，让种下去的种子完全被覆盖，并达到一定厚度，确保种子着床，有利于发育。

在我的记忆中，苞谷要薅两道，而洋芋就只薅一道。小满和芒种节气，在薅头道苞谷的同时，一起连洋芋也薅了。打扫干净洋芋禾苗的夹窝草，从苞谷的窝距间捞泥巴来培在洋芋苗根部，培圆培正，一般深度在8至10厘米为宜，就算薅好了一窝洋芋。通过中耕培土松土，并结合除草，使土壤疏松通气，有利于洋芋的根系生长和块茎膨大。

洋芋开花是很美的，每到盛夏时节，在故乡凉山坡坡岭岭的山间地头，那盛开的洋芋花，白色的、粉红的、紫色的、蓝紫色的，一串串、一团团簇拥着，依偎着在一起，点缀着一片片墨绿色的洋芋叶，煞是好看。大片大片的洋芋花在山风的轻拂下摇曳生姿，争奇斗艳，抿着嘴，歪着头，好像有说不完的喜悦。洋芋的花朵不大，整个形状就像一个小小的喇叭。洋芋花是一种很朴素、很平常的花，散发出沁人心脾的清香，也是极淡极淡的，更多是泥土的芬芳气息。正是这种淡淡的清香给了我最明媚而温馨的记忆。

在青青的山地间，蓝蓝的天空下，望着一片片洋芋花开的世界，我想到了香喷喷的柴火烧洋芋，油炸脆生生的洋芋片，不由得满口生津。望着盛开的洋芋花，我想到了故乡人们脸上灿烂的笑容，那可是丰收的喜悦啊！行走在开满洋芋花的田间地头，令人心旷神怡，仿佛瞬间忘记了世俗带来的烦恼和不快，有了一颗安宁恬静的心，让自己融入大自然的田园风光。待洋芋花凋谢后，洋芋秸秆上就会长出一串串深绿色的洋芋花果果，玉玉的、滑滑的、润润的，很可爱。这时，埋在土地里的块茎洋芋也成熟了，浑圆浑圆的，等待着人们去收获。

三

　　大暑节气，洋芋叶子已经开始枯萎，用故乡的话来说，洋芋叶开始"垮杆"了，预示可以挖洋芋了。洋芋叶子晒成糠是喂猪的好饲料，趁大暑强烈的阳光，凉山每家每户都要用镰刀把枯萎的洋芋叶子割下来，装进大花箩里背倒在家门口的敞坝上，用剁猪草板和薄刀将洋芋叶子砍碎、砍细，再用撮箕撮起来抛撒在敞坝上或平房顶上，并铺均匀，早晨晒，中午翻，傍晚收，要经过三个晴天的暴晒才能干透。有一句俗话说我们贵州是"天无三日晴，地无三里平，人无三分银"，意思是说贵州晴天少、阴雨重，山地多、平地少，人也穷啊！如果遇到天无三日晴的天气，晒一天空几天，也要晒个十天半月才行。晒干之后的洋芋叶子称为洋芋糠，它可是各家各户今冬明春的猪饲料。

　　到了处暑节气就可以挖洋芋了，选好不高不矮的地坎，既便于顿背箩，又方便背起装满洋芋的背箩。在合适的地坎上，用蓣刀挖好顿背箩的地势，把空背箩安顿好后，在地里摆好装洋芋的几个大撮箕。举起银光闪闪的蓣刀，用猛力一大蓣刀挖下去，连提带捞翻起来，白花花、浑圆浑圆的，大个的、小个的、长个的、扁个的、圆个的洋芋，争先恐后地从土里跳出来。边挖边把

　　　　　　　　　　　　　第一辑　稼穑记

洋芋按照人吃的、留作种子的、喂猪的分类拣好，免得背回家再分拣一次。大个的拣在一个撮箕里，作为人吃的口粮；中个的且形象规整，表面光滑，色泽鲜明，重量为一至二两大小适中的拣在一个撮箕里，留作来年的种子；小个的捡在一个撮箕里，用来作饲料；挖破的和本身有点烂的拣在一个撮箕里，背回家后就先拿来喂猪。挖一窝拣一窝，或者挖一沟拣一沟，这要看天气来定。拣满一撮箕就倒在背篓里，装满一背篓，就背回家。

挖洋芋要比犁地、薅苞谷等农活累得多。犁地、薅苞谷放工回家时，虽然又累又饿，但只是扛着犁头赶着牛和扛着薅刀轻松回家。挖洋芋就不同了，挖好一背洋芋，本来人就很累很饿了，但回家时，还要背上100多斤重的洋芋及薅刀、撮箕等农具，你说累不累啊？！当然累啊！尤其是在烈日当空的中午，肩膀上是100多斤沉甸甸的一背篓洋芋，额头上汗水一颗一颗地往下滴，有时汗水还顺着面颊流到眼睛里、嘴角边。汗水珠珠一颗一颗地滴在脚下的泥沙路上，虽然是汗流浃背，但心里还是乐滋滋的。脚下是崎岖不平的泥沙山路，无比难受。幸好，在累得着不住的时候，还有拐扒子来支撑着歇气，缓解一下。歇好气，让汗水稍微干后又接着负重前行。地远的，要歇个十来气，才能到家，地近的要轻松得多。一般情况下，每家每户所种的洋芋，要挖二十多天才能挖完。

挖洋芋时，因在地里已经按照留作来年的种子、人吃的、喂猪的分拣好了。背到家时留作种子和人吃的分开放在楼板上，喂猪的放在猪圈、牛圈楼上。洋芋挖好，也就等于分拣好、放好了。

洋芋挖好后，接着就要晒洋芋皮。选出大个且形象规整的，用水洗干净，削掉洋芋皮。把削好皮的洋芋用菜刀切成薄片，用水桶装着清水淘一至两次，去掉洋芋薄片上的淀粉。若晒的洋芋皮多，就把淘过洋芋薄片的水留着，让淀粉在水里慢慢沉淀下来，倒掉水桶里清水，水桶底就沉积有一层厚厚的淀粉，把淀粉晾干后做成洋芋粉。洋芋粉留着做糨糊打布壳、贴春联等，也可用来吃，很好吃。用铁锅、锑锅或铝锅烧上一锅开水，把用清水淘过的洋芋薄片放入沸水中氽一下就行，不要煮得太熟，同时，还要在开水中放入适量的盐巴、花椒。煮的时间不长，大概就是过一下水的意思，只要没有生洋芋的味道即可，然后捞出来放在筲箕里，把水滤干。把滤干水的洋芋片，一片一片地平铺在大簸箕、筛子里，放在院坝的板凳上、围墙上面晒。也可以事先用湿布把平房的房盖擦洗干净，直接将滤干水的洋芋片一片一片地平铺在房盖上晒。在太阳下暴晒几个小时后，又一片一片地翻转来晒，若天气好，接着晒两三天就晒成干洋芋皮了。晒好后用袋子装起来，要吃的时候拿出来用油炸就可以了。洋芋皮晒得多的人家，干洋芋皮就有几十甚至上百斤，少的也有二三十斤。除了自己吃外，还可以作为礼品送亲戚朋友，也可以利用赶场的机会，背到场上去卖，换取点盐巴、煤油钱。

若到数九寒天，大雪纷纷的寒冬腊月，还要特别注意，堆放在楼板上和猪圈、牛圈楼上的洋芋，怕被雪凌冻坏。洋芋是故乡凉山人家唯一有水分的冬藏粮食，寒冬腊月即将来临，要仔细检查贮藏洋芋的楼房墙壁是否有缝隙，若有，要用破衣服、裤子、烂床单、被套堵塞好，用苞谷草盖厚实严密，边边角角也要覆盖好，让洋芋安全过冬。如果不注意，堆放的洋芋没有覆盖好，凌风一吹，洋芋就会冻成干果，当地称为被凌"泠"到了。被凌"泠"过的洋芋，天气一变暖，就会变成熟透的水果，而且会自然而然流出水来，不要说作种子了，就是人吃和喂猪都要不得了。

洋芋可以烧吃、蒸吃、煮吃、炒吃、炸吃，味道都很美。

　　　　　　　　　　　　　　第一辑　稼穑记

小时候上山放牛，或读书，就经常吃洋芋，直到现在都没有离开过洋芋。洋芋物美价廉，既可当饭，又可当菜，可尝鲜，亦可饱食。因此，洋芋是一种大众都喜欢吃的粮食，不论是城里，还是乡村，一直很受人们欢迎，尤其是小孩就更不用说了。特别是用柴火烧的洋芋更受人们青睐，是我百吃不厌的一种最常见的吃法，一般取洋芋数斤，准备一碗放有盐的辣椒面，将洋芋放在用青冈树柴烧的火塘子母灰中烧，用不了半个小时，烧熟即可食用，若再蘸上一点辣椒面，味道更佳。在我的故乡，人们把吃柴火烧的洋芋称为"三吹三打"，即洋芋从柴火中取出后，一边用双手反复拍打几下去掉柴火灰，一边用嘴巴反复吹几下，既助力去掉柴火灰，又起到给洋芋降温的作用，故有"三吹三打"的说法。也许是从小吃着洋芋长大，我对洋芋有着一份特殊的感情。

豆 子

一

豆子在故乡凉山也算是除了苞谷、洋芋外，一种极为重要的农作物了。凉山人们每天的主食酸菜豆汤苞谷饭，都离不开豆子。在故乡过年时的一些习俗和仪式中也提到苞谷、豆子。如在大年初一、初二有不下生的说法，据说初一是米生，初二是豆生；正月初四有一个仪式叫吃虫子，一般是由两个孩子去完成。一个小孩端着一碗饭到房前屋后的地里站着，一问一答，问者："你吃什么？"回答者："我吃苞谷虫。"问者："你吃什么？"回答者："我吃豆子虫。"正月初五，有一个仪式叫动土，母亲找来闲置了一冬的锄头，用碗装上"刀头肉"，我们拿着香和烧纸，到房前的园地里上香、烧纸，母亲将装有"刀头肉"的碗放在香和烧纸的旁边，一边用锄头挖地，一边念念有词："头锄挖金子，二锄挖银子，三锄四锄挖苞谷豆子，五锄六锄挖五谷粮米。"可见，豆子是故乡凉山人们不可或缺的一种极为重要的农作物。在故乡凉山，人们主要种植花豆、大豆、花生豆、红牛背豆、白芸豆，当然，也种小豆、懒豆，但种得不多。

谚语云："谷雨前后，种瓜种豆。"大豆、花豆是在谷雨前后在种苞谷的时候一起栽种的，与苞谷和洋芋一起套种。花豆与苞谷栽成一窝，一般每窝放三颗苞谷种、两颗花豆种。大豆栽种在两窝苞谷花豆之间，每两窝苞谷花豆之间栽种一窝大豆，一般是五六颗大豆种栽一窝。到了立夏的四月初，大豆、花豆和苞谷等幼苗相继破土而出，前后不过十来天，整块地里的禾苗全部现沟。立夏下过雨后，雨露滋润，土壤炮和，人们在"补苞谷"的时候，有花豆、大豆缺窝少苗的，就顺便连花豆、大豆一起给补种上了。

当苞谷的幼苗长到有三片叶子的小满节气，花豆和大豆均先长出了分布两侧的两片嫩嫩的、绿绿的花豆瓣和大豆瓣后，才在两片豆瓣之间长出圆圆的两片叶子，这时，在薅头道苞谷的同时，也一起把洋芋、大豆、花豆给薅了。薅大豆时，要做到锄净苗眼草，不伤苗，松表土。头道苞谷薅结束，洋芋、大豆、花豆也薅结束。同样，在给苞谷追硝酸铵、碳酸铵或尿素等化肥的同时，也给花豆追好肥，大豆是不需要追肥的。到了小暑的初伏前后，薅二道苞谷时，也同样一起把大豆、花豆薅了。薅大豆时，要做到不压苗、不漏草，深松多上土。这时，花豆、大豆相继开花了。花豆、大豆开的花大多数为白色，当然也有极少部分开的花是淡黄色的。花豆花要大朵点，一朵花结一个豆荚；大豆花细密，一朵花结一个豆荚。

花豆、大豆开花和结豆荚期间，是其营养生长和生殖生长并进期，也是生长旺盛期，植株杆物质开始积累，叶面积最大，加之气温高、光照强，蒸腾量也大，是需水高峰期。若在花荚期十天半月不下雨，会导致水分不足，落花落荚。但若接连下几个月的雨，也会造成落花烂荚，导致歉收。算是靠天吃饭，但所幸的是，老天有眼，绝大部分年成都很好，歉收的年成极少。

故乡凉山所种植的大豆、花豆大多都是与苞谷、洋芋套种的，单独种植豆子的不多。即使有单独种植的，也是播种晚花豆，即有藤豆。若单独种植晚花豆，就要在每窝豆子旁插一棵手指般粗细、两米来高的木柯或者竹竿作为豆藤攀的援附作物，称之为豆杆。和苞谷一起种植的晚花豆就不需要插豆杆了，苞谷秆就是现成的豆杆。

花豆在全株豆荚有2/3以上由绿变黄，有80%左右的植株达到此标准，即可进行采收，晒干后进行脱粒，然后扬净，晾晒，即可入仓贮藏。白露节气采收花豆。花豆分为早花豆和晚花豆。豆藤短的是早花豆，豆藤长的是晚花豆。早花豆一次性成熟，一次性采收；晚花豆分期分批成熟，就得分期分批采收。晚花豆采收的时间，在采收早花豆之前和之后，分两次摘收。早花豆是一窝一窝地采，采起来的花豆，两小把捆成一大把，称之为花豆把把，用大花箩或者草扦背回家。若天气晴朗，便把花豆把把一把挨一把地倒立在院坝上，晒几天，豆根干了，翻过来晒一两天就可以用连枷捶打脱粒；若天气下雨，就得把花豆把把一把挨一把地倒挂在房檐下的竹竿或木棒上，晾几天，待天气转晴后，再放到院坝上晒；若天气几天还不放晴，就直接把花豆把把放到炕楼上去炕。不论是晒干的，还是炕干的，最后用连杆（连杆是当地方言的说法，其实就是连枷）捶打花豆把把脱粒。

二

所谓连枷，是故乡凉山人家老祖宗遗留下来的一种脱粒农具，也不知道它存在有多少年的历史了。在《齐民要术》《农政全书》上均有记载："连枷，击禾器。"它是用两根长短粗细不一样，且木质特别密集坚硬的茨树、岩刷子树、火棘树、茶挑树等木棍连接而成的，一种简单捶打荞子、苞谷、麦子、花豆、大豆等粮食作物脱粒的小型农具。粗短的一根，粗与薅刀把差不多，长约4尺，称之为连枷母；细长的一根，粗与镰刀把差不多，长约5尺，称之为连枷儿。用棕皮或者麻皮等搓成索子，做成一个封闭的直径约为20厘米长的圆圈，打结成两个羊蹄套，连接连枷母粗的一端和连枷儿细的一端，就组合成一架连枷。

用连枷打花豆把把，一个人可以打，两个人甚至是七八个人或者二三十个人都可以同时打。手持连枷母的人相向站成两排，另外两个人各站在两排人的左右两边，把要打的花豆把把铺上一层，让打连枷的先捶打一起之后，再一把一把地丢在连枷儿所及的地方，边丢边打。两排人同时握着连枷母提起连枷儿，让连枷儿通过右肩膀向后、向上、向前朝被打作物猛打下去，接着提起连枷儿通过左肩膀向后、向上、向前朝被打作物猛打下去。就这样，让连枷儿一左一右交替进行，两排人一字排开，同时甩开膀子，让连枷同起同落。瞬间，连枷起落的"噼啪——噼啪——噼啪"声，伴随着人们发出"嗨哈——嗨哈——嗨哈"的劳动号子声，有节奏如潮般声浪很快得到大山的回应。在飞扬的尘土中，连枷扬起犹如大雁摆字，连枷打下好似追星赶月，连枷一起一落的节奏，是那样地协调统一；连枷一轻一重的打击，是那样地准确无误。

打了一阵之后，累了，打连枷的两排人就暂时休息一下，让丢花豆把把的两个人用镰刀把打过的花豆秸秆捞翻转来，接着打。待把脱粒的场地垫到一定的厚度后，就丢一把打一把，直到把花豆把把打完为止。最后，用连枷把打散的花豆把把彻底翻过来，再打一气，检查是否还有未脱粒的，若有再继续打，直到所打的花豆把把全部脱粒为止。打完后，接下来，三五个人用镰刀捞开较大的花豆秸秆，就只剩下花豆和少许被打碎的较小的花豆秸秆，两个人用浪筛像筛荞子那样筛，把花豆秸秆和花豆、花豆糠分开，最后再用平簸箕簸去豆糠和尘土，用口袋装好花豆即可。

因花豆都是和苞谷栽种在一起的，晚花豆的豆藤均是攀爬着苞谷秸秆生长的。采摘晚花豆荚时，人们只需背着一个用围腰缝制的口袋，在苞谷地里逐窝采摘，采摘满一围腰口袋后，倒到背箩里。采摘满一背箩就背回家，把推磨时接面的大簸箕拿到院坝摆好，将采摘的晚花豆荚倒在大簸箕里铺平着晒。或者也可以打扫干净院坝或水泥房顶，直接将豆荚铺在院坝里或房顶上去晒，晒干后，只需用手反复搓揉，豆米和豆壳就自然分开。豆米用口袋装好放到楼上去，要吃的时候，拿下来煮就是。将豆壳收好放到圈楼上，待大雪飘飞的时候，用猪食锅煮来作为牛料。秋分节气采收大豆，采收大豆的过程和方法与采收早花豆相同，也是用连枷进行脱粒，其操作和方法也与打早花豆一样，打好就用口袋装好扛上楼放好即可。

在水城广大农村，酸菜豆汤苞谷饭是每家每户一年必备的主食。在故乡凉山还流传这样一句俗语："三天不吃酸，走路打蹿蹿。"体现出故乡人们对吃酸菜依赖性强，若没有酸菜吃就没精神，走起路来像喝酒醉了一样偏偏倒倒的。将青菜放开水里煮上几分钟捞出，用清水洗两道，用菜刀切成一节一节，长约三四寸，再放回锅里烧开舀出来装进土坛子密封好，让其充分发酵，舀出来的菜已变色，清水起黏丝变成酸汤，青菜就变成了酸菜。这称之为扎酸菜，把花豆拣好，淘洗干净，放入砂锅煮30至50分钟，待豆子煮到断腰杆豆皮皲裂就算煮好豆汤了。

　　　　　　　　　　　　　　第一辑　稼穑记

俗话说："豆汤全靠酸菜，婆娘全靠穿戴。"也就是说豆汤和酸菜是绝佳搭配，且酸菜和豆汤的搭配比例要恰到好处，才能煨出一锅可口的酸菜豆汤。否则，豆汤多、酸菜少，没有涩味，不好吃；酸菜多、豆汤少，酸味超标，难吃。煮好豆汤后，从土坛子中舀出适量的酸菜，将酸菜滗掉一些酸汤后放入豆汤中，待酸菜和豆汤烧开后，一锅酸菜豆汤就做好了。酸菜豆汤、苞谷饭、豆豉辣椒蘸水，加上一盘腊肉，是故乡凉山人们绝配的美味。在故乡，花豆最主要的吃法，就是与酸菜一起做成酸菜豆汤。也可用煮好的豆米和肉沫、青椒一起煮成一个菜，称之为烩豆米；或者用豆米与酸菜和魔芋豆腐一起炒，称为魔芋炒酸菜豆米，味道都不错。

<h2 style="text-align:center">三</h2>

大豆不单指黄豆，它还包含黑豆和青豆。在水城主要栽种黄豆。黄豆主要是用来推豆腐、做豆豉、发豆芽，烹盐豆等豆制品。特别是在有红白喜事，起房坐屋，或逢年过节等大屋小事时，推豆腐和发豆芽是不可少的。有客人来接待客人时也要推豆腐。母亲用酸汤点出来的豆腐既嫩，口感又好。故乡有句俗语："鸦雀喳喳，有客到我家，今天推豆腐，明天推豆花，大碗装腊肉，缸砵装豆花。"这不但体现故乡人们接物待客的习俗，又体现了故乡人们的热情。俗语中所说的鸦雀应该是喜鹊。这种鸟叫鹊，嘴尖、尾长，身体大部为黑色，肩和腹部为白色，叫声嘈杂。民间传说听见它叫将有喜事来临，所以叫喜鹊。小时候在春天二三月，经常看见喜鹊在房屋团转飞来飞去，并在寨子的大树上搭窝，成语"鹊巢鸠占"出自《诗经·召南·鹊巢》，鹊指的就应该是这种喜鹊吧，在凉山又称之为鸦雀。

那时故乡的豆腐都是用石磨磨，石磨通过人力推拉转动称为推磨，所以叫推豆腐。吃过晚饭后，母亲便用碗从楼上的口袋里，将粒粒饱满金黄的大豆撮进一个水桶，淘洗干净之后，再用清水泡上一夜。第二天一早起来，架好磨，在石磨正下方放一个比石磨大的大锑锅接豆浆，准备就绪就可以推豆腐了。用石磨推豆腐一般要三至四个人，一人添磨，二至三人推磨。添磨的用小瓢舀上适量经水浸泡过的大豆往磨眼里放，添磨的人眼要看得准，手要放得快，否则手随时都有被旋转的磨单钩打到的可能。推磨的用双手把着磨把手，步调一致，一起用力，让上扇石磨按顺时针方向转动。大豆经一夜浸泡，早已发胀，和水一勺勺添进磨眼，经推动旋转的石磨研磨，变成白白的生豆浆，顺着下扇石磨流出来淌进石磨正下方的大锑锅里。

随后把豆浆汁倒进柴灶上的大铁锅，用大火煮，煮开后，把煮开的豆浆舀出来放在木桶里，腾出大铁锅，把锅底的那层糊锅巴铲掉，清洗干净放回灶火上。在大砂缸上放一个缸架，缸架上铺一块正方形的大纱布，将纱布的四角拴在砂缸正上方摇架上的四根木头上，让纱布自然形成一个吊着的纱布口袋，用水瓢将木桶里煮开后的豆浆汁舀进纱布口袋里包着平放在缸架上，用双手一阵的揉搓挤压，过滤出豆渣和豆汁。

豆渣留在纱布里，滤出的豆汁在砂缸里。将滤出的豆汁再次放回灶火上的大铁锅中，用大火煮成熟豆浆，就可以从酸菜坛中舀酸汤按照一定顺序点放进熟豆浆里，称之为点豆腐。点豆腐是个最关键的环节，全凭经验掌握。用酸汤点豆腐很关键，是要讲技术的，特别要掌握好火候的大小及酸汤的多少。开始点豆腐时，从柴灶里抽出柴火，让火势变小，点豆腐要用文火点，再用水瓢舀酸汤轻轻地放进大铁锅里，让酸汤与豆汁发生化学反应。所谓点豆腐就是让豆汁通过酸汤的点化，产生神奇的变化。慢慢地豆腐的成分从水里分离出来，凝聚成乳白

　　　　　　　　　　　　第一辑　稼穑记

色的团块，称之为豆腐；水的颜色变为淡淡的浅黄色，称之为告水。待水的颜色刚好变为淡淡的浅黄色正合适。若火力大了，酸汤点少了，豆腐点不成块不说，点出的豆腐很嫩，水也不会变色成为告水。若酸汤点多了，豆腐就会老。

豆腐点好后，接下来的过程就比较简单，在四方桌上放好事先准备好的一个正方形木框，将之前过滤出豆渣和豆汁的纱布取下，把豆渣腾出来喂猪，将纱布平铺在木框里，纱布的四周要搭出来，从大铁锅中用水瓢将成块的豆腐舀出来倒在铺好纱布的木框内，再用与木框内侧大小一样的木板压在装好的豆腐上，用大石头压在木板上，或干脆抬扇石磨压在木板上，把豆腐中的告水挤压出来。最后，搬开石头和木板，揭开纱布，豆腐就做成了。豆腐既可以切成片炒吃、煮吃，还可以切成规整的正方形块状，用来炸豆腐颗或做霉豆腐。

大寒节气做豆豉，豆豉是用大豆做的，将大豆泡涨，用甑子蒸炽。谚语云："冷酒热豆豉。"蒸炽的大豆，一出甑子立即装入事先用布料铺好的簸箕里头。谚语云："紧酒松豆豉。"要小心轻倒，越松越好，用被子或衣物覆盖且封闭好，放在火灶上方的炕楼上。谚语云："三天甜酒，七天豆豉。"到第七天检查，看豆子颜色是否变黄了。若变黄，起黏丝，且散发出香味，说明豆豉来了，即豆豉已经发酵。揭开覆盖的被子或衣物，舀在木制的打糍粑用的木盆里，撒上适量的盐巴及花椒粉，用菜刀砍碎。两三天后，用木制的打糍粑用的木槌捶打出黏性，用手取出来捏成一坨一坨的，形不怎么规则，再用菜刀拍打成规规整整的长方体，每坨大约半斤重。最后用青菜叶包裹好，用米草做成套子套好，挂在阴凉通风的晾杆上，供一年享用。

至于发豆芽，工序和方法就简单得多了。取适量的大豆放入清水清洗干净，将大豆中颗粒不够饱满的和坏的筛出来。将筛好的大豆放在清水中浸泡一天左右，大豆的外壳完全泡软。之后把泡软的大豆用筲箕沥干倒进底部铺有豆芽草的木桶里，向木桶里面加入适量的清水，再用豆芽草铺在豆子上并用毛巾盖上密封好，最后用木桶盖把木桶盖好放在阴暗不见光的地方就可以了。在木桶底部放豆芽草，起到沥水作用，不要让豆芽接触到水，接触到水容易腐烂。过两三天，待大豆开始发芽了，把大豆倒出来用清水淘一次，把飘着的豆壳弄掉，用筲箕沥干后再次装入盖好。每天早上和晚上都要在盖着的豆芽草上洒适量的水，使豆芽足够湿润之后又盖上。三四天之后豆芽就已经发起来了，让豆芽多长几天，就可以了。

烹盐豆，就是将大豆洗干净放在铁锅内爆炒，待大豆"断腰杆"了，即大豆腰部开裂了，就表示炒熟了。将炒熟的大豆马上倒入事先准备好的，用锅或有盖子的大缸钵装着的盐水中，盖上盖子不停地来回摇晃，让豆子充分吸收盐水。打开盖子，香喷喷的盐豆就展现在眼前，即可食用。用铁锅爆炒熟了的大豆，不用放在盐水里，直接也可以吃，称之为干炒豆，味道也很好。

荞　子

一

在故乡凉山，荞子也是种得较多的一种农作物。在苞谷还没有从拉丁美洲引进中国之前，我们的祖先早就种植荞子了。我国第一部诗歌总集《诗经·陈风·东门之枌》中"视尔如荍，贻我握椒"，其中"荍"指的就是荞麦，荞麦俗称荞子。在彝文古籍《物始纪略·荞的由来》就有"五谷未出现，荞子先出现""荞子当粮食，五谷从此生""有荞即财富，一度威势大，唯荞子而已"等记载。这些都说明了荞子原产于中国。

20世纪七八十年代在故乡流传一句俗话："高山冷箐，荞麦、洋芋当顿，要想吃米，除非生病、坐月子。"这体现了在那个贫穷的年代里大米的金贵，人们生活的艰辛。荞子，抗逆性强，生育期短，极耐寒瘠，当年可多次播种、多次收获。我的故乡地处黔地乌蒙山麓的水城县南开乡一个高寒偏僻的小山村，海拔2000余米，因地势高寒，自古称为凉山。处于北亚热带云贵高原山地季风湿润气候区，属暖温带季风湿润气候，海拔高，气温低，土地贫瘠，极为适合种植荞子。故乡一年种植春秋两季荞子，从种到收一般就三个多月近四个月的时间。春天种植苦荞，也称种春荞或旱荞；秋天种植甜荞，也称为种秋荞或晚荞。

春分节气打生地、烧生地，为清明节气栽种苦荞做好充分的准备。所谓生地，就是在上一年夏天雨季，趁土地炆和而开垦未耕种过的处女地。打生地，就是用钉耙捞起生地中的土饼，用脚掌支撑着土饼站立，再用钉耙背朝土饼猛拍打下去，当支撑着土饼的脚在瞬间收回的刹那，土饼立即就变成了一些带草根的小土坷垃。待这些带草根的小土坷垃晒上三五天后，再用钉耙把带草根的小土坷垃翻转来再晒上三五天。烧生地，就是将之前晒了一个星期带草根的小土坷垃用钉耙收拢，每隔四五米远布置一个火塘，在每个火塘中心堆放些许干柴草和小木柯柯，选顺风的方向作为点火的火门。之后，把收拢的带草根的小土坷垃用撮箕抬来，堆放在干柴草和小木柯柯上，形成一个个圆锥体形状的火堆。整块地的火堆搂好后，便相继在每个火堆的火门处点火，火借风力，风助火威，烟雾弥漫，好像置身于云雾山中，心里有一种说不出的喜悦。让火堆一直燃烧到第二天后，再去把没有烧到的带草根的小土坷垃，搂到火堆的顶端，让其继续燃烧。第三天再去看看火堆时，那些带草根的小土坷垃被烧成黄中带黑的颜色，是极好的草木灰，也是种苦荞最好的肥料。等下雨火灰冷却后，用薅刀捞散火灰，均匀地铺散在地块里，待清明节气到来好种苦荞。

谚语云："清明撒早荞，谷雨撒早秧。"清明前后十天是故乡凉山种苦荞的最佳时机。唐代诗人李绅《悯农》组诗云："春种一粒粟，秋收万颗子。"是对种苦荞收益的最好阐释。种苦荞就没有种苞谷和洋芋那样费时费力了，人手也没有种苞谷和洋芋那样用得多。把事先准备好的苦荞种，用大粪和底肥裹好，用背箩背到地里再和山粪拌在一起。所谓山粪，就是在清明前背上背箩，带上撮箕和小薅刀，到山上、地头将猪、牛、马、羊、狗等牲畜拉下的粪便捡背回来晒干，再用连枷打碎打细，用筛子筛后再打，用来栽辣秧、荞子、土烟等作物的粪。

种苦荞一般是一头牛、三个人。一人打犁沟，一人用撮箕抬拌好的山粪和荞种倒在丢荞种的撮箕里，一人丢拌好的苦荞种。打一沟犁沟，丢一沟荞种，犁过去是打犁沟，犁回来既是盖荞种，又是打犁沟。第一铧是犁沟，从第二铧起，每一铧既是盖又是沟。犁沟打完荞种盖完，这叫作赶牛栽。若没有牛，怎么栽？直接用人工栽。把大粪和底肥裹好的荞种撒在地里，然后就用薅刀把土地挖一遍，或者用牛把地犁一遍，把荞种盖好即可，这叫满天心星的栽法。还有一种称作赶窝栽，两个人，一人打窝，一人丢荞种，打一个窝儿，丢一窝荞种。打下一个窝儿的泥巴盖上一个窝儿的荞种，窝儿打好，荞子栽好。谚语云："荞盖深，麦盖浅，大豆只盖半边脸。"意思是说，栽种荞子盖得要深，不论是赶牛栽，还是满天心星栽，一般盖个四五公分深最为合适。荞子栽种好，到了成熟的季节就只管收割。俗话说："荞麦不用薅，不种荞麦是憨包。"不用薅，就是不用松土、培土和除草，等到了秋天，荞子成熟后就直接收割。

荞子生长周期比较短，播种下去，四五天就开始发芽，生长得快、成熟得快，要不了一个月就长到五六十厘米，且开始开花。荞子茎直立，从直立的主茎上分出许多枝丫，茎光滑为红色。叶片互生在枝丫上，呈三角状箭形，有的近五角形，长四五厘米。荞子开的花有白色和浅粉红色两种，荞花花期长，可达两到三个月之久。一般一季荞子四个月就成熟，可以收割。为此，故乡的人们把荞子当作一种重要的救济作物。

每到夏天来临，看到那坡坡岭岭、沟沟坎坎盛开着雪白色的苦荞花，在蓝天白云下，青山绿地间，那一片片、一垄垄、一簇簇的苦荞花像雪一样洁白纯净，正如唐朝诗人白居易在《村夜》诗中描写的那样："独出前门望野田，月明荞麦花如雪。"苏东坡也有"荞麦如铺雪"的诗句，杨万里也有"雪白一川荞麦花"的诗句。苦荞花在山风的轻拂下摇曳生姿，它们柔柔地蠕动，小心翼翼地挤在一起，发出轻颤的沙沙声，像是在耳语。苦荞花散发出缕缕的淡淡清香，引来成群的蜜蜂在花丛间飞来飞去，嘤嘤嗡嗡唱个不停；招来双双彩蝶在荞地里飞飞停停，上下翻飞，翩翩起舞。

二

当苦荞花逐渐萎缩，到立秋节气，待叶子落尽，苦荞已经成熟，荞麦秆的枝丫上便结满了密密匝匝的一串串三面体，颗粒一端小一端大，表面光滑且有弧度。这时就可以收割苦荞了。收割苦荞时正值夏末初秋的好天气，成熟的苦荞，叶子已全部掉完，苦荞秸秆较硬，极容易脱粒。因此，割下的苦荞不用晒干，也不需要背回家再进行脱粒，就可直接在荞地旁平整出一块临时的简易敞坝就近脱粒。割下的苦荞，平铺在地里，摆成一行一行的。待割完后，把苦荞一抱一抱地收拢来棚起站立在敞坝的中央位置，用一根约三尺长的木棒捶打即可脱粒。若只是一人捶打，左右手各持一根木棒，左起右落，右起左落，左右开弓，交替不停捶打在苦荞上，让苦荞脱粒；若是两人捶打，就各持一根木棒，面对面地站着，你一棒，我一棒，此起彼落地打在苦荞上，让苦荞脱粒，苦荞颗粒呈"三棱"圆润状，呈黑褐色。

捶打结束，用镰刀捞开荞草，两个人面对面地站着，并同时拿着一把边长为一米左右的正方形浪筛，另一个人用撮箕将荞渣和荞子撮进浪筛。手持浪筛的那两个人，便我推你拉，你拉我推，来回如是。荞渣和荞子在浪筛里不停地跳跃、翻滚、滚爬，筛下来的是荞子和荞糠，剩在浪筛里的是荞渣。最后，把荞糠和荞子一起背回家，放在平簸箕里一边上下颠簸，一边用嘴对着簸箕里面吹，扬去荞糠、秕荞和尘土，剩下的就是颗粒饱满的苦荞了。用口袋装好背回家放好，待太阳好的时候，放在敞坝或大簸箕里晒干收起装好即可。

收苦荞结束，把地犁了，就接着栽种甜荞。栽种甜荞的程序和方法与栽种苦荞一样。播种下去的甜荞，也是四五天就开始发芽，用不了一个月就开花了。甜荞一直到荞子成熟时都还不停地在开花。甜荞开花正值万物已经开始凋零萧疏的深秋季节，甜荞绽放那浅粉红色的花独立寒霜，虽是深秋季节，却依然绽放得生机盎然，散发出淡淡的幽香，似有似无，若隐若现。那一坡坡、一岭岭开得红红火火的甜荞花，让原本沉寂而寒冷的故乡凉山大地焕发出一片生机勃勃的景象，让人们又多了些许喜悦和希望。

到了十月立冬节气，就可以收割甜荞了。收割甜荞是在秋末冬初，天气寒冷。成熟的甜荞，叶子没掉完，还在开花，且甜荞秸秆较软，不容易脱粒，因此，割下的甜荞要背回家晒或炕干以后，才能进行脱粒。割甜荞就没有割苦荞那么容易了，因为是冬天，再加上故乡凉山海拔高，就更加寒冷了。割甜荞时，割满一把就放一把在地上堆着，五六把放一堆，刚好够捆成一捆。还没割上几把，双手就被冷风寒霜冻得发青、发紫、发痛，人们冷得嘴里不停地"嘿哈嘿哈"地呼出热气。割一气就要站起来，将右手上的镰刀夹在左胳肢窝下，双手十指并拢向内弯曲抬起伸到嘴边蒙住整个嘴巴，用从嘴里呼出的热气为冻得发青、发紫、发痛、麻木的双手取暖。就这样，割一气，让双手取暖一气；让双手取暖一气，又割一气。直到冬阳慢慢升起后，才稍微暖和一点，割荞子的速度也才逐渐快起来。待割完荞子后，回头用茅草扭成的草绕子捆在荞麦秆上部的1/3处，将五六把放一堆的荞子捆成一个个荞捆，捆好后收到地坎边，用草扦背回家。

所谓草扦，就是用一根长约1.5米的手臂般粗细的木棒，小的一头削尖，大的一头在距离根部高约3公分处，砍出一个凹陷的圆圈，圆圈的下部砍成陀螺形状。用一根索子取中点打一个羊蹄套拴在圆圈处，一根草扦便制作完成。把草扦插稳在地坎上，将荞捆一个一个地串在草扦上并压紧。串的时候要串在靠近草绕子的下方，这样串既串得稳又串得多，当串到草扦2/5高处，把拴在草扦上的索子一分为二交叉绕过草扦作背系后，继续往草扦上串荞捆，把草扦串满即可背了。一般一草扦一次能背20来个荞捆。荞捆背到家，若天气晴朗，就将荞捆一捆一捆站立在院坝里晒，若天气不好，就暂时堆放在房檐下或院窝中，若几天都不放晴，就得背上炕楼用火炕干。不论晒干，还是炕干后，就用连枷像捶打大豆把把、花豆把把那样捶打甜荞捆，使其脱粒。甜荞颗粒呈"三棱"角状且非常明显，表面光滑，有黄绿、灰褐两种颜色。用连枷捶打脱粒后，也要像收拾苦荞那样，用浪筛和簸箕将荞渣、荞子、荞糠分离出来，最后用口袋装好扛上楼搁好。

三

不论是苦荞，还是甜荞，在每收好一季后，都可以将荞子晒干用石磨推，粗筛筛了，箩筛筛，制作成散发着清香的荞面，然后用荞面做成荞疙瘩饭、荞疙瘩汤，或者烙成荞粑粑，让我们一家美美地吃上几顿荞制食品。不论是苦荞面，还是甜荞面，都可以用来蒸荞疙瘩饭、煮荞疙瘩汤、烙荞粑粑，只是味道和口感不太一样。苦荞做的，吃起来略带苦苦的味道，不过吃过之后，回味好，自有独特的香味，且营养价值更高于甜荞；甜荞做的，吃起来味道淡淡的，略甘，几乎没有苦味。在故乡凉山，人们一般是用苦荞面蒸荞疙瘩饭和烙荞粑粑，用甜

　　　　　　　　　　　　　　第一辑　稼穑记

荞面煮荞疙瘩汤和烙荞粑粑。母亲是我们村上蒸荞疙瘩饭、煮荞疙瘩汤、烙荞粑粑的一把好手。

母亲用饭槽从木桶里将散发出清香的苦荞面撮个五六饭槽放在做饭簸箕里，然后往苦荞面里洒上适量的水搅拌均匀，用一双筷子先左右后前后，反复地在簸箕里将搅拌均匀的湿润的荞面划过去划过来，让湿润的荞面凝聚成大大小小的块状。随后，放下筷子，左手高右手低，将簸箕抬起来，按顺时针方向不停地摇晃簸箕，让凝聚成大大小小块状的荞面团紧团圆，团成大大小小的荞疙瘩，大疙瘩滚在右手低的一方簸箕里面，稍比小米粒大的小疙瘩留在左手高的一方簸箕里面，称为团疙瘩，当地称为哈疙瘩。母亲用饭槽将稍比米粒大的小疙瘩撮出来放在筲箕里后，再往簸箕里添加适量的苦荞面，用饭槽将比豌豆米大得较多的大疙瘩挨散与添加的苦荞面充分融合在一起，然后再用筷子划过去划过来，抬起簸箕继续团。这样反复多次，直到把苦荞面全部团成稍比小米大的苦荞疙瘩。团出来的疙瘩，大小要适度，太大了不香不好吃，太小了不成疙瘩。

苦荞疙瘩团好后，事先放在煤火上的甑脚锅中的水已经烧开，顿在甑脚锅上的木甑子已经来烟，即冒热气。将团好的荞疙瘩一饭槽一饭槽地舀到木甑子里，称为上荞疙瘩饭。上好荞疙瘩饭后盖上甑盖，蒸大约20分钟后，木甑子中的荞疙瘩已经完全黏合在一起，形成了一个形状与木甑子一样的荞疙瘩团，达到了八分成熟的时候。此时，将荞疙瘩团倒在做饭簸箕中，把木甑子放回甑脚锅盖上甑盖，接着加一瓢水倒在甑脚锅里后，就用分饭槽将荞疙瘩团挨散，再洒一次水，用分饭槽搅拌，这次水要比团荞疙瘩时稍微少点，称之为分荞疙瘩饭。荞疙瘩饭分好后，等待七八分钟，甑脚锅里的水已经烧开了，甑子也来烟了，又将分好的荞疙瘩饭重新上在甑子里，盖上甑盖，约蒸15分钟后，美味可口的荞疙瘩饭就做好了。蒸好的荞疙瘩饭软软的、润润的、圆圆的、滑滑的，呈墨绿色，很有弹性，配上酸菜红豆汤及豆豉做的蘸水就可以食用，炒出来的荞疙瘩饭味道也很香。

煮苦荞疙瘩汤就没有蒸荞疙瘩饭那么复杂了，团荞疙瘩的程序和方法与蒸荞疙瘩饭一样，不同的是，煮甜荞疙瘩汤，荞疙瘩的大小没蒸荞疙瘩饭那么讲究，但大小也要适中。若团出的疙瘩大了，不但不好煮熟，吃起来口感也不是太好，团出的疙瘩太小，费时费劲也不好。团煮甜荞疙瘩汤的疙瘩大小与豌豆粒差不多。在团荞疙瘩之前，用一个砂锅或铑锅装适量的水和酸菜放在煤火上烧开后，将团好的荞疙瘩放入锅中煮个十五六分钟，待荞疙瘩达到八九成熟时，再加入适量的事先煮熟的花豆和豆汤，再煮五六分钟，抬下来，配上豆豉做的蘸水或霉豆腐、酸辣椒就可以食用。

至于烙荞粑粑就更简单了，母亲用一个缸砵或大碗将甜荞面与水搅拌均匀，调制成浆状。但一定要注意，不能搅拌调制得太干，若太干不容易烙透烙熟；也不能搅拌调制得太稀，若太稀了烙不成型不说，还不容易翻转来烙另外一面。一定要搅拌均匀，调制得刚好不稀不干，才能烙出好吃的荞粑粑。搅拌调制好后，就放一个铁锅在煤火上，待铁锅烧烫后，母亲用右手背放在距离锅底两三寸的高度试一试，若感觉到烤手，就将搅拌调制好的荞面浆倒进锅里，用筷子扒均匀摊平整，烙的时候还要注意，不要让荞粑粑烙糊。烙一两分钟，待烙起蜂窝状且散发出香味后，用薄刀沿着锅底在荞粑粑周围轻微地铲一下，让荞粑粑不粘锅后，用双手平抬着锅耳朵将锅抬起来与腰部差不多高度左右摇晃几下，双手向前接着向上轻轻一扬，荞粑粑就很自然地在锅中翻转身，只听到"啪"的一声轻响，荞粑粑就翻转来平平地躺在锅里，接着烙另一面。也是边烙边用薄刀沿着锅底在荞粑粑周围轻微地铲一下，不让荞粑粑烙糊，烙一两分钟，用薄刀铲出来搭在碗口上，待稍微降一下温就可吃了。若要吃甜一点的，在搅拌调制时，可以加点糖精水进行搅拌调制。

烙出的荞粑粑圆圆的，颜色金黄，吃起来清凉爽口，既纯又香。20世纪八九十年代，我在坞铅小学和南开中学读书时，因家离学校较远，中午不能回家吃饭，都是父母要么炒苞谷花、烙荞粑粑，要么烧或煮几个洋芋、几个苞谷，放在书包里作为我的午餐。特别是在南开中学读书的时候，每天中午舍不得吃完，总要留下一块在放学回家的路上吃。荞粑粑伴我度过了读中小学的岁月，我永远也忘不了那散发着浓浓荞香味的荞粑粑。

麻布衣裳

一

常言道："是龌龊都揩在麻布衣裳上。"这是瞧不起麻布衣裳的体现，或者说是对麻布衣裳的一种不尊重。直白地说，这不仅是对麻布衣裳的不尊重，而且也是对劳动人民的不尊重，甚至是对老祖宗的不尊重。在一穷二白、缺衣少食的20世纪50年代初至80年代末，物质还十分匮乏。由于国家实行的是计划经济，布匹、粮食和煤油等是凭票供应购买。买布匹要布票，买粮食要粮票，打煤油要煤油票。

当初，布票是按人头限量发放，一家人不分大人小孩，每人每年国家就供应四尺布票。后来，每人每年增加到一丈五尺七寸布票。因此，在故乡凉山还留下了一句歇后语："三个人的布票——四丈多。""四丈多"为"是这样多"的谐音，即表示某件事情和某个人到此为止，有"完结"的意思，也包涵有些无奈的意味。

说实话，当时那少得可怜的布票，对于一家人的穿衣来说，简直是杯水车薪。为了节省布票，生活在故乡凉山的乡亲们就只好在自己家的园地里种些火麻。再把火麻的生湿麻皮经过几十道工序加工成麻布，最后将麻布裁缝成麻布衣裳、麻布褂褂、麻布裤子、麻布鞋子、麻布洗脸帕、麻布袜子等。麻布是一种质地很粗糙的布料，因此，故乡凉山还有一句歇后语："麻布洗脸——初（粗）相会，一回生来二回熟。"

行文到此，我不由自主地想起了"布衣"这个词语，想起了读书时读过诸葛亮《出师表》中的这句话："臣本布衣，躬耕于南阳，苟全性命于乱世，不求闻达于诸侯。""布衣"指布制的衣服，即平民百姓最普通的廉价衣服，后借指平民百姓。古代的"布"指麻葛之类的织物，"帛"指丝织品。平民百姓只能穿自制的麻葛织物，富贵人家穿绫罗绸缎与丝棉织物。麻布衣裳就是用麻经过若干道工序制作出来的平民百姓穿的衣裳。后来，也以"布衣"称没有做官的读书人。

那个时候，故乡凉山的人们为了满足能穿上一件像样防寒保暖的麻布衣裳的愿望，那是要亲自动手，经过种麻、收麻、剐麻、绩麻、纺纱、织布、裁缝等大小几十个工序，才能制作而成，是多么地艰辛啊！麻布衣裳曾经为我们遮过羞、保过暖，我们不能忘本，要学会感恩，更要学会懂得珍惜今天美好的幸福生活。那么，麻布衣裳是怎么制作而成的呢？

小时候，父母说了一个谜语让我们猜，谜面是："雨打灰坡土，钉子踩烂泥，后园鸡啄菜，翻转石榴皮。"我们怎么也猜不到谜底是什么。最后父母说，谜底就是种麻和剐麻的整个过程。意思就是说，种麻的园地泥巴一定要酥松细腻得像煤灰一样，撒下去的麻种才能发芽生长。"雨打灰坡土，钉子踩烂泥"指的就是撒麻时的场景，"后园鸡啄菜"指盖麻种的场景，"翻转石榴皮"指剐麻。

在我的记忆里，故乡种火麻和苎麻两种麻，做麻布衣裳用的是火麻。种火麻和种青菜用的地大多数是房前屋后的园地，分季轮作，春季种火麻，秋季种青菜。当然，园地也可以用来种苎麻、萝卜、白菜、苞谷、洋芋、豆子等农作物。苎麻是多年生草本植物，不可以轮作，也不能同时混种或套种；而火麻是一年生草本植物，可以轮作，但也不能同时混种或套种。

严冬过后春天来临，之前种在园地里的白菜、萝卜已被雪凌冻死了，唯有青菜不畏严寒，依然青翠欲滴，生机盎然。一开春，天气暖和了，在和煦的春阳下茁壮成长，青菜长得绿油油的，菜叶宽大，一匹菜叶就能够给儿童当披风。此时茂盛的青菜没有了苦味，腌出来的酸菜极为可口，够一家人吃一个月。

到了阳春三月，砍完园地里的青菜腌成酸菜。翻犁菜地，用薅刀捞尽菜根和杂草，打碎泥饼，撒下火麻种，用薅刀浅挖轻盖麻种后，再盖上一层八九公分厚的草粪。种下去的火麻，不用薅，不除草、不培土、不施肥，到了初秋的七月只管收麻。七月砍火麻，种青菜、白菜、萝卜。父亲到水井边的竹林中砍下两棵又直又粗的竹子，用镰刀修去竹枝，砍掉竹冠，在竹子小的一端砍出单尖两刃似匕首形状，称之为麻刀。麻刀有长有短之分，长麻刀长约三四米，用来刷麻林。短麻刀长约一米，用来刷已经拔起来而长麻刀没有刷着的麻秆上的残叶。

火麻林犹如一片竹林，但又有不同之处。竹林密度小，人可以随便出入走动，而麻林密度大，若人走进去，容易把火麻秆踩断、踩倒、踩乱。火麻秆最高的约两三米，最矮的约一米。麻秆粗的如拇指，细的像筷子。火麻有公麻和母麻之分，当然这是当地方言。所谓公麻就是雄株麻，学名叫枲；母麻就是雌株麻，学名叫苴。公麻只开花，不会结籽，麻秆高而细、麻皮较薄，颜色较浅。公麻经过加工出来的产品，用途比较广泛，麻皮绩的线，可以用来打鞋底、上鞋子，可以做织麻布的纤线，即经线等。母麻不开花，只会结籽，麻秆矮而粗，麻皮较厚，颜色较深，麻皮绩的线只能做织麻布的纬线。

故乡凉山人家，一边收麻，一边种下青菜、白菜和萝卜种子。我们一家六七个人一起到了麻地准备收麻，先要做个分工：母亲撒菜种，父亲刷麻叶，我们小孩就拔麻秆。母亲用围腰兜着事先按照青菜种子占70%、白菜种子和萝卜菜种子各占15%的比例准备好并混有细泥巴的菜种。母亲撒一手菜种，父亲手执长麻刀直穿麻林就刷一手麻叶，我们就拔一手麻秆。这里的一手就是用手抓一把菜种撒出去，菜种所能到达的区域，一般向前边、左边和右边各有近两米远的距离，一手就是一片的意思。菜种要混有细泥巴，增加重量，撒出去才容易掉在土里，且撒得较为均匀。

母亲撒菜种时，菜种和细泥巴与麻叶、麻秆接触的瞬间，便发出轻微的刷刷声。待母亲撒好一手菜种，父亲双手将长麻刀使劲往上一挑，麻叶像一群被人惊动的麻雀一样纷纷飞上天空翩翩起舞，须臾之间又纷纷坠入麻林，伴着簌簌的坠落声，极为均匀地覆盖着之前撒下的青菜种、白菜种和萝卜种，约两三公分厚。麻叶腐烂后是上好的肥料，覆盖着菜种的麻叶就代替了施肥，不再用其他粪肥了。待父亲刷好一手麻叶，我们就去拔麻秆，拔起麻秆，随手用小麻刀刷掉麻秆上的残叶。麻根带出来的泥土，自然地覆盖住刷下的麻叶和菜种，深浅适度，不再另行挖盖菜种，真是一举两得，既拔好了麻秆，又盖好了菜种，且覆盖着的麻叶又为菜种增添养料。拔麻秆时，分大麻、中麻、小麻和麻儿四种类别，按先后顺序和类别拔。先拔既高又粗的大麻，其次拔不高不矮、不粗不细的中麻，再拔既矮又细的小麻，最后拔最矮最细、刚不成皮的麻儿。

我们用小麻刀刷掉父亲用大麻刀未刷着的残叶后，再用镰刀砍掉麻根，按照麻的长短、粗细、颜色分开归类放在一起。待母亲撒完菜种，父亲刷好麻叶，就来参与我们拔麻秆。最后，拔麻秆结束，父亲就将之前分开归类好的麻秆，用小麻儿扭成麻绕子扎紧，捆成一捆一捆的。火麻收完，青菜、白菜和萝卜也种好了。

二

把捆成一捆一捆的麻秆扛到开阔空旷向阳的草地上或草坡上，解开麻绕子，将麻秆一字排开，均匀地、薄薄地铺在草地上，让太阳晒干。在晒麻秆的过程中，千万不能让雨水淋湿麻秆，哪怕是小毛雨也不行。若天云突变，天空暗下来，看要下雨了，就立即把麻秆收拾捆好扛回家。若麻秆被雨水淋湿过，其原本浅黄色的麻皮，就会变成浅黑色，且麻皮出现斑斑点点，原本优质的麻皮却变成了劣质的麻皮，令人心痛啊！

待麻秆晒干晒透后，把麻秆捆成捆扛回家，适时扛到水塘里或水沟里浸泡，并用石头压住，让麻捆完全浸泡在水中。公麻浸泡一至两天，母麻浸泡两到三天，再检查麻秆上的麻皮是否有腻滑感。若麻皮有腻滑感，就说明已经浸泡好了，可以扛回家放在草堆里捂上一至两天，待麻秆与麻皮可轻松分裂，就可以从草堆里把麻秆取出来，放到家里靠着墙壁直立站着，然后折断麻秆根部，剥下麻皮，左手高，右手低，两只手向相反方向分开，麻皮就轻而易举地离开麻秆，这称之为剐麻。剐下的麻皮夹在左手食指和中指的指缝中，把指缝夹满后取下来，挂在事先搭好的竹竿上，称作一指麻。就这样一指麻一指麻地剐，直到全部剐完挂好。麻皮剐好后，以十指麻皮为一个单位，十指麻皮十指麻皮地分好，取中间折叠处扭成绳拴好，叫一把麻。再以十把麻为一个单位，十把麻十把麻地分好，用绳索捆起来，叫一捆麻。剐不成皮的麻儿，就用连枷反复捶打，连麻秆麻皮一起打碎打绒，把麻秆剔除来，剩下的乱麻团就用做麻绒铺盖。

剐完麻皮，就接着绩麻。绩麻是女人的活儿，男人是不绩麻的。在那个农活繁重的年代，白天忙于田间地头干农活，只能利用晚上的时间绩麻。在那个经济条件不好的岁月里，打不起煤油，点不起煤油灯。祖母、母亲，姑妈、伯娘，婶婶，就借着煤炭火发出的光亮来绩麻。流行于故乡的民间小调《水城放羊歌》云："四月放羊四月八，早曦放羊晚绩麻，早曦放羊麻四两，晚上收羊麻半斤。"这也体现了绩麻的艰辛，即使在山坡上放羊时，也要抽出时间，边放羊边绩麻。同时也说明了故乡人绩麻主要是利用晚上的时间。

打开一把麻，以三匹麻皮为一绺，绾成长约20厘米、直径约10厘米粗细的圆柱体，称为麻颗，用水淋湿，待几分钟发滋润，脱下麻绺衔在嘴里，用左右手向相反方向分开，叫划麻。划麻皮是绩出好麻纱的关键。麻皮既不能划得太大，也不能划得太小。划大了，绩出的麻纱太粗，划小了，绩出的麻纱太细。因此，划麻皮一定要掌握好方法，才能划出粗细合适的麻皮。划下的麻皮，用牙齿啃出麻皮的搭头，下皮与上皮的相交处，用拇指和食指反复捏搓成麻纱，以虎口处为起点，将麻纱从手背经手掌绕360度与虎口的点相交，戴在手背上。一匹一匹地绩，绾满一虎口为一手麻。一手麻一手麻地绩，绩完了一把麻，将它绾成直径约为20厘米的扁圆体，看起来像一个荞粑粑，称之为粑粑麻团；有的绾成直径约为20厘米的圆柱体，看起来像一个木甑子，称之为甑子麻团。绾麻团时，圆心要留出毛钱大小的一个孔，便于从内到外抽出松麻纱纺紧麻纱。

俗话说："苦绩麻，勤纺纱，发愤为人。"绩麻是制作麻布衣裳所有工序中比较轻松的活儿，要是能在白天绩麻，是较轻松的。晚上绩麻，就不是一件轻松的活了。据父亲回忆说，在他7岁那年，也就是1955年夏天的一个晚上，父亲半夜醒来，看见祖母还坐在床沿上对着煤炭火的亮光，嘴里衔着一匹麻，手里拿着较小的两小匹麻在拇指和食指间不停捏搓着、捏搓着、捏搓着，突然，祖母身体一偏，差点倒下。看着这个情景，父亲立即起来搀扶着祖母说："妈妈，您是哪儿不舒服？"祖母对父亲说："没事的，是瞌睡来了。"父亲对祖母说："妈妈，太晚了，休息吧，明天晚上再绩。"祖母对父亲说："好，你去挖一锄炭来，我封好火，就睡觉。"祖母封好火，就去睡觉了，但父亲刚上床躺下，就听到鸡圈里打鸣的公鸡"喔——喔——喔"地叫了起来。父亲说，在当时他不知道是几点几分，因为家中既没有时钟，也没有手表。直到后来父亲才明白，鸡叫头遍是凌晨的一点钟左右。父亲带着有点伤感的口气对我说："那时，你奶奶白天在地里干活，晚上坐在煤火旁边借火光绩麻到深更半夜，是多么地辛苦啊！"

绩麻是女性的工作，纺纱也是女性的工作。纺纱前要准备好一架纺车。常用的手摇式纺车是锭子在左，绳轮和手柄在右，中间用绳弦传动，这称为卧式纺车。纺车由轮子、摇柄、锭杆子、支架和底座等构成。木方制作的纺车底座长约70厘米，呈"工"字形。"工"字形的上横木处有一小支架安装锭杆儿。"工"字形的下横木处有两根方柱，也称为大支架，方柱长约50厘米，方柱的顶上端有摇柄。主动的辐条是中间带圆孔的条状薄板，长约60厘米，中间宽约8厘米，两端宽约6厘米，共6片，轴的两端各3片。线绳固定的辐条间隔60度，呈张开的伞骨状。轴的两肩卡住轴两边的辐条，使其不能会合。线绳把辐条呈"之"字形相间张紧，辐条略向内弯曲。张紧的"之"字形的线绳是轮的辋，辋上挂着传动绳。锭杆子长约30厘米，直径约0.5厘米，两端有尖锐的钢线。直径约2厘米的传动轮套在锭杆儿中间固定。主动轮与锭杆轮之间由张紧的线绳传动，轴部加适量的润滑油。大轮子转一圈，木锭子就能转100多圈。

接下来就是纺线，说到纺线，我便想起了小时候听到过的一个谜语，其谜面是："对门有棚竹，有个老奶奶天天在里边哭，别人问她哭啥子，她说藤子网到她背脊骨。"这个谜语说的就是纺线时的场景。纺线时，母亲从放在地上的麻团的圆心抽出麻纱，把端头蘸水粘在锭杆上，然后坐在板凳上，左手牵着麻纱，右手拿着摇柄，按顺时针摇动摇柄，牵着麻纱的左手凭感觉配合大轮子的旋转慢慢抬高位置，拉长麻纱，麻纱已经纺紧到恰当的程度时，右手按逆时针摇动摇柄，让大轮子转半圈，左手徐徐降下，把纺好的麻线缠在锭子杆上，纺满锭杆，取下来叫一个锭包。就这样反复操作，随着操作时发出"吱嘎吱嘎"的声音，直到把所有麻纱纺完，形成许多个锭包。

三

纺好锭包，接着框线。所谓框线，就是制作一个木三脚架，用两根长约1.5米的中粗竹竿，居竹竿的中点各烙一个孔，将烙好孔的两根竹竿十字交叉，穿在三脚架中柱的顶端上，在两根竹竿的两端各钉一颗钉子后即可框线了。把之前纺好的锭包上的麻线的端头拴在一颗钉子上，旋转穿在三脚架中柱上竹竿的两端，锭包的麻线就会跟着竹竿的旋转而旋转，麻线绕在两根竹竿两端的钉子上，麻线绕满钉子，取下来就叫一框线。这样反复操作，直到把所有锭包的麻线框完为止。

框线结束，就要煮线、洗线了。用杀年猪时的大灶锅顿在柴火灶上，倒入适量的水，生火把水烧开，放入20多斤麻线，用事先准备好的10多斤柴火灰覆盖着麻线，灶锅里的水快煮干时，将麻线捞出来。随后待捞出来的麻线水分稍干，就将麻线挂在扁担的两端挑到水塘里的石板上，用棒槌捶打一会儿，再用脚猛踩一会儿，最后用手搓一会儿。就这样，反反复复地捶打、脚踩、手搓，直到把麻线上的柴火灰洗净，称之为洗线。洗好的线，挑回家晒干后又接着再煮一次，煮的程序和方法与第一次相同，但不放柴火灰。煮好后又一次挑到水塘里去洗，洗的程序和方法也与第一次一样。但不同的是，这次洗出来的麻线由淡黄色变为了浅白色。把浅白色的麻线挑回家晒干后，进行第三次煮线，煮的程序和方法与第二次相同。麻线煮好后再挑到水塘里，进行第三次洗线，洗线的程序和方法与以往两次相同，不同的是这次洗出的麻线由浅白色变成了深白色。

经过三次煮线、三次洗线、三次晒线，麻线的柔软度和色度已经达到理想的效果。接下来，就是解线、绕线和牵线。把麻线框套在两根大竹竿上，按60度的角度靠着墙壁，找出麻线端头抽出来解散开，绕成圆台式的线团。所谓牵线，也叫扯线。在门口的院坝里，量出六七米长的一段距离，在两端各并排钉下3根约40厘米长，直径约5厘米粗的小木桩，小木桩之间相距约30厘米，将6个圆台式的线团分别装在6个盆子，或升子，或锑锅等容器里，把装线团的容器放在一排小木桩的一侧，并在这排小木桩的第三根小木桩旁靠着一把篦子。

把6个线团的端头找出来，拴在放着线团容器旁的这排小木桩的第一根木桩上，抽出麻线牵过去套在另一排小木桩的第一根木桩上，牵回来套在线团容器旁的这排小木桩的第二根木桩上；牵过去套在另一排小木桩的第二根木桩上，牵回来按每两股麻线先穿过篦子的一个缝隙再套在线团容器旁的这排小木桩的第三根木桩上……如此反复操作，按照篦子的每个缝隙一次穿过两股线，直到把篦子的缝隙穿满算完成一次牵线的活路。

这里需要说明一下，布幅的宽窄取决于牵线时穿过篦子缝隙的多少，若要织宽布，就把篦子的缝隙按照每个缝隙两股麻线全部穿满，若要织窄布，在麻线穿过篦子的缝隙时，就要在篦子两边对称地留下相应的缝隙出来，称之为空隙。

线牵好了，须裹在羊角上，羊角是当地的方言，即线辊。用线裹在羊角上需要三个人，一人抱着羊角，一人抱着装着麻线的篦子，面对面地站着。另一个人把纤线的另一端线头拴吊在羊角上的小木棍上，左手拿着一把麻秆，右手持一根小木棍抬平纤线，即经线。抱羊角的人旋转羊角绕线，待绕完一圈后，面对面站着的两个人同时用力一拉绷紧绕线。就这样，绕一圈绷紧一圈。绕了几圈后，另一个人用一根麻秆夹在绕线上，每隔一二十厘米宽的距离放一根麻秆，边旋转羊角边放麻秆，麻秆夹满一圈，另一人抬平纤线，绕几圈夹一根麻秆。这样的操作要反复进行，直到把纤线裹完为止。裹好的经线上的麻秆是叉花的。线在羊角上裹完后，把穿过篦子缝隙的线拉退出来，穿在综框里。每扇综框的一个缝隙穿一股线后再返回穿过篦子的缝隙，篦子的每个缝隙穿两股线。这样反复操作，直到把线穿完后，将羊角、综框、篦子一并搬上织布机床。

　　小时候，在故乡经常听到人们说这样一个谜语，其谜面是："稳坐高楼宝殿，脚踏扬州二线。手拿四川干鱼，眼望昆明挂面。"父亲给我们解释说，这个谜语的谜底，就是坐在织布机上织布。"稳坐高楼宝殿"是指织布的人坐在织布机上，织布机的形状和构架犹如一座宝殿；"脚踏扬州二线"是指在织布的时候，织布的人用左右两只脚交替着踩下织布机的踏板；"手拿四川干鱼"是指织布的人用双手操作的梭子，形状像一条风干的鱼；"眼望昆明挂面"是指织布的人随时都要专心致志地看着用来织布的麻线，深白色的麻线在眼前一条一条地挂着，就像面条一样。但令我不解的是，为什么要用扬州、四川和昆明这三个地名呢？我想，也许是扬州纺织业、四川干鱼、昆明面条都很有特色、很出名吧！

　　织布机高约2米，宽约1米。中后高约2米，中前高约1米，前边高约0.6米，后边高约0.8米。是用长短不齐、宽窄不等、厚薄不同的几十块质地坚实的上等方木和圆木组装成的一个大木架子。主要部件有羊角，即线辊，装在架子的后边，高约0.8

米；综框，吊在中偏后的架子上，高约2米；筐子吊在架子的中偏前位置，高约2米；裹筒，也叫布辊，装在架子的中前方，高约1米；撑子，是吊在裹筒上的一根圆木；脚踏板，装在架子底部，高约0.05米；小木板凳，放在架子前面，高约0.6米。

四

牵好线后，把羊角、综框、筐子一并搬上织布机床，就可以织布了。羊角上的经线穿过两扇综框，穿过装着筐子的打板，牵到裹筒上吊着的撑子旁边。母亲将线头平均分成若干绺拴吊在裹筒的小木棍上，幅宽约一尺，接着拿着手指般粗细的一根撬棍，插进裹筒右端的小孔里，拨动裹筒旋转，绷紧经线，用套在机床上的绳子拴在撬棍的上端，固定裹筒。母亲手持装着纬线颗的梭子，找到线头穿出梭子侧面的小孔拉出约0.4厘米的一段线。母亲用右脚踩下踏板，一扇综下落，经线张开，母亲把梭子穿过经线，左手接到梭子，右手提着线头，左脚踩下踏板，另外一扇综下落，经线张开，左手拿着线头穿过经线，右手放下线头，接着梭子，左手拉着装筐子的打板，打紧纬线……这样反复操作，布匹织到踩踏板，综下落，经线张开，不够梭子穿过，母亲放松撬棍绳子，取出撬棍，站起来用撬棍扒开羊角上的挡棍，羊角自动转出另一只角，母亲又将撬棍扒一下挡棍，挡棍就返回原位，固定羊角。随后，用撬棍不停地扳动裹筒，让裹筒旋转，织好的麻布就自然而然地裹在裹筒上。待裹筒扳不动时，用绳子拴住撬棍，固定裹筒，继续织下一段麻布。

就这样，两只脚不停地上下交替踩踏板，调换两扇综的位置，使两组经线交错张开，手持带着纬线的梭子，在两组经线之间穿过去，手拉装着筐子的打板，打紧纬线，反复操作，就织成了一匹匹麻布。

刚织好下机床的麻布称为生麻布，比较硬板，要拿到水塘或者水沟里的石板上，用棒槌捶打，用双脚猛踩，用双手揉搓。这样反复两三次后，麻布变软和，布的颜色更白了，还不会脱须。这样的麻布才算是合格的麻布，才能拿来缝制麻布衣裳、麻布褡褴、麻布裤子、麻布鞋子、麻布洗脸帕、麻布袜子等。母亲在为我缝制麻布衣裳时，用两匹长度相当的麻布，居中对折，然后分开搭在我的两只肩膀上，经胸前下到小腹，取衣裳前片的长度；经后背下至臀部，取衣裳后片的长度。前后四片布匹宽度之和，就是衣裳胸围大小的尺码。母亲用剪刀横断麻布，剪成两只袖大片和袖小片。

在胳肢窝处剪出一个半圆形，接着剪下四块角布，若衣裳需要做宽大一些，角布就要剪得长点、宽点，若衣裳需要做窄小一些，角布就要剪得短点、窄点。剪下的角布，搭在前衣片和后衣片线缝处，左右两侧各搭上两块角布。用搭角布的方法，不但能缝制出大小合适的衣裳，而且还有过腰，有摆脚，穿起来，既舒适又美观。

男式的称为对襟麻布衣裳，女式的称为大襟麻布衣裳。不论是男式还是女式的麻布衣裳，母亲剪裁好所有的布料后，就开始缝制麻布衣服。第一道工序——缝。所谓"缝"，就是用针线将原来不在一起或开了口儿的东西连上。缝袖筒线、胳肢窝线和背脊中线：母亲用针线把袖大片和袖小片，两片上下缝接、缝拢，叫袖筒。将袖筒与胳肢窝的半圆处相接缝好，称为接袖筒。缝胳肢窝右侧线，从衣裳水脚开始，缝到胳肢窝到袖口终止；缝胳肢窝左侧线，从袖口开始，缝到胳肢窝到水脚终止。缝背脊中线，就是缝制背部的那条中线。

在两片衣襟的顶部剪出一个半圆，称为开衣领。剪出的图形似圆非圆，像一个桃子的形状，与一颗空心的红心极为相似。剪下的两个半圆形麻布称为领窝。另外，用一块大小适中的麻布对折，将领窝的一块半圆贴在对折的麻布上，让直角边与折线刚好吻合，在离半圆5厘米处，剪成一个圆环，剪开圆环的前面叫圆托肩。

缝吊褊线和托肩线：剪好两块对襟吊褊，缝吊褊线。剪好0.5厘米宽的两块单层麻布，缝在衣襟钉纽扣和纽襻处的内沿，上接托肩，下至衣脚。从右边衣襟开始，吊褊叠着衣襟一并缝接之前开好的衣领和圆好的托肩，托肩叠着开领缝好，向内翻巴着衣裳，叫翻托肩。接着缝托肩线，托肩线终端接左襟吊褊，吊褊叠着衣襟缝到衣襟终止。

缝双褊和衣领：剪下四寸五分宽的麻布，平均分成三等份，其中，两份对折成双褊，一份为单褊，单褊缝巴衣襟左吊褊，下与纽襻相望，上与衣领相接，双褊外露，起封闭作用。缝衣领，剪下宽约6厘米，长约40厘米的一块麻布，对折缝拢，与开领处圆环相接缝拢，称为上衣领。

缝男式麻布衣裳包包：剪下边长约20厘米，宽约18厘米的两块长方形麻布，在长方形麻布的左边、右边和下边各向内卷约1厘米，上边包口端折成斜角向外卷约4厘米，用针线缝巴在衣裳前面对襟旁左右两侧下部，包口与最下边的纽扣同高，相邻，包口平行。男式麻布衣裳包包是缝在衣裳前面外部，称为明包；女式麻布衣裳包包是缝在衣裳两侧内部，包口斜行，名为岔包，也称为暗包。

"缝"的工序结束，接下来就是"缲"的工序。所谓"缲"，是一种缝纫方法，做衣服边儿或带子时把布边儿往里头卷进去，然后藏着针脚缝。缲整件衣裳的脚褊，把衣裳水脚向内翻卷折叠3厘米宽的样子缲好，称之缲脚褊。

缲左吊褊、托肩和右吊褊：缲左吊褊，从衣襟脚开始缲接托肩。缲托肩，从接左吊褊处开始缲托肩到右吊褊。缲右吊褊，从托肩处开始缲到右衣襟脚。

缲胳肢窝线和袖口、衣领：缲胳肢窝线，右侧线从袖口开始，缲到胳肢窝，缲至衣裳水脚结束；左侧线从衣裳水脚开始，缲至袖口结束。缲袖口，把衣裳袖口向内翻卷折叠3厘米宽的样子缝好缲即可。缲衣领，剪下宽约6厘米、长约40厘米的一块麻布，对折缝拢，与衣领处圆相接缝拢缲好。

"缲"的工序完毕，就到了"钉"的工序。"钉"的工序没有那么复杂，就是钉上纽扣和纽襻。不论男式的对襟麻布衣裳，还是女式大襟麻布衣裳。纽扣和纽襻一般都是钉单数，5颗、7颗或9颗，不钉双数的纽扣和纽襻。母亲用若干股麻线，搓成线索剪成长度适中的一节节，在一头扭打成珠珠状称为纽头，另一端留约5厘米长称为纽把，这就是一颗麻线纽扣。将纽扣钉在衣裳左前襟上，一件衣裳钉7颗纽扣。将麻线搓成线索，按10厘米长一节一节地剪下来，线索对折钉在衣裳右前襟上与钉好的纽扣相对应，称为纽襻，一件衣裳也是钉7个纽襻。

最后一道工序是"缉"，所谓"缉"是指一种缝纫方法，一针连着一针密密地缝。"缉"的工序只是缉男式麻布衣裳包包，母亲用针线在男式对襟麻布衣裳左右的两个包包的四周，密密麻麻地缉上一圈。到此，一件保暖防寒、称心如意的麻布衣裳就做好了。

可见，要完成一件麻布衣裳的缝制，就大的工序来说，有种麻、收麻、晒麻、泡麻、剐麻、绩麻、绕纱、纺纱、绕线、纺线、煮线、洗线、晒线、解线、牵线、织布、洗布、晒布、裁缝19个工序；就小的工序缝和缲来说，有缝袖筒线、缝胳肢窝线、缝背脊中线、缝双褊、缝衣领、缝男式麻布衣裳包包、缲整件衣裳衣脚、缲左吊褊、缲托肩、缲右吊褊、缲胳肢窝线、缲袖口、缲衣领13个工序。可见，缝制一件麻布衣裳是要费尽千辛万苦的。祖父和父亲的兄弟姊妹穿过祖母缝制的麻布衣裳；父亲和我们兄弟姊妹穿过母亲缝制的麻布衣裳。在那个物质匮乏的年代里，祖母和母亲，不论是绩麻、煮麻、洗麻，还是织布、裁缝，在故乡可算是一把好手，她们娴熟的操作和得心应手的裁缝技术，在我心灵的记忆中留下了今生今世难以磨灭的印象。

犁　地

　　在故乡凉山，犁地主要包括犁板地、耖地、打犁沟。所谓犁板地，就是指犁秋天收完庄稼后地的土地，犁板地可以翻出杂草草根、害虫。经过冬天的严寒霜冻，杂草草根被冻死，腐烂为肥，害虫被冻死，消灭庄稼天敌；所谓耖地，就是指在春天即将播种前，将犁过的板地再犁一次，让泥土更加松散酥软，让种子更好地着床；所谓打犁沟，是和盖种子一起的，就是在春天播种苞谷、洋芋、豆子、荞子等农作物时，打犁沟，好放种子，放粪肥，再覆盖好种子。

　　犁板地、耖地和打犁沟，不但要有一头膘肥体壮的耕牛，还要有一张好犁头。故乡关于牛的俗语就有"千锄头，万薅刀，不抵老牛伸个腰""一牛抵半家"等，这些俗语都说明牛对于农民的重要性。可以说，牛就是农民的命根子，是农民的好朋友。在20世纪80年代初，土地承包到户后，家家户户都陆续地养了猪、牛、马等牲口。那时，我家也养过几头牛。至于犁头，故乡凉山有坐犁和箭犁两种，坐犁由犁板和犁鸢两个部件组合成；而箭犁除了犁板和犁鸢两个部件外，还多了一个犁箭。为什么箭犁要多一个犁箭呢？原来是箭犁的犁鸢弯曲度不够大，需要有一个犁箭穿过犁板中部和犁鸢弯曲处，才能更加稳固。

　　犁地的一整套农具除一张犁头外，还有用一根碗口样粗，直径约七八厘米椭圆形的曲木，砍扁刨刮使其光滑，在曲木的两端各凿一个孔，这叫作牛枷担。用一根杯子粗的、长约七八十厘米、稍弯的圆木，刨刮使其光滑，两端和居中处均砍出凹陷，叫牛打脚。一个用毛藤或青藤扭成两根长2米多如棍子般粗细的绳子，叫牛纤索。用藤子圈一个直径约20厘米的圆形绳子，叫牛千斤。竹篾编一个稍比牛嘴大的小花箩，叫牛嘴笼；用一根手指粗细的木棍，下端安装上泥铲，上端砍出凹陷系上鞭子，叫作牛鞭棍；还有一个用生铁铸造或在乡场上买的，安装在犁板上的铧口。此外，还有一根用麻皮、米草或棕皮搓成的像筷子一般粗细、约3米长的绳子，叫牛索。

提到牛千斤，想起了小时候父亲说给我们猜的谜语，谜面是："瓢儿样长，碗儿样圆，场上不得买，家中要得忙。"这个谜面，我们想破了脑壳，还是猜不出来，最后父亲说谜底就是牛千斤。父亲解释说，做牛千斤用的绳子一定要特别牢实，牛千斤连接牛打脚和犁鸢上的牛鼻子，犁地时，在牛的拉力下，通过牛牵索的引力借助牛千斤带动犁头犁翻土地。可见，牛千斤虽小，作用却很大。那么，为什么把它称为牛千斤呢？我想或许是因为它牢实的绳索制作而成，有力拔千钧的韧性吧。

不管是坐犁，还是箭犁，一定要调好犁头的深浅，犁头的深浅决定了犁地的深浅。犁板地的深度约20厘米，既不要犁得太深，把死泥巴翻出来不说，人和牛都费力受不了，还不讨好；又不能犁得太浅，太浅了，土层太薄，达不疏松土壤的效果，也翻不出草根、害虫让它们被雪凌冻死，不利于庄稼的生长。同时，还要把犁头调正，若犁头不正，犁出的地会出现毛埂。所谓毛埂就是指所犁的地下一铧没有接着上一铧，中间存在没有犁着的小隔屯。

只有调好犁头的深浅和调正犁头，才算是一张合格的犁头。那么，如何调犁头的深浅和调正犁头呢？父亲说调犁头的深浅，方法很简单，就是用90度的肘关节顿在铧口尖上，虎口刚好接触并托着犁鸢，将木楔子插在犁板和犁鸢相交的榫眼缝

　　　　　　　　　　　第一辑　稼穑记

隙处的前边或后边，用锤子把木楔子打下去加紧即可。至于犁头正不正，就看铧口与犁鸢是不是在一条直线上，若在一条直线上，犁头就是正的，若不在一条直线上，就要用木楔子插在犁板和犁鸢相交的榫眼缝隙处的左边或右边，用锤子把木楔子打下去加紧，直到铧口与犁鸢在一条直线上即可。

　　谚语云："十月有个小阳春，正是犁地好时机。"小雪节气，故乡凉山的人家就要开始犁收完庄稼的板地了。"惊蛰一犁土，春分地气通。"惊蛰节气的到来预示着真正的万物复苏，意味着要开始耖地、打犁沟，提醒着人们进入春耕播种的季节了。不论是犁板地、耖地，还是打犁沟，犁地的套路都一样。不同的是，因经过采收庄稼后，土地板结较硬，犁板地要费力一些，人和牛要累一点儿，同时还要拣犁出来的隔生洋芋；耖地相对于犁板地来说，土地板结较酥松，没犁板地那么费力；打犁沟就更为轻松了。举个例子，一块两亩见方的土地，若是犁板地的话，就需要一架牛的时间，即一天的时间才能犁完；若是耖地的话，最多需要半架牛的时间，即半天的时间就能犁完；若是打犁沟的话，最多需要一个小时就打完了。

　　父亲调好犁头的深浅，调正犁头，母亲煮好牛料，让牛吃饱后，父亲把牛枷担、牛打脚、牛纤索、牛千斤、牛嘴笼组合起来挂在犁头上，肩扛犁头，手执牛鞭棍，赶着耕牛，下地犁地。父亲说，不一样的地形，有不同的犁法。长方形的地，从长的那边开始犁；正方形的地，从哪一边开始犁都行；三角形的地，从两腰的任何一腰开始犁都行；偏坡地从下部开始犁；圆形的麻窝地从中间开始犁。到了地头，父亲根据地块的形状，选择好开始犁的地方架牛。所谓架牛，就是把牛枷担、牛打脚、牛纤索、牛千斤、牛嘴笼按照一定顺序放在牛身上连接好。牛枷担架在牛肩背上，两根纤索从牛枷担的两个孔穿过连接牛打脚两端的凹陷处，牛千斤套在牛打脚的中点凹陷处并连

接犁鸢前端的牛鼻子
上，牛索从牛鼻圈处穿
过左边纤索上的小铁圈
直至犁把，套上牛嘴
笼。父亲架好牛后，就
开始犁地了。

父亲左手握着犁
把，右手执起牛鞭棍，
犁翻杂草丛生的土块，
把草根和害虫犁出来，经过冬天的严寒，草根和害虫被冻死腐
烂，庄稼的天敌被消灭。父亲说犁第一铧地要犁得直，要直苗
苗地犁，就像打下的线不偏也不斜，之后犁出来的每一铧地才
直。如果地块的距离很长，还要在起点和终点之间定一个或两
个中点。犁第一铧地时，铧口入地前，父亲目测定好一条直垄
的起点和终点。父亲说铧口入土后撑握好牛的脑壳，父亲眼看
到牛头稍微偏左或偏右，父亲就轻轻扬起牛索拍打或拉一下，
口中同时发出"呗、呗、呗"的声音，让牛迅速回到原位。第
一铧犁得直，接下来的每一铧地都不会有毛埂，人和牛也少费
好多力，播种犁沟打得直，还可以节省地膜覆盖用石灰画线的
时间。谚语云："犁地要抖得好，泥饼才能翻得好。"抖得
好，就是指握犁把的左手要适时有节奏地上下抖动犁把，让翻
出的泥饼朝一边倒盖住杂草腐烂肥土，让翻出的害虫被冻死。

小时候，若父亲所犁的地是当年栽种洋芋的板地，我便背
着个小花箩，腰间拴个围腰跟随着父亲一起出门，去捡父亲犁
地时翻出的隔生洋芋。所谓隔生洋芋，是指犁地时翻出来的处
暑节气挖洋芋时遗漏在地里的洋芋。犁出的隔生洋芋，捡起来
装入腰间的围腰里，背回家喂猪。当然隔生洋芋，人也可以直
接削皮生吃。小时候，我也吃过不少隔生洋芋，脆生生的挺好

吃，跟吃栗子差不多。

父亲每犁一铧地，我都跟随其后，捡起时不时被翻出来的隔生洋芋。虽已进入了小雪节气，但在犁地时也不觉得寒冷。父亲头上冒着热气，牛喘着粗气，伴随着铧口与泥土碰撞产生轻微的簌簌声，散发出泥土特有的气息。犁了一两个小时，人累了，牛也累了，就停下来歇歇。父亲调好头，把犁板插稳，将牛鞭棍斜靠在犁把上，找一个合适的石头坐下，裹一袋（或称杆）叶子烟休闲地咂着。我便从围腰里选出大个儿的隔生洋芋，坐到父亲身旁削掉皮吃了起来。牛静静地站着，牛嘴上下不停来回磨合，反刍着胃里的食物，悠闲地甩着尾巴，静静地享受着这难得的片刻时光。

待父亲咂完一袋叶子烟，人和牛都休息得差不多了，又继续犁地。有时，牛想偷懒，走慢下来，父亲便扬起右手中的牛鞭棍在空中一扬，牛鞭棍便在牛背的上方发出"啪"的一声空响，牛就快了起来。我知道父亲的心，他只是做出要用牛鞭棍打牛的姿势，并不是要真正地抽牛一鞭子。牛鞭棍最主要的作用不是用来打牛的，而是用来铲铧口上附着的泥巴的。父亲在每犁完一铧地抬起犁头调头之前，都要先把犁板立起来，用牛鞭棍上的泥铲铲尽铧口上的泥巴，铧口才容易划破地块。经常听到有人说对牛弹琴，比喻对不能理解的人白费口舌和力气，有看不起对方的意思，也用来讥笑说话不看对象。其实，牛也是很通人性的，只要你对它好，它也会很卖力地为你劳动。

每次犁板地差不多都是要到天快黑了，才放牛收工。父亲从牛身上把牛枷担、牛打脚、牛纤索、牛千斤、牛嘴笼一一卸下并组合起来挂在犁头上，再把犁头扛在左肩上，右手拿着牛鞭棍有泥铲的那头，将拴有鞭子的另一头横放在右肩上，穿过左肩扛着的犁头下，相当于一根小杠杆帮忙抬着犁头，减轻左肩膀的重力。赶着牛回到家时，天已经完全黑了，这时母亲将事先煮好的牛料抬来放在牛圈门边，让牛吃饱了休息好，第二天还要接着犁地。

1981年，父亲有幸考取了水城特区师范学校民师班，在父亲读书的两年时间里，母亲在家也犁过地，驮过炭。在故乡，女人犁地和驮炭，母亲还是第一人。看着母亲犁地和驮炭，我心有些不忍，便暗暗下定决心，一定要学会犁地和驮炭，扛起家中应该由男人做的活路。之前，父亲在家犁地时，因要拣隔生洋芋，我经常跟随父亲去犁地，对如何架牛、如何掌控犁头，形状不同的地块怎么犁，这些活路，我不但听父亲说过，而且亲眼见父亲做过。我学做起来，还算顺理成章，唯一令我苦恼的是，年龄小，力气自然小，扛犁头很费劲。对此，我是在喂好牛后，就先架好牛，若去犁地走的是泥巴路，我就只管掌控好犁把，让牛拖着架好的犁头顺着山间泥巴路进入要犁的地块；若是石沙子路，在掌控好犁把的同时，既要随时注意，又要眼疾手快，若遇到大点的石头，就要随时将犁头抬起让过石头，避免铧口碰着石头被打破；若是石板或石梯子路，就不能用手掌控犁把，让牛拖着架好的犁头上路了，怎么办呢？我只有把牛架好后，单独将整张犁头扛在肩上，这与把所有的一套犁地农具组合挂在犁头扛相比，减轻了很多重量，虽然说是累点儿，但这也是最好的办法了。

走进地里，我便开始学犁地了。第一次犁地还觉得有点新奇，刚开始犁的几铧地，因为没有经验，犁把掌控不好，犁板上的铧口不听使唤，要么铧口突然会向左移动冒出犁沟，要么铧口会逐渐向右移动出现毛埂的现象；有时因掌控犁把时用力过大，犁把向下幅度大，铧口会划出地面，只犁到点土地表皮；有时因掌控犁把时抬得过高，铧口插得较深，牛拉不动。就这样，牛累我也累，牛累得喘着粗气，我累得满头大汗。犁出的地犁沟不直、深浅不一，好像是在土地上划出了几行不规则的道道。待犁了十多铧地后，我就逐渐掌握了一些要领，渐渐地得心应手了。通过多次的实践操作，在父亲读师范的第二年，10岁的我居然在学会犁地的同时，也学会了驮炭。

学会了犁地后的十来年，我犁过板地，耖过地，打过犁沟。最不好犁的地应该是形状不规则的地块、石旮旯地和四周都不出头的园地了，园地的四周有栅栏封闭，栅栏在故乡凉山称之为园杆，即用木桩或细竹子将房前屋后的地块围起来，免得种的庄稼被喂养的猪、牛、马、羊和鸡、鸭、鹅损坏及糟蹋。俗话说："自家的园地不好犁牛。"这是有一定道理的，就是在犁地时不好调头不说，还犁不到地块的边缘。但不论它是什么地，不好犁也得犁。犁地的质量要求都是一样的，要犁得不深不浅，20厘米深即可。既要犁到地边，又要犁到块角。谚语云："十月犁地一坛油，冬月犁地光骨头。"所有的板地，在十月间全部犁完，才能保障来年有个好收成。

自参加工作后，我离开故乡、离开故土已有25年了。这么多年，一直过着所谓的城市人养尊处优、喧嚣浮躁的生活。特别是快到知天命的年纪，经常会想起小时候在故乡喂养过的牛，想起自己曾经耕耘过的那片故土。尤其是这两年来，为了脱贫攻坚工作，在杨梅乡光明村和姬官营村参与脱贫攻坚驻村轮战工作，看到农民朋友们为了生计，辛勤耕耘那一亩三分地时，我便不时地想起故乡，想着那生我、养我的地方，想起那些年月在故乡凉山劳作的往事，想起与土地打交道的那段美好而温馨的日子。

如今，有许多地方都不用牛犁地了，取而代之的是农业机械化。但故乡凉山，因山地多，石旮旯地多，人们种庄稼依然还是用牛犁地。我想，只要牛还在，土地还在，故乡凉山的人们还会日出而作、日落而息地耕耘着那片生我、养我的衣胞之地。

烞腊肉

"烞"，是古汉字，一种农事行为。秋冬季，将土壤翻开，把晾干的家畜的粪便点燃，上面覆盖土块，用燃烧的烟熏烤土块，以达到使土壤松软、杀灭土壤中的害虫的目的。在故乡凉山，"烞"是指用柴火焰炕和柴火烟熏的意思。"腊"与"蜡""猎"在古代音与义都相通，"腊"的意思是打猎。古人多数在冬天都不干农活，主要的活动就是打猎，然后用猎物来祭祀。周朝人在冬天用猎物祭祀，称为"天蜡"，汉朝人改"蜡"为"腊"。到汉武帝时，已决定用夏历，并将农历每年的最后一个月称为"腊月"。腊月间烞的肉，就自然称为烞腊肉了。

烞腊肉的猪肉，来自所杀的年猪。所谓年猪有两层意思，一方面是指喂了一年以上的猪，腊月间杀掉烞好储藏，够一家人吃一年，同时用来招待客人；另一方面是指杀来过年的猪。年猪有一百多斤重的，有两三百斤重的，甚至还有五六百斤重的，人口较少的人家一般杀一头，人口较多的人家要杀两头。在故乡凉山，如果连一头年猪都杀不起的人家，就会被别人议论，说某人家今年还是恼火，"恼火"即不行的意思，年猪都杀不起。

杀年猪算是故乡凉山腊月里的一件大事，村民均要根据生肖，挑选家人中没有相关属相的日子，也要避开猪的本命日——猪日，作杀年猪的吉日。杀年猪的日子确定后，请好杀猪匠，准备好柴草，挖好火灶。待到杀猪当天一早，主人家事先把火灶生起，并在火灶上安放好一口装有大半锅水的灶锅，孩子们不时地往火灶里添柴草。待灶锅中的水慢慢滚烫快沸腾时，事先请好的杀猪匠和邻里的帮忙弟兄便陆陆续续地到了。他们有的搬条形的案桌，有的抬木制的楼梯，待一切准备工作就绪，就要开始杀年猪了。

主人家走进猪圈，将年猪驱赶出圈门，当年猪刚一走出圈门，就被在圈门旁等候的几个壮汉围住，抓猪耳朵，拽猪鬃毛，拉猪尾巴，三下五除二就将养足了膘的年猪按翻在地，顿时年猪嗥叫的声音就传遍安宁的村庄。村民就会说，今天是某家某家杀年猪了。主人家点上煤油灯，年猪就被抬到摆放在院窝里条形的案桌上，并将猪头朝向主人家堂屋中的神龛。

杀猪匠在猪脖子上找到下刀的刀路，主人家便用清水将刀路处清洗干净并用帕子擦干。杀猪匠用杀猪刀背猛击一下伸直的猪脚，让猪脚蜷缩好下刀。随着杀猪刀对着刀路慢慢深入，猪的嗥叫声由急而缓、由高而低，猪血汩汩冒出，主人家马上端来准备好的装有温盐水的盆子站在杀猪匠的侧边接猪血。若接的猪血多，则预示来年主人家外财好；若接的猪血不多，那么猪腔内的槽血就多，预示来年主人家内财好。也就是说，杀年猪，不论猪血的多少，都是好事，毕竟杀的是年猪嘛！接好猪血，年猪已奄奄一息。

待年猪断气后，找一个大苞谷将刀口处塞上，以免猪血流出来满地都是。帮忙弟兄将年猪翻滚到案桌一侧的木楼梯上，再把木楼梯抬到火灶的灶锅上放平垫稳。用水瓢从灶锅里一瓢一瓢地将滚烫的开水舀起来淋在猪身上，真是死猪不怕开水烫啊！就这样直淋到猪毛容易拔下为止。拔了猪毛用刀刮掉绒毛，刮得白白净净的。把白生生的猪抬回案桌，杀猪匠砍下猪头，割下猪颈圈，便开膛破肚，取出猪肠、猪肚、猪肝、猪板油、猪心、猪腰等内脏，帮忙弟兄倒肠子的倒肠子，翻肚子的翻肚子，倒好肠子，翻好肚子，就用棕叶捆牢，放到灶锅里煮个10来分钟，取出挂好。大人们在操作时，随手把猪尿泡割下来，丢给孩子们，让他们把猪尿泡拿到灶锅里烙后吹着玩。小时候我也吹过猪尿泡，但没技术，很难吹涨。故乡还有一句骂没有本事的人的俗话，就说某某简直就是一个吹不涨的猪尿泡。还有一句俗语："猪尿泡打人不痛，恼人的心。"

杀猪匠砍肉时，以猪的背脊骨为中点，将猪平均砍划成两半边，后拦腰砍成四大腿，先下一块20来斤重的猪肉，给主人家留着做晚上的杀猪饭，再根据主人家的要求，按照四匹肋巴骨平均两块砍成一挂。杀猪匠砍下一挂，主人家就用盐巴腌一挂。俗话说："腊肉不放盐，有盐在先。"主人家腌好一挂就放一挂在堂屋地上的大簸箕里摆好。腌肉时特别要注意，盐巴多了，太咸难吃，盐巴少了，到了来年的五六月间，腊肉会霉烂、腐臭、生蛆。因此，用盐巴要恰到好处。肉腌好了，灶锅里的大肠、小肠、肚子余好了，捞出来，把灶锅搬回堂屋装腌好的猪肉。

一切活儿干完，主人家也做好了杀猪饭。这时，主人家就要安排一个孩子到左邻右舍，请他们全家人来吃杀猪饭。谁家杀年猪都是这样，这既联络了感情，又促进了邻里团结。杀猪饭结束，邻里走后，主人家便开始忙开了。晚上切板油熬猪油，切猪肝，剁猪肺，将炒熟的猪肝和剁好的猪肺回锅与油渣混入锅内搅拌，最后一起装在一个大土坛子里，和装猪油的坛子一起，放在阴凉通风的室内储藏。一直忙到深夜，直到把猪油熬好、装好、放好才算完事。有猪肝、猪肺混合的油渣，用酸辣椒炒着吃特别香，或者把有猪肝、猪肺混合的油渣与苞谷饭一起炒成油渣苞谷油炒饭，那味道也很不错。小时候，若能吃上一顿用油渣炒的苞谷饭，那个满足用什么样的语言来表达均显得苍白无力。

过两天后，腌的猪肉就可以挂上事先在堂屋的一个角落处准备好的炕架，短块的猪肉挂在炕架的中间，长块的猪肉挂在炕架的周围，所挂的稀密，只要柴火焰和柴火烟能通过就行。把猪头从颈部砍开平铺在炕架的上方，大肠、小肠搭在炕架的上面，肚子挂在炕架的边上。待两个小时过后，腌肉水滴干了，就可以开始生柴火烁肉。千万不能用有苦味、辣味和香味的柴火烁肉。如，用苦楝子和白杨树等柴火烁出的肉有苦味，用山辣子树等柴火烁出的肉有辣味，用香椿树等柴火烁出烁的肉有香味，用核桃树和漆树等柴烁出的肉是黑色的。苦味、辣味的肉难吃，香味的肉听起来倒好吃听，但不能久藏，到了来年的三四月间，气温升高，腊肉就会腐烂生蛆。还有也不能用桦香树、白杨树等柴火烧火烁肉，这些柴火烁肉，会边烁边烂。

岩青冈树、水青冈树、黄松、青松和花椒树等柴火烁出的腊肉最佳。先用带有针叶的黄松、青松等柴火，大火烁一两天待猪肉上色后，再用岩青冈树、水青冈树等柴火，小火烁个七八天，待水分基本干了，将猪肉换位。把挂在炕架中间的换在炕架周围，把炕架周围的换在炕架中间，用岩青冈树或水青冈树疙蔸（即树蔸），即岩青冈树或水青冈树的遗根做柴火，用文火烁三四天，若猪肉皮呈黄色且干硬，肉块刀头皮皱缩，说明猪肉已经干透且烁好了。说到烁腊肉，我还想起小时候在家烁腊肉时，趁大人不在家，我们几弟兄用小刀从烁着的腊肉上，你一块我一块，割下小块小块的瘦肉（我们称之为精肉），随便用烧辣子的铁辣子钎串上，放在柴火中烧烤熟后就吃，那味道真香啊！相当于现在人们所说的烧烤。

猪肉烁好后，要停火两三天，待猪肉冷却后就可以放下炕架，用背篓背上楼，搁在事先准备好的楼上阴凉通风处的竹篾囤篓中储藏，等逢节过气，请人帮忙做活路，或者有客人来时食用。每当这个时候，母亲便上楼，从竹篾围篓里拿出腊肉，用火烧过猪皮后，用热水、薄刀和破碗片刮洗干净，再用薄刀砍成几截，每截五六寸长的样子，放到砂锅里煮几十分钟后，待腊肉煮熟，香味飘满小屋。这时，母亲用筷子从砂锅里拈出腊肉放在砧板上，用薄刀切成一片一片，厚薄均匀。母亲切腊肉的时候，眼馋的我们就齐刷刷地围着母亲，眼睛死死地盯住砧板上切好的腊肉片，且在不停地吞着口水，真是垂涎三尺啊！这时，母亲知道我们的心思，为给我们解馋，便随手拿起几片，每人一片放到我们的嘴里，那透明透亮的肉片一入口就酥，满口流油，那个香啊，真过瘾啊！

如今，生活在城市中的人们，压根就吃不到这样香的腊肉了，只有偶尔在农村的农民朋友家倒还可以吃到。我想，那时在故乡吃腊肉挺香，除了当时生活水平低下的因素外，还有更为关键的两个原因，一是那时喂养的猪用的均是煮熟的猪食，不像现在用饲料或生猪草喂养。二是那时的腊肉烁得很到位，一般至少都是将猪肉敞开烁个把月，在烁肉的同时，人们也可以取暖，时间长的甚至可达两个月之久。哪像现在，即使是在农村也没有烁那么长的时间了，在城市就更不用说了，最多用油纸或纸壳将猪肉封闭好烁三五个小时，最长的也就烁几天，怎么能有那时的香味呢？！

叶子烟

　　大概在十五六年前，我就听说水城县杨梅乡白牛村一个名叫摆尼嘎的地方，有几片坡地种出来的叶子烟质量特别好，当时要卖五六十元一斤。那时下乡采访，有几次经过摆尼嘎，因当时自己还没有学会抽叶子烟，压根就没有那份心思去关注它。直到2017年我在杨梅乡待了半个月，才有机会了解叶子烟。

　　和我一起在杨梅乡参与信访维稳工作的一名史志办工作的朋友对我说，去年他在白牛村驻过村，了解到白牛村摆尼嘎一李姓农户家种的叶子烟很好，卖100元一斤。他说他与这位李姓农民很熟，准备到他家去买几斤带回去给老人抽。他这么一说，我说我也和你一起去买几斤带回水城给我父亲抽。就这样，我们两人一起到摆尼嘎李姓农户家中，他买了两浪（两串），共8斤，800元，我买了一浪，4斤，400元。

　　当我把叶子烟给父亲时，父亲就扯下一匹裹好，装入烟杆火口，点上火抽了几口对我说，烟劲还不小，味道也不错，但100元一斤还是买贵了，像这种质量的烟，在南开最多卖60元一斤。我说白牛村摆尼嘎的叶子烟在水城县来说是最出名的，贵点也是有道理的。父亲说，烟还是很好的，这一浪有4斤，差不多够我抽半年了，以后不要买这么贵的烟了，五六十元一斤的都是好烟了。我说以后不买这么贵的就是了。

　　从2018年至之后的一年半时间，我先后3次在杨梅乡的光明村和姬官营村参与脱贫攻坚驻村轮战工作。其中第一次在姬官营村半年，第二次在光明村5个月，第三次返回姬官营村7个月。在姬官营驻村后，我所负责的3个组的农户，几乎家家都种叶子烟。多的人家种20来亩，可收获3000多斤干叶子烟；少的也有三四亩，可收七八百斤干叶子烟。经过多次走访，我问他们：种这么多叶子烟，销路如何？价钱怎么样？他们说不愁销路，有外地人开车来收，有多少收多少；至于价钱，最好的烟卖五六十元一斤，中等烟卖三十元左右一斤，下等烟卖十五六元一斤。

2019年的秋天，我到一户种烟大户家，问他家最好的烟卖多少钱一斤。他说他家最好的烟现在就只有两浪了，这烟都是选每株烟叶顶上的头一二匹，是品质最好的。按75元一斤的单价，我买了一浪，8斤半，630多元。我把烟给父亲送去，父亲说看上去烟的颜色和匹梢都不错，接着就随手扯下一匹裹好试了试，说还不错。

父亲说，他30岁的时候，才学会抽烟的。那个年代父亲认识的香烟有2角8分钱一包的"朝阳桥"，1角6分钱一包的"蓝雁"，9分钱一包的"向阳花"。父亲还说，当时在社会上还流行这样几句话："朝阳桥打火机，反帮皮鞋短大衣，脚一�尼龙袜，手一甩金壳手表几十块，屁股一歪大轮胎。"这说的是有钱人的生活，有钱人才能抽得上"朝阳桥"香烟，用得上打火机。

父亲那时教书，每个月的薪酬就只有10元钱。"朝阳桥"不敢想，"蓝雁""向阳花"也抽不起，叶子烟可以自己种，就索性学抽叶子烟。在他十多岁的时候，就帮祖父种过叶子烟，掌握了一些种叶子烟的技术和基础知识。

就这样，父亲自己种叶子烟，那时我七八岁，也能帮助父亲种叶子烟了。谚语云："清明撒早荞，谷雨撒早秧。"清明节的前十天或后十天，故乡凉山的人们就要撒辣子秧、酥麻秧、毛稗秧，当然叶子烟也要撒。叶子烟育秧称为撒大秧。父亲在房子左边的园地里划出长约2米、宽约1米的地块作为育大秧的苗床，称为大秧地。用锄头把苗床的土壤挖松，用薅刀打碎、打细土块，用大粪拌上煤灰均匀地铺在苗床上，约铺20厘米厚的样子，再薄薄地盖上一层约2厘米厚的细泥巴。

在细泥巴上撒好叶子烟的种子，覆盖上一层约2厘米厚的细泥巴后，就在苗床的四角各钉上一根约60厘米高的小树杈，再在小树杈上搭上4根木条，横向的两根，纵向的两根。最后用杉树的枝丫稀稀拉拉地覆盖在木条上，避免太阳晒化烟种，大雨淋紧苗床，也预防冰雹打烂大秧。同时，还要在苗床的周边挖出4条小水沟，以免雨水淹没冲毁苗床。

待烟种发芽，就揭开部分杉树枝丫，在便于浇水的同时，也好让烟苗吸收阳光雨露。待大秧长到两三厘米高时，揭掉杉树枝丫，让大秧在充分的阳光雨露沐浴下苗壮生长。谚语云："夏至栽秧少一腿。"就是说，在苗床里育好的秧苗，夏至来临之前必须移栽完毕，过了夏至再移栽秧苗，收益将会减少一成。夏至即将来临，大秧已长到一二十厘米高，可以移栽了。

父亲扛起犁头赶着耕牛，母亲、大姐和我扛着钉耙，一起到离家不远的坡背后留下栽叶子烟的小黄泥巴地里整理地块。父亲一边架牛犁地，一边对用钉耙捞犁出草根和打泥饼的我说，我们家的地，只有这里是小黄泥巴地，是最适合栽叶子烟的。其他的地都不是小黄泥巴地，而是含沙石较重的地，这类地不适合种叶子烟，种出的叶子烟烟茎瘦弱、烟叶单薄，烟味酸淡不好抽。只有小黄泥巴地种出的叶子烟，烟茎粗壮、烟叶厚实，烟味浓烈口感好。加之坡背后接近大寨，海拔较矮，且向阳，适合叶子烟生长。半天的工夫，我们就整理好了将近半亩的一块酥松干净的烟地。

烟地弄好，就开始挖背栽烟的草粪。父亲说，栽烟一定要用草粪，不能用煤灰。草粪有效期长，保暖好，蓬松不箍根，有利于烟苗快速生长。我们用半天的时间，将草粪挖好背到烟地里放好，等下一场小雨，让泥巴滋润，就可以栽烟苗了。

没过几天，下了一场小雨。一早起来，母亲做饭，父亲带着我们在苗床里采大秧。当我们采好秧苗，母亲也做好了饭。吃过饭，父亲、母亲用小花箩背上大秧，我们扛着薅刀，带上撮箕、小水桶、水瓢等农具，一家人有说有笑到了烟地。父亲和母亲打窝儿，我们姊妹们抬粪的抬粪、放粪的放粪、打掩泥的打掩泥、放大秧的放大秧。窝儿的直径挖三四十厘米，深度挖一二十厘米，窝距和行距均为80厘米的样子。窝儿与窝儿不能对着，要错开，好让烟苗吸收阳光雨露。草粪放到窝儿三分之二高处。所谓打掩泥，就是用细泥巴薄薄地在放好的草粪上盖一层，避免草粪的曝气烧干大秧的根，每个窝儿放一株大秧。

各自的任务都完成了，父母开始栽大秧，我们几个兄弟姊妹就给父母栽好的大秧苗浇水。父母左手轻轻地提着大秧中上部，将大秧的根部点着掩泥，右手捡比较湿润的泥饼轻轻压着大秧的主根，接着扒泥巴在主根周围稳住大秧，然后用薅刀捞适量泥巴围圆，就算栽好一窝。父母栽好一窝，我们就用水瓢给每窝浇上小半瓢水，称之为秧苗的定根水。父母栽完大秧苗，我们也浇好了定根水。最后，还要在地旁边的山林中摘来扇形的冬瓜树叶覆盖住栽好的大秧。每窝大秧覆盖上一匹冬瓜树叶，避免秧苗被太阳暴晒。等到了傍晚时分，揭开冬瓜树叶，让大秧苗采露水。

之后的两三天，若是雨天就不用管了。若都是晴天，每天早上待大秧上的露水干了，就要用冬瓜树叶覆盖上，这样早上覆盖，傍晚揭开，两三天后，大秧就成活了。烟苗长到二三十

　　　　　　　　　　第一辑　稼穑记

厘米高时，就要薅头道烟，淋粪水催烟苗长高、长粗。薅头道烟，就是把烟地中的杂草挖起来抖掉杂草上的泥巴后，铺在行距的地面上让太阳晒死。这样既除掉了杂草，又翻松了土壤，让烟苗苗壮生长。薅完后淋粪水，用粪桶和粪瓢将茅厕里人的粪便加水稀释成粪水后，挑到烟地，左手提着烟叶，右手用粪瓢舀半瓢粪水淋在烟苗根部的周围。全家总动员，挑的挑，淋的淋。

淋好粪水，再用薅刀捞泥巴盖住粪水。每人盖一沟，从起点到终点叫盖过去的一环，盖回来的一环是巴沟随沟转，即盖过去的一环谁在最后的一沟，盖回来时谁就在最前面的一沟，也就是第一环的邻沟叫巴沟随沟转。盖了一沟又一沟，盖了一环又一环，直到盖完，才算头道烟薅淋完毕。

烟苗一天天长高、长粗，待在烟的秸秆上长出分枝的新芽时，就要及时将新芽掰掉，以免新芽争夺烟叶的水分和养料，这称为抹烟芽。烟茎长到一尺多高的时候，就要掐掉烟根脚的那两匹既小又薄的灰烟叶，这称为打灰脚。一般在每株烟叶长到六七片的时候，就要掐去六片以上的烟叶和烟颠，不再让烟秸秆继续长高，而是要让烟秸秆长粗，烟叶长宽大、长厚实，这称为堵烟颠。当然，要留作来年烟种的那几株，就不用堵烟颠了，让它自由长高开花结果，到收烟种的时候，留作烟种的烟秸秆子有两米多高，又小、又薄、又黄的烟叶密密麻麻的有一二十片，但烟种子却很饱满。

堵烟颠过后不久，便要薅二道烟，翁二道烟的粪。薅二道烟的方法和程序与薅头道烟相同。翁二道烟的粪的目的是为了让烟叶生长得更加宽大、更加厚实。用粪桶和粪瓢从茅厕里舀出两个月前在山上割来的臭草、苦蒿、马桑苔，并用铡刀铡细，放在茅厕里浸泡，腐烂而成的粪，并连粪水挑到烟地里，用粪瓢舀倾倒在烟根脚，并用薅刀捞泥巴盖好即可。

待烟叶长到翻顶，就可以收割了。所谓翻顶，就是烟秸秆顶上那两匹烟叶已经定型，即两匹烟叶的宽度、厚度、颜色与以下的烟叶大体相似。如果到了烟叶翻顶的时候，不及时收割，烟叶就会从鼎盛时期急速衰败，过三五天后，原本绿油油、毛茸茸、味道浓烈、翠色欲滴的优质烟叶会发生变化，毛茸不见了，厚度变薄了，味道变淡了，颜色变黄了，且烟叶上还会长出斑点。因此，烟叶长到翻顶就要及时收割。

收割烟叶时，用镰刀从上到下一匹一匹割下，一镰刀割一匹。父亲割满一把，我就从父亲的手中接过来，平摆放在行距的地面上，一把接着一把摆放成"一"字形，边割、边摆、边晒。到了傍晚，父亲小心翼翼地把摆放的烟叶收成一抱一抱的，装在大花箩中背回家放在堂屋里。又小心翼翼地从大花箩中一抱一抱地抱出来平放在堂屋的地上，不让一匹烟叶有破损。若不小心弄破损一匹，烟的质量就会变差，也是很令人心痛的事。

白天割烟叶，晚上辫烟叶。父亲用之前在山林中割来并已经晒干的毛针草作为辫烟草。毛针草与其他的茅草不同，它从发芽出土就各自成匹，既没有主干，又没有茎，且叶子不会分蘖，每窝毛针草分两组，三四匹或五六匹一组对生，约三尺长，韧性好，柔软而结实，是故乡凉山的专用辫烟草。父亲将辫烟草搓成手指般粗、约一米长，就开始辫烟，烟叶大匹的三匹理为一转，小匹的四匹理为一转，理烟叶时候让烟叶背面相靠，称为背靠背。父亲一边辫，我们一边理。我们理好一转就递给父亲辫一转。父亲将理好的一转烟夹在两股辫烟索之间，扭紧一股烟索交叉后，又扭紧另一股烟索勒紧，接着辫第二转。如此重复操作，当烟辫有三四米长时，将两股烟草搓成一米长的索子，就算辫好了一浪烟。辫了一浪，又辫一浪。

烟辫完了，在每串烟辫两端的索子上系上一个木钩，在院子两边各钉上两根碗口般粗细的大木杈。木杈的横向间距，根据烟辫的长短而定；木杈的纵向间距，根据烟辫浪数多少而定。钉好木杈，用两根杯口般粗细的木棒横搭在木杈上，挂烟辫上两端的木钩。太阳好的时候，每隔六七十厘米的距离挂一浪烟，一浪一浪地挂好。早上挂好让太阳晒，傍晚收回挂在屋檐的挑梁上。

就这样早上晒，傍晚收，待烟叶的水分晒干百分之四五十后，收下来对着折叠两次，一浪叠着一浪放在堂屋事先摆好的木板上，叠堆好后，用木板压着。之后也是早上晒，傍晚收。待烟叶的水分挥发了百分之六七十，边晒、边收、边裹，一定要裹得紧，烟叶才会收张。收张就是压缩烟叶空间，烟叶越收张越好。一浪烟裹成陀螺状，叫一坨烟。裹好烟，就要抱回去叠放在堂屋里事先准备好的狼鸡草窝里封闭好，以免烟味扩散，降低浓烈味。

在晒烟的过程中，千万不能让雨水淋湿。哪怕是一小点毛毛雨淋过都不行，否则，烟就不惹火，也就是烧不燃。烧不燃的烟称为"黑头烟"。黑头烟在抽的时候，就要用火不停地对着烧，火一停烟即熄。待烟叶的水分挥发完，表示烟叶就干了。烟叶质量好，晒得好，裹得好，最后的成品叶子烟是一条一条的，外部为金黄色，打开里面黑油油的，很有肉感，很接火，烧出的烟灰呈灰白色。这时，就不能再晒了，要及时裹紧叠放在圈楼上的燕麦草窝储

藏，永不变味，抽时慢慢品尝。

抽叶子烟是有口诀的。什么诀窍？什么口诀？一要烟杆通，二要裹得松，三要带皮紧，四要嘴关风。这就是诀窍，这就是口诀。这个口诀还真管用，按照口诀做，我轻而易举地学会了裹烟。但学抽烟就没那么容易了，我裹好烟装入烟杆的火口后，点燃烟开始抽第一口时，整个嘴巴里感觉到有一股又麻又辣的味道，多抽了几口后就慢慢地适应了。在刚抽叶子烟时还要注意两点：一是抽叶子烟的过程中，坚持不要吐口水，且要养成习惯。二是若不注意抽多了就会被焖到且呕吐，要马上猛喝几口冷水，就会慢慢缓解过来。

说到烟杆，小时候常听到关于烟杆的一个谜语，谜面是："家住铜仁府，路过贵筑（竹）县，来到鸭池河（牙齿合），望到毕（鼻）节（脊）县（线）"这个谜语的谜底就是，用铜、弯曲的竹根做成竹根烟杆及用烟杆抽烟的整个过程。俗话说："铜烧肝，铁烧肺，竹根斗吃烟养神气。"说的就是不能只用铜或铁制作烟杆。烟杆的制作虽然离不开铜，白铜比红铜好，但是在"烟杆颗"和"烟杆嘴"之间，也就是烟杆火口至烟杆嘴之间的材料，要用竹根、乌木、蒿枝杆等来制作。竹根和白铜结合制作成弯弯的竹根烟杆抽烟比较好。但现在，我见过抽叶子烟的，大多数是红铜和乌木制作的乌木烟杆，我抽烟也是用的这种烟杆。

除了烟杆，还要说说烟盒。传统的叶子烟烟盒是用牛皮或者猪皮制作而成的，呈圆形，称之为皮烟盒。用皮烟盒装的叶子烟，不会变干燥，也不会变湿润，装上十天半个月，干湿度都不会变。可以说，会抽叶子烟的人最好能拥有一个这样的烟盒。小时候，我还经常拿祖父圆形的皮烟盒当车轮在地上滚来滚去，很好玩。在我学会了抽叶子烟之后，父亲还特地在德坞集市上，花了100元钱为我买了一个黑得发亮、椭圆形的牛皮烟盒。

抽叶子烟的烟杆内还有烟屎，不要小看和讨厌烟屎，它虽然黑黑的，且有一股极为难闻的味道，却能治病呢！记得小时候，我的脖子上、耳朵根部、髋关节处（当地称为羊子窝）等地方，莫名其妙地会长出一些小个小个的肉疙瘩，当地人称为生"羊子"或生"二宝蛋"，母亲便用细铁丝从父亲的乌木烟杆中捅出烟屎，放在纸或苞谷壳上，再用针尖点烟屎锥在所谓的"羊子"或"二宝蛋"上，要不了几个小时就好了。除此之外，烟屎的味道还能驱蚊避虫，老蛇也很害怕。记得小时候，故乡凉山的人们在山间地头做农活时，背上背着的小孩睡着了，就把小孩放下睡在地边，若在睡着的小孩旁边放一根抽叶子烟的烟杆，什么虫虫、蚂蚁、毒蛇都不敢挨边，大人只管放心做活路。

第二辑

匠人志

天干饿不死手艺人

　　记得读初中的时候，老师常对我们说："学好数理化，走遍天下都不怕。"就是说只要学好科学文化知识，有学问，不论走到哪儿都不怕不能生存发展，过不上好生活。在故乡凉山同样有句俗话："天干饿不死手艺人。"其实这句俗语最初的说法是"天干三年，饿不死手艺人"，最后简化为"天干饿不死手艺人"。所谓手艺人，就是指有一门技术或有一技之长的人。那时，有手艺的人不管到哪儿都不会被饿死，不像只会种地的农民，若离开了土地就无法生存。

　　《孟子·滕文公上》曰："百工之事固不可耕且为也。""然则治天下独可耕且为与？有大人之事，有小人之事。且一人之身，而百工之所为备，如必自为而后用之，是率天下而路也。故曰：或劳心，或劳力，劳心者治人，劳力者治于人；治于人者食人，治人者食于人，天下之通义也。"这段话是说，各种工匠的活计本来就不可能一边种地一边又来干的。难道治理天下的活计就只能够一边种地一边来干的吗？有官吏的工作，有小民的工作。只要是一个人，各种工匠的产品对他就是必不可少的；如果每件东西都要自己制造才去用它，那是率领天下的人疲于奔命。所以我说，有的人是劳动脑力，有的人是劳动体力；脑力劳动者管理人，体力劳动者被人管理；被管理者向别人提供吃穿用度，管理者的吃穿用度仰仗于别人，这是普天之下的通则。

中国传统家庭的经济生活，是一种小农型自然经济的生活，其生产方式，是一种小生产方式。小生产是为了自给自足，自身丰衣足食。当然，能自给自足，人类也不能没有交换，没有市场。《孟子·滕文公上》曰："一人之身，而百工之所为备。"就是说，一个人身上的用品需要各种工匠来生产它们。孟子进而认识到："以粟易械器者，不为厉陶冶；陶冶亦以其械器易粟者，岂为厉农夫哉。"意思说农民用粮食与陶工、锻工交易，工匠用器械与农夫交换粮食，都不算相互坑害，从而肯定了交换的必要性。可见，各种匠人与农民的本质区别，就在于分工的不同罢了。

北齐颜之推《颜氏家训·治家第五》说："生民之本，要当稼穑而食，桑麻以衣。蔬果之畜，园场之所产；鸡豚之善，埘圈之所生。爰及栋宇器械，樵苏脂烛，莫非种植之物也。至能守其业者，闭门而为生之具以足，但家无盐井耳。"在颜之推心目中，如果家中再有盐井以制盐的话，那真是万事不求人，可以闭门而完备地生活。颜之推也意识到，要生活，还是离不了盐工。

昔日故乡的手艺人，我们称之为匠人。这些匠人与人们生产生活息息相关，对那个年代的乡村生产生活，特别是对农耕时代的生产生活产生了极大的影响。整个乡村人们的衣食住行用等都离不开这些匠人，可以说，这些匠人对乡村的发展和进步发挥了巨大作用。从乡村人们修房造屋来说，离不开墙匠、茅匠、石匠、木匠、砖瓦匠等；从人们使用的铁制、竹木制农具来说，离不开铁匠、木匠、篾匠；从人们使用的铁制、竹木制家具来说，离不开铁匠、木匠、篾匠；从人们的穿用衣物和铺笼帐盖来说，离不开裁缝匠、弹花匠、补鞋匠；从人们的婚丧嫁娶来说，离不开筒筒匠（二胡匠）、唢呐匠……还有什么教书匠、泥水匠、骟猪匠、骟鸡匠、补锅匠、剃头匠、磨刀匠等等。可以说，凡是乡村人们生产生活的方方面面，都离不开这样那样的匠人。这些匠人都是各个行业中的师傅，所以，对有些行业的匠人还有师傅的称谓，如石工师傅、木工师傅、砖瓦工师傅、剃头师傅等。

这些匠人不论走到哪儿，给什么人家做活路，主人家一般都是除了供他们好吃好住外，还要双方事先谈好价钱，或按计件或按计时给他们一份不菲的报酬，即所谓的工钱。只要有技术，有活儿做，既有吃不完的好饭好菜，又有一份不低的工钱。况且，这些匠人，只要手艺过硬，能吃苦耐劳，性情温和，脾气好，这家还没做好，那一家就找上门来了。但一般的老百姓就不能与这些匠人相比了，老百姓种庄稼是靠天吃饭，而这些匠人是靠手艺吃饭，干旱或洪涝这些天灾与他们关系不大。岂有饿死之理？！好个"天干饿不死手艺人"的实践总结。这些匠人涉及的范围广，涉及面宽，手艺高超的，有做不完的活路，其地位也较高。

俗话说："艺多不压身。"那个年代，乡村的人们学一门手艺，总比只会种地的农民朋友强一些。在我们的家族中有一老辈子（指长辈）符丕成，我的四伯，四伯木工手艺很好，他还担任过南开乡保安联防队大队长，但他不愿干，辞去工作学手艺。因此，在四伯的带领下，在他的那一辈及下一辈中，就有大约十个木匠，个个木工手艺超群。他们除了种地，还会做木工活路，一年四季，他们的身影都奔波在周边乡镇的村子、寨子中，总有做不完的木工活。在故乡凉山，还有一些匠人具有多门手艺，他们既是石匠、泥水匠，又是木匠、砖瓦匠。就我的父亲来说，父亲既做过弹花匠、教书匠，又做过砖瓦匠。

随着时代的发展和社会的进步，昔日活跃在乡村的石匠、木匠、砖瓦匠、铁匠、弹花匠、裁缝匠等匠人的大部分工作，均被机器取代，被机械化生产流程所取代，工厂生产出来的各种石器、木器、铁器、砖瓦、服装等生产生活用品及建筑产品，既精致规整，又美观实用，大大提高了生产效率。但是唢呐匠、补锅匠、杀猪匠、粉刷匠、补鞋匠、漆匠、篾匠等，在现在的某些乡村还有用武之地，却没有昔日那样繁忙了。因个人阅历有限，故不能把所有的匠人——写出来。这里，我仅仅是把自己做过、见过，或听父母说过的，且比较普遍的相关匠人及其所使用的工具，操作过程，用笔记录下来。

木　匠

在故乡凉山，木匠，俗称为木匠师傅，主要从事木瓦或木草结构的房屋建造，铺搭木桥，制作木质农具、木质家具等工作。木匠的祖师爷为鲁班先师。他们使用的工具主要是斧头、手锯、小刨、大刨、圆刨、平凿、圆凿、细铲、铁锤、墨斗、角尺、木马、马凳等。木匠的雇工方式一般有三种类型：供饭，即由主家请木匠上门制作，主家负责供吃住，按日数计付工钱；不供吃住，即由主家请木匠上门制作，主家不负责吃住，按日数计付工钱，工钱略高于供吃住的，若主家没时间做饭，工匠为本村人，多采用这种方式；包做，即包工，双方约定每件家具的工时和工资额，然后计付工钱。

在故乡凉山，木匠是比较受人尊重和羡慕的行业，因为他们掌握的这一项技能与家家户户的生产生活都密切相关，大到修房建屋，小到桌椅板凳，只要是用木料建造和制作，都离不开木匠。在没有电锯、电刨等机器的时代，木匠用一双手，仅凭斧头、铁锤、墨斗、角尺、锯子、凿子和刨子等工具，就能把一根根长短不一、粗细不均的圆木及木板制作成一栋栋美观舒适的房子，一扇扇精美的木格窗子，一道道旋转自如、吱呀作响的木门，一张张使用便利的桌子等。这不禁让我想起了孩提时代在故乡居住过的温馨的木房，使用过的那些木制的洗脚盆、洗脸盆、八仙桌等生活用品。也让我想起父亲曾经对我说过的，我们家族中的几位手艺超群的木匠，以及这几位木匠在

20世纪70年代中期为我家立房子的那些往事。

俗话说："树大分丫，儿大分家。"父亲在家中八个兄弟姐妹中，排行老二，父亲上有一个大姐，下有四个妹妹和两个弟弟。在20个世纪70年代初期，父亲和三叔均已结婚，并分别都有了孩子。要分家，就是要把父亲和三叔两家分出来，另立门户。但面对当时一家十五六口人居住的一栋木结构茅草房，显然这家是无法分的。父亲想，在分家之前，必须得另外修建一栋房子。父亲又想，要立一栋木房茅草屋吧，光是框架至少也得要上百棵树木，装板壁少说也要五六十棵树木，而自家山林地中就只有二三十棵杉树，修建木房茅草屋不现实；修筑一栋土墙茅草屋呢，成本倒是不高，但土墙茅草屋经不住雨水的侵蚀，容易垮塌，年限不长，顶多管个二三十年，也不是长久之计。经父亲再三权衡后，决定自己修建一栋砖木结构的茅草房。为此，父亲还进行了实地勘察，发现离家不远，约两公里的岩洞门口不但有水、有煤炭，水火俱全，而且还有制作土砖用的胶泥，甚至还有堆放砖瓦坯的一处干岩脚。父亲就把决定修建一栋九柱的砖木结构的茅草房的想法告知祖父，父亲的提议得到了祖父的认可。

就这样，父亲请人制作了一套打砖用的工具，自己一边教书育人，一边利用星期六、星期天和节假日，去南开穿洞族人那里借了一头水牛踩胶泥，并带着家人挖胶泥的挖胶泥，打土砖的打土砖，砍柴的砍柴。特别是在寒暑假，一天下来，父亲及家人个个累得腰酸背疼，但构想着未来的砖木结构茅草房，再苦再累，他们都满怀信心和希望。砖制作好并烧制出窑后，通过人背马驮运送到已经选好建造楼房的大山脚。父亲带着一家人到自家山林地选择制作楼枕、檩子、柱头、猫梁、大川、二川、大梁、二梁、椽条等所需的木料。一切建筑材料准备就绪，父亲找人看好下基脚和立房子的日子后，就开挖基础，平整地基。地基平整出来，就用石头及泥巴和石灰做灰浆，请石匠下好长15米、宽8米，共有5间房屋的基脚。

下好基脚，父亲请来了家族中的木匠符丕成。符丕成与父亲一辈，我们称呼他为四伯。除了四伯，一起来的还有他的两个儿子，四伯是大木匠，他的两个儿子给四伯做帮手，算是小木匠吧。四伯从夹箩中把大大小小的墨斗、斧头、推刨、凿子、角尺等工具拿出来，带着两个儿子在建盖新房的地基附近空地上，两头各支架起一个木马，把一根根木头抬放上去架着，就可以开始砍木头、加工木料了。

弹、修、锯、铲、凿、刨是木匠的基本功，木头扣接处不用钉子钉，而是用凿子雕凿凹槽榫眼和凸起榫头。俗话说："先生倒好学难吹弯弯角，木匠倒好学难打望天凿。"雕凿榫头、榫眼是木匠活最考手艺水平的地方。

木头能否承重，会不会变形，屋架会不会倾斜垮塌，主要就是看木头扣接处的榫眼榫头是否严丝合缝，是否坚实粗壮。这些对四伯来说，都是心中有数的，他做起来均是得心应手，心想事成。四伯用墨斗弹墨线，用斧头把鼓凸出来的部分节疤砍劈刨除掉，将弯曲处砍直，把木头做成立房子所需要的中柱、二柱、三柱、四柱、檐柱、大川、二川，地脚用石窝儿代替，而在木头的两头，有的要刨凿成榫头，有的要用刨凿成榫眼，有的要用刨凿成榫眼凹槽。待四伯将整栋房子所需要的中柱、二柱、三柱、四柱共18根柱子，以及檐柱和两匹大川、二川制作好后，就只待黄道吉日立房子了。

立房子的前一天，四伯将刨好的大川、二川穿过刨好、打好榫眼的九根柱头，用木榔头锤打到位，称之为排散。房屋用18根柱子，平均分成两份，每九根柱子为一立，共两立。每立正中的一根为中柱，中柱两侧分别为二柱、三柱和四柱，檐柱待砌砖墙代替。排散好的一立柱头，称之为一立房子。一立房子是九根柱子的为九柱房，九柱房的九根柱子都着地的，称之为硬九柱。中柱两侧的二川上站着半截柱头顶替二柱，三柱旁的大川上站着半截柱头顶替四柱，这称为挂耳，叫软九柱。老屋的大川、二川上都有挂耳。因此，老屋是软九柱房。

待黄道吉日，就立起已做好的排散，称之为立房子，也叫立柱。那时在故乡凉山，对任何人家来说，立房子都是大事，是喜事。因此，在立房子的当天，除了木匠外，还要请寨子上的帮忙弟兄和亲戚朋友一起来庆祝，举行隆重肃穆的立柱和上大梁仪式。屋架搭建成功后，还得要办酒庆贺一番。柱子竖立起来，屋架搭建起来，一幢房子就有模有样了，就建盖成功了一半。立房子时，在四伯的参与指挥下，帮忙弟兄先用三根华杆将绳子分别固定在中柱与二川交接处、三柱与大川的交接处，支撑着一步一步立起，一直立到柱头栽进地脚的石窝儿里与地面垂直，然后用两根圆木连接两立房子的三柱，称之为扯牵。这样让两立房子遥相呼应，稳固站立。另外，两立待砌砖墙代替。

房子立好后接着上大梁，上大梁是立房子最隆重的仪式，四伯将当天从山林中选好砍来的杉树砍成长方体，并刨光，割好榫头，用一个银圆（俗称大板）放在大梁的中央，再用一块40厘米见方的青布对角覆盖着银圆。之后，用一条红布捆着一双交叉的筷子压在青布上，再用竹钉钉在大梁上，称之为包梁布。包梁布两边贴上"紫微高照"四个大字朝向屋内，同时在两根中柱贴上"立柱喜逢黄道日，上梁正遇紫微星"的对联。将一只大红公鸡蹲着放在包梁布的上方。随后，四伯指挥帮忙弟兄用绳子拴着大梁的两头。四伯爬上大川，帮忙弟兄把绳子递到四伯手中后，也爬上大川，把大梁提升至大川处。四伯爬上二川，边爬边说"四句"，即上梁时用的吉语："爬了大川爬二川，儿子儿孙做高官。爬了二川到梁头，代代儿孙中诸侯。"帮忙弟兄们也跟着爬上二川，把大梁一步一步地提升到位，投入中柱的叉口里，接着在堂屋中燃放一串鞭炮，就算大梁已经上好。

　　大梁上好后，接下来便是抛梁粑。父亲蹲在堂屋正前方，背向大梁，反手牵着拴在身上围腰的两只角，木匠站在二川上，将用糯米做的两个大圆粑粑抛到围腰里。木匠边抛边说："一个粑粑圆又圆，抛在主家堂屋前，自从今日抛过后，儿子儿孙中状元。"接着帮忙上大梁的人，也站在二川上，抛下方块形的小粑粑，边抛边说："粑粑一抛东，儿子儿孙坐朝中；粑粑一抛南，儿子儿孙中状元；粑粑一抛西，儿子儿孙穿朝衣；粑粑一抛北，金银财宝滚进来。"其时，亲戚朋友，大人小孩，个个均集中精力注视着粑粑抛下的方向。粑粑一抛下来，人人都争先恐后地笑着跳着，有在空中接到粑粑的，有在地上捡到粑粑的，现场气氛活跃而热烈。大木匠在上大梁和抛梁粑时说的"四句"吉语，是对主人家的美好祝愿和祈福。粑粑抛好数分钟，知礼听话的站梁鸡鸣叫三声后，就从大梁上飞到房子正前方的地上。上大梁完毕，待砖墙砌好，就开始上二梁、三梁和构檩子，这是搭建屋架的最后一步工序。把二梁、三梁和檩子吊上去，榫头、榫眼一卡上，就意味着屋架搭建成功了。大梁对一栋木房来说，是极为重要的。有句民间谚语说："上梁不正下梁歪，三梁不正倒下来。"可见，主梁的重要性。

　　四伯一家三代人都是木匠，手艺极好，在当地四乡八里有很大的名气。四伯不论是建房造物，还是做挑水桶、洗脸盆、洗脚桶、木甑子、木缸、碗柜、桌子、板凳等木制家具用品，木头扣接处都不用钉子钉，而是用传统的榫卯工艺，扣接处严丝合缝，经久耐用。四伯曾经给我家打过一张书桌和一张八仙桌，至今有50多年了还完好如初。四伯还有一样绝活——木雕，根据主人家的需求和喜好，在房屋和家具、日用木器具上雕刻人物、山水、走兽、花鸟、虫鱼、瓜果等，构图布局严谨，雕刻层次分明。同时，根据建筑物和家具器物的特点和主人家审美需求，采用不同的雕刻方法，如圆雕、浮雕、斗圆雕、镂空雕等。四伯给我家雕刻过"井"字格、"万"字格和"瓜"字格花窗。一般宅院建筑物上楣、斗拱、插尾梁锁部位，运用深雕刻出图案；门窗的堂板、锁腰、天头等处以浅雕刻出花纹；窗格、栏杆、廊檐则多用镂空雕表现。四伯不但木工手艺了得，而且人品极好，很大气，按现在的说法，应该叫德艺双馨吧！因此很受人们的尊重。

　　那时也有一小部分木匠，他们没有四伯那么大气，人品也没有四伯那么好。特别是有极少数的木匠在给主人家做木工活时，因小气，人品又不怎么好，不经意间就被主人家得罪了。俗话说："神听私人口，木听匠人言。"在20世纪五六十年代，绝大多数木匠都是看过鲁班书的，传说他们具有"特异功能"。他们就会利用所谓的"特异功能"，动不动就在做木工活的过程中做一些小手脚，给主人家弄一些小玩意、小名堂，搞得主人家不知如何是好。父亲还曾经给我讲过与此相关的几个小故事。

　　有一家人请了一个木匠为他家立房子。一天，主人家小孩生病，主人家便到邻居家借了一碗米煮米稀饭给生病的孩子吃。木匠看到后心想，我在你家做了这么长一段时间的活路了，居然有米不拿来做饭给我吃。于是，不知道这位木匠做了什么手脚，待房子立好后，一到天气有变化，房子里有根中柱就会流出淡血水。主人家看到后觉得很奇怪，很害怕，于是就把他家的这个情况告知了别人，别人就对他说，你好好想一下，是不是木匠在给你家立房子的时候，你得罪过他，他从中做了什么手脚，这个你要亲自去找木匠才弄得清楚。但主人家就是想不起来得罪木匠的事。随后，主人家就去找到木匠把情况说了，木匠也没说什么，便带着一把斧子和主人家一起出门，到了主人家后，只见木匠提着斧子走到堂屋中，用斧背朝中柱脚狠狠地猛敲了几下，边敲中柱边说："我没有得吃我都不哭，你哭啥子？从今天起，你就嫑哭了！"听了木匠的话，主人家才回想起借大米煮米稀饭给生病的孩子吃的那件事。说来也怪，自从木匠敲过中柱以后，不论是天晴下雨，中柱就再也没有流出淡血水了。

有一家人，也是立房子的事。主人家请了一个木匠立房子，木匠在做木工活的时候，主人家无意间给木匠开了个玩笑，对木匠说："听人们说，会做木匠的没有板凳坐，你家有板凳坐没有？"听了主人家的玩笑话，木匠也没说什么，继续做活路。待房子立好的第二三天，只要一刮风，主人家立好的房子就会跟房子旁边的一片竹林一起随风起伏，风刮过去，房子就会随竹林偏过去，待风停止，竹子回归原位，房子也随着回归原位。弄得主人家不知如何是好，就只有亲自上门找木匠问个究竟。主人到了木匠家把情况一说，木匠就对主人说："你之前不是问过我，会做木匠的有没有板凳坐，我就是想让你到我家来，看我家有没有板凳坐。"这时，主人才想起原来是自己曾经开的一个玩笑得罪了木匠啊！木匠接着又说："你家的房子也没多大事，你回去后，把一头拴在房子左边中柱顶端榫眼上的墨线和另一头拴在挨到房子旁最高的那棵竹子颠上

　　　　　　　　　　　　　　　第二辑　匠人志

的墨线解开，就没事了。"听了木匠的话，主人回家后按照木匠所说的解开了那条墨线后，不论是刮多大的风，竹林怎么起伏，房子均安然无恙。

还有一家人，一次请了一家父子两个木匠来给他家装板壁，待板壁装好后，每到夜间就会发出一种怪异的声音。这家人把这个情况告诉了别人，别人对他家说，你们好好想一下，是不是木匠在给你家装板壁的时候得罪过他们，他们做了什么手脚才会这样。但这家人就是想不起来得罪木匠的事。之后，这家人也去找木匠父子俩，正好遇到木匠儿子。这家人把情况说了以后，木匠儿子说他没有做过什么手脚，但他父亲做没做他就不知道了。幸好这个木匠儿子给这家人出了个主意说："看哪天你请我们父子俩到你家，你好生做顿饭招待，等饭快熟的时候，我就走开，你家也不要留我，但要好好留我父亲在你家把这顿饭吃了。"没过几天，这家人便将这父子俩请到家中，准备做饭招待他们。待饭快要煮熟的时候，木匠儿子就起身走了，这家人也没有留他。木匠儿子走出这家人的门后，就在半路等着父亲。待木匠父亲在这家人吃好饭返回家的途中遇到了儿子时，木匠儿子就对他的父亲说："我走的时候他家的饭都快煮熟了，却不留我吃饭，就只留你吃饭。这家人简直太欺负人了，我们当初给他家装板壁的时候，应该做点手脚整治他家一下……"还没等木匠儿子的话说完，他父亲就摆着手显得有点神秘，并用手指靠着嘴唇小心翼翼地轻声说："嘘，不要说了，不要说了，在给他家装板壁的时候，我已经做过手脚了。"木匠儿子装出一副很解恨的神情看着父亲说："你究竟做了什么手脚？"他父亲说："在我装他家房圈靠堂屋的那堵横木的板壁时，在第四块木板的槽缝里放了一丝墨签。"随后，木匠儿子把他父亲做的手脚告知这家人，并将那丝墨签取了出来。之后，这家人的板壁就再也没有发出怪异的声音了。

在故乡凉山，还有关于木匠的一个真实的故事，但这个故事不是说木匠在做木工活的时候做了什么手脚，而是主人家教育孩子的方式方法不当，且宠爱孩子过分，最终导致了哑巴吃黄连——有苦说不出的结果。为避免引起不必要的麻烦，这里我就不用说出相关人员的真实姓名了。当地有一个木匠为一户家境殷实的人家做木工活，这家有个10岁的男孩，特别调皮捣蛋。在木匠做活的时候，时常在木匠装工具的夹箩中，把推刨、凿子、墨斗、角尺等工具翻出来玩，有时还学木匠的样子，这里推一下，那里凿一下，大人也不管。木匠看不下去，就吼了一下男孩。这时主人家听到孩子被木匠吼，就站出来对木匠说：“师傅，嫑乱吼哟！把娃儿的魂吓落了，怕你找不到马蛋来叫魂哟！”木匠听了主人家说的话后，也没说什么，还是继续做自己的木工活。直到有一天，这家的大人都出门做活路去了，只留下男孩在家。男孩又到木匠的夹箩里翻出一把小推刨，用小推刨在地上的一截圆木上学木匠的样子推了起来。这时木匠就对男孩招手并很和蔼地说：“小娃过来，我给你说，这木头太小了不好推，你去推你家屋里的那张大黑桌子。”听了木匠的话后，男孩就真的提着小推刨进了屋里，并用小推刨胡乱地在大黑方桌上推了起来，推累了以后，才把小推刨放回了夹箩里，然后自己玩去了。等主人家的大人做活路回家后，看到那张大黑漆方桌的桌面被推得横一路直一路的，整个桌面面目全非。这时主人家走出屋去问木匠说：“师傅，那张桌了是怎么回事？”木匠懒洋洋地对主人家说：“那是你的娃儿做的好事啊！”主人家带着埋怨的口气说：“师傅，你怎么不喊到点啊？”木匠就慢腾腾地以牙还牙地对主人家说：“哪个敢喊到点哟，怕把你家娃儿的魂吓落了！”听了木匠话后，主人家哑口无言。

　　时代在进步，社会在发展。现在做家具已经基本上不用实木，演变成了模板的组合，市面上也早就有了集锯、刨、雕、凿等功能于一体的木工机床，传统的锯子、刨子等木工工具，所发挥的作用越来越小。如今，故乡凉山家家户户都没有再修建木结构的房子，修建的都是砖混结构的平房，门都是定做的铁制防盗门，窗子都是定做的铝合金玻璃窗，家具基本上都是在家具公司定做或直接去商场购买的。昔日那些活跃在乡村的木匠的身影，成为了一个时代的记忆。

解板匠

解板匠，就是解木板子的匠人。其实，若按广泛的说法，解板匠做的也是木工活路。在故乡凉山，木匠和与解板匠有着密切的联系，太粗太大的木头，木匠是不好用来装墙壁、做家具的，必须要依靠解板匠用大锯子，将又粗又大的木头分解成若干厚薄不同、长短不一的木方、木条、木板，待木匠做家具时便于使用。说起解板匠，我相信在20世纪六七十年代出生的人，都会想起在院坝里或伐木处，两个人面对面，弓着步，你推我拉，我拉你推，将那长长的大锯子拉得"哗——唰——哗——唰"作响的劳动场景，也不会忘记在他们身边摆放着的斧头、墨斗、角尺等解板子用的工具。

20世纪70年代末，随着土地承包到户和改革的春风吹进广大农村千家万户，家家户户都忙着翻修装扮自己居住的老屋。把屋顶的茅草换成青瓦，把用竹子或木柯编制的楼笆换成木板，把土墙挖掉换成木板墙壁。家中也要添置一些碗柜、书桌、板凳、衣柜、箱子、平柜等家具。毫无疑问，在那个时候，解板匠应该也算是很吃香的职业了。他们凭借手中那几样简单的工具，走村串寨，在解决了吃住的同时，还能获得一份不菲的收入。其实解板匠的手艺没木匠、石匠那些手艺难学。俗话说："一碗米的解匠。"指学解板匠这门手艺只需吃一碗米做的饭就学会了，或只需做一顿饭的时间就学会了。解板匠最关键的是要学会吊墨。在我的记忆里，我们家偶尔也请过解板匠解过板子，大多数都是请叔子伯爷帮忙，与父亲一起解板子。父亲说，学解板匠这门手艺最关键要学会吊墨。读初中的时候，父亲在劳作之余偶尔也给我摆谈起解板子的细枝末节，我还在家和父亲一起解过板子。

从山林中砍下的树，若实在是太粗太大，难以搬运回家，就待树干的水分干得差不多了，在现场平整出一块场地，请解板匠在伐木处解板子。人们大多数都是把在山林中砍下的树，几个人或扛或抬运送回家，按照一定的长度锯断后，放在房檐下或堂屋里的一个角落，方方正正码好，等过了一个夏天，树干的水分蒸发后，解板匠就被主人家请进了门。酒足饭饱之后，解板匠就在院坝里布置解板子的场地，搭建一个马架。一个马架，由四只马脚和两根马杆组建而成。一只马脚由两根长约一米三四、小碗口粗的圆木组合而成，一根马杆用一棵长约四米、小缸钵粗的圆木搭建而成。

解板匠根据所要解的墩子（木料）的长短，确定四只马脚之间的距离。在平地上的两端适合的位置，将两根长约一米三四、小碗口粗的圆木粗的一端砍出叉口后，另一端砍尖，如陀螺形插入泥土，将叉口端紧紧靠着呈"八"字形，用两颗大铁抓钉两端的锥尖分别钉在"八"字两侧，要钉深入、钉牢实，下端分开呈一个"八"字形，称之为马脚。用一根长约四米、小缸钵粗的圆木，粗的一端与马脚呈60度斜角搭放在马脚的"八"字叉口上，略超出"八"字六七寸的样子，用大铁抓钉与马脚钉牢连接在一起，细的一端斜插在地面上事先挖好的一个浅坑里，并用一两百斤重的石头压着，称之为马杆。这样马脚与马杆形成极为稳固的两个三角支架，两个三角支架各放一端，称之为马架。两个三角支架之间的距离视所要解的墩子的长短来摆放。

接下来，就是解板子工序中最为关键的一个环节——吊墨。一个完整的墨斗包括车身、木轮、蘸斗、墨依、摇把、墨签、墨锥等部分。墨线的一头是缠绕在墨斗的木轮上，另一头穿过蘸斗吊在蘸斗外，端头系着一个小铁锥，称之为墨锥。说到墨斗，我想起了小时候的一个谜语，谜面是："一只黑山羊，拉去赶龙场，听到嘎吱嘎吱叫，肠子拖出几米长。"这个谜语的谜底就是墨斗。父亲说，关于墨斗的谜语，他认为谜面最好的应该要算苏东坡的"我有一张琴，琴弦常在腹。任君马上弹，弹尽天下曲"了。墨斗是我国传统木工行业中极为常见的工具之一，墨线端部那个线坠儿即墨锥，木匠师傅称它为"替母"，也有叫"班母"的，是一个意思，都是为了纪念鲁班母亲的。

将横断的木料抬上事先架好的木马上，解板匠操起锋利的斧头将树皮及长枝丫处留下的节疤清理干净，称之为合包墩子。合包墩子的两边解下来的板子称为豁边板，如果不要豁边板，那就砍出合包墩子的四条棱线，称之为方体墩子。根据主人家对解出板子厚薄的要求及板子的用途，解板匠在木马上试着摆放几下后，最终按最理想的摆法摆正墩子的位置，开始吊墨。吊墨是弹墨最重要的一项基础工作。墩子两头粗细不同，加之墩子表面凹凸不平，甚至弯曲，如果两端用同样的比例来吊墨，最终就会造成材料的浪费。解板匠从粗的一端开始吊墨，需要几分厚的板子，就用尺子在墩子横断面左上方边上起量出几分来，用墨签在墨斗里蘸墨定点，做好标记。如需要九分板，就量出几分定点，做好标记。然后，解板匠左手持墨斗、右手拿墨锥拉长到一定的长度，升高墨斗，稳定墨线，睁一只眼闭一只眼地看着墨线，当墨线与起点重合，右手拿墨签在左下方的垂直墨线照着的位置蘸墨定点，做好标记。看一看上下两点都在墨线照着的同一位置后，放下墨斗，拿起角尺压在上下两点上，用墨签画出一条直线，称为画墨，就算吊好一线墨。此操作反复进行，直到吊完墩子横断面大的一端的墨。墩子小的一端吊墨方法与大的一端相同，不同的是每线的尺寸减半分吊墨。

吊好墨，画好墨，就到弹墨。所谓弹墨，就是将墨锥钉在墩子的一端，将墨线头固定在之前做好的标记上，用墨签放在墨斗里压住墨线，用大拇指卡住压着墨线的墨签后，走到墩子的另一端，木轮自然转动，墨线附着墨汁被拉引到墩子另一端对应的标记上，绷紧墨线，用另一只手的拇指与食指在墨线的中央将墨线提起来到一定高度后，提起墨线的手自然放开，伴随着"嗒"的一声轻响，墨线就在墩子上留下了一条清晰笔直的黑线。如此反复，直到把吊好的墨和画好的墨弹完即可。

弹好墨线，三五个人把弹好墨线的墩子安放摆平在马架上，用大铁抓钉将墩子和马杆定好稳固，就可以解板子了。解板子是需要两个解板匠步调一致，高度协调配合，才能做好一项木工重体力活路。两个解板匠，面对面，弓着腰，分别在马架的内外两侧斜站立，双手抓紧将近两米长的锯子把手，从墩子端头沿着弹下墨线痕迹照准一个点"唷"进墩子，双眼紧紧地盯着弹好墨线的锯路，甩开膀子来回推拉，你推我拉，我拉你推。推的一方在推的时候，不要用力过大，而是需要把锯子掌平，只有推意而无推力，既要眼疾手快很巧妙快速地让开锯口约半厘米，又要平稳地掌控好解锯。若不避让锯口，对方是拉不动的。墩子在锋利的锯齿下，纷纷扬扬地撒下些携带芬芳木香的锯木面，推拉几个来回，锯子就可前进寸许。用不了三五分钟，解板匠的额头上就会渗出沫沫汗（指细细的汗珠）。这个时候，两人必须要步调一致，配合得极为协调。若两人配合得不密切，要么锯片就会被死死地卡住，推拉不动；要么锯片就会在墨线边沿蹿上蹿下，改出来的木板边缘不整齐，木板也凹凸不平，浪费木料。

解木板是一项重体力劳动，不是所有人都能干的。随着锯子与墩子之间摩擦发出的"哗——唰——哗——唰"干净利落的改锯声，伴着一推一拉的节拍，两个解板匠也很自然地发出很有节奏感的"嘿——哈——嘿——哈"的劳动号子声，在宁静山村上空萦绕，应山应水。我想，解板匠利用发出的号子声，在缓解了劳累的同时，也是在相互鼓劲加油。解板匠累得满头大汗，汗流浃背，像从水里捞出来的一样。他们的汗水不停地往下滴、往下流，特别是脊背上和胸口上，汗水顺着背上的脊梁骨和胸前的凹线牵成线淌下来。随着墩子的"肢解"，一块板子又一块板子被解好，解完一个墩子又一个墩子。

　　几个墩子解下来，解锯的锯齿就会卷曲、变钝、歪斜。这时，解板匠就要锉锯子了。所谓锉锯子，就是用一把钢锉在锯片各个凹点的地方来回地锉上几下，让锯齿更深、更锋利，有时还得用推刨口的另一端将方向歪斜的锯齿拨回原位。上百个锯齿，一个也不能落下！最后，把解锯仰放在锯架上，睁一只眼闭一只眼，从解锯一端望向另一端，看着一溜儿锋利的锯齿很有规律，方向反正交错，齐刷刷地排着。看着在阳光下闪闪发光的锯片，解板匠的脸上露出满意的神情，嘴角露出一丝欣慰的笑容。解锯片随着解木板的磨损，也在渐渐地变窄，直到不能再使用，就会被当作废品卖给收破铜烂铁的，不知所终。随着木板切割机这类解板子机器的出现，如今解板匠这个职业已经被冷落了。

石　匠

　　所谓石匠，就是从事采集石料，并将石料加工成产品的手工业者。虽然说石匠在众多的职业中不是抢眼的代表，但石匠却是历史上最早产生的匠人之一。应该是从旧石器时代的简单打磨石头到新石器时代，在这个过程中，逐渐产生石匠。石匠的常用工具有大锤、二锤、手锤、钢钎、楔子、錾子，以及画线用的铁制的直尺和角尺等。在故乡凉山，石匠分为粗匠和细匠两种。粗匠做的活一般是开采石料并将其修打成大小、长短不一的理想状态，修建房屋时砌石墙、下石脚，或打一些生活用品，例如：石磨、石碓窝、猪食盆等；细匠一般是做一些或磨、或雕、或镂的精细工作，如打磨雕凿墓碑，或在一些石器用品上雕凿刻镂石狮子、花鸟虫鱼图案等。故乡凉山石多土少，石匠大多是粗匠。在20世纪七八十年代，人们习惯靠山吃山，就地取材，充分发挥石头的作用。修路砌地坎，建房造屋，离不开石头；家家户户用的石磨、石碓窝、石盐碓、牛圈门桩槽、猪圈门桩

槽等，也离不开石头。

故乡的山基本上都是石山，且石头多为青石、石灰石，质地坚硬。要把那些质地坚硬的石头变为石墙房、石墙圈、石磨、石碓窝、猪食盆等，石匠功不可没。故乡凉山的大多数人家都有打石头、撬石头的大锤、二锤、钢钎等工具，石匠还多有楔子、錾子、手锤，以及画线用的铁制的直尺和角尺。村里大多数村民都在离家不远的水井边、塘边茅草山、对门垭口和小麻窝等地开有采石场。20世纪七八十年代，村里的人们大多数是在这几个地方开采石头修建房屋的。

20世纪80年代中期，我家就在塘边茅草山开采石头，修过三间石头混凝土平房。在采石现场，父亲事先将重达几百上千斤的大石头，根据石头自身的纹路，用大锤钢钎将大石头打小，一分为二，二分为四，这称为解石头。父亲操起钢钎把那裂开的石头撬离最初的位置，根据石头自身的纹路，打上几个楔眼，再用手锤将楔子固定在楔眼里后，双手抡起大锤举过头顶，把全身力气灌在双臂之上，咬着牙，腮帮边上靠近太阳穴的血管隆起，随着嘴里发出很有节奏的"嘿——嘿——嘿"的声音，手起锤落，大锤撞击在每一个楔子上发出沉闷的响声，连续打个一二十锤，原本坚硬的石头就会顺着楔眼的边沿裂开缝来，整个石头就四分五裂了。解好的石头每块一般就是一两百斤重的样子，堆成一堆一堆的。

为我家砌房子的石匠姓龚，就住在离我家不远处。那时我已经在南开中学读初中了，在周末不上学时，我还用石灰拌泥巴作为砌石墙用的灰浆，也帮着搬运石头给龚石匠砌石墙，对龚石匠砌墙的一些工作流程有着详尽的了解。龚石匠用较大且不规则的一些石头把事先挖好、有米把深的地基的基础下好后，用个把星期的时间到塘边茅草山开采石头的现场打砌墙的角石，称为打角石。所谓角石，是砌石墙时用在墙角处的石头，呈正方体或长方体，用錾子在正方体或长方体石头两个侧面修打出一条条的斜线花纹，砌墙的时候，将有斜线花纹的两个侧面作为石墙外体，看上较规整美观。

　　龚石匠下好地基后，便到采石现场，先把石头周围的场地进行简单的收拾规整，便于操作。接着他在石头堆中选出那些质地坚硬，较为方正，口面好，重达一两百斤的石头，准备用手锤和錾子将其修打成角石。龚石匠弯下腰，用直尺或是角尺贴着选出来的石头的石面，随后蹲下身子，微眯着左眼，觉得四平八稳了，就用錾子的底端沿着那尺子的边缘画上一条线。在双手的手心里吐上一口唾沫，左手牢牢地握着錾子，右手拿着几斤重的手锤，顺着那画好的线一錾一錾地移动，一锤接着一锤地敲打，那石头的粉末就像白面一样纷纷扬扬地落到了石面上。风一吹，那白色的粉末就飘到了石匠的手上、衣服上、胡须上、头发上。一会儿的工夫，龚石匠全身上下就飘满了白花花的粉末。

　　打角石时，就充分体现出了錾子的作用，在手锤的敲打下，錾子的剖、削、镂、铲、磨等作用发挥得淋漓尽致。根据錾子的功能，錾子的分类也不尽相同，有长短之分，尖扁之别。随着"当当"的手锤锤打錾子的响声，一个个呈正方体或长方体，极为规整的角石便呈现在眼前。錾子在多次使用的过程中总会变钝，为了让其更锋利，龚石匠在收工回到我家的时候，就要对錾子进行加工，称为"煊錾子"。所谓"煊錾子"，就是将已经用钝的錾子放在煤火炉里烧，待錾子烧为红色后，用左手拿火钳将烧红的錾子夹出来，放在大锤或二锤的面上，右手拿起手锤，掌握轻重缓急和敲打的力度，反复在錾子的端尖处敲打后，再一次将錾子放进煤火炉里烧红，夹出来再敲打，这样连续两三次。在最后一次敲打的过程中，龚石匠还要仔细观察錾端尖的锋利程度及錾子端尖颜色的变化，见錾端尖锋形成，颜色由之前的锈黄色变成青黑色且闪闪发光，随手将錾子放进冷水里，只听到一声轻微的"哧溜"声，称之为蘸火，伴着一缕青烟飘散开来，錾子就算煊好了，可以继续用了。

龚石匠打好角石后，接着在之前下好的地基上砌墙子。他选出4个200多斤重的角石，分别在地基的四角安放平整稳固，用线锤将角石吊正。接着用细呢绒线拴上两根小木桩，将小木桩紧紧地靠着角石外侧的棱角，并把小木桩用手锤钉稳，绷紧的两个角石之间的呢绒线就是一条直线，沿着绷紧的直线开始砌第一圈石墙。龚石匠砌墙时，用较大的平毛石，先砌转角处、交接处和门洞处，再向中间砌筑。砌上去之前，龚石匠先目测一下要砌的位置的大小，接着就抬来一个石头先试摆一下，使石料大小搭配，大面平放朝下，外露表面要平齐，斜口朝内，逐块卧砌放上灰浆，使灰浆饱满。对石块间较大的空隙，先填塞一些小石块后，再灌填灰浆。灰缝宽度一般控制在25毫米左右，灰浆厚度40毫米左右。

龚石匠砌石墙不但牢固，而且砌的速度也很快。龚石匠砌出的石墙，石块上下、左右互相错缝，内外交错搭砌。一个月不到，龚石匠就给我家砌好了近80平方米的四间石墙的墙体。那时，因为故乡还没有打砂机，我家打房盖用的细沙，还是请人工到离家两公里多远的二屯坡的大干沟里，背的天然淘下的河沙。

石匠们仅凭楔子、錾子、手锤及画线用的铁制的直尺和角尺等这些简单的工具，不但能建房造物、修桥修路，而且还能雕凿出一件件精美的石器用品。对于一个村庄、对于人类来说都极为重要，五谷杂粮需要脱壳研磨、舂细舂碎，这些都离不开石磨、石碓等石器。在20世纪七八十年代，故乡凉山人家，几乎家家堂屋的角落里都摆放有一副石磨，大部分人家院落里都安得有一个石碓。石磨用来自家推苞谷面、推荞面、推豆腐等。祖父家院落里的那个石碓，寨子的80%的人家都用过，用来舂毛稗、舂糯米粉、舂酥麻糖、舂洋芋等。

在故乡凉山还流行这样一首民歌："山歌好唱难起头，木匠难起转角楼，石匠难打石狮子，铁匠难打铁绣球。"民歌体现了各类匠人都会碰到难以做到的事情。但在古代的匠人中，特别是那些从事石刻石雕艺术的石匠，他们真的很伟大，令人钦佩。古代的很多庙宇、宫殿、墓穴，如金字塔、莫高窟等，都是石匠们用一块块的石头、石板建成的。柱子是用巨石雕刻或者拼接而成，石楼板、石墙、石门、石窗，一幢幢房子、一间间屋子，全是石头做成的。如云冈石窟、大足石刻、莫高窟以及遍布世界各地的各种石雕石刻艺术，许多流传千古的碑文，精美绝伦的石刻佛像，精巧的宝石雕刻，坟墓上雕凿的各种人物图像、狮子麒麟、花鸟虫鱼，活灵活现、栩栩如生，这些是无数石匠智慧和心血的结晶。

随着岁月的流逝，如今在故乡除了偶尔还看见一些磨墓碑、雕刻石狮子的石匠中的细匠外，石匠中的那些粗匠已淡出了乡村人们的视线而渐行渐远了。

篾 匠

把竹子划破劈成竹篾，然后编织制作各种生产工具和生活器具，俗称为做篾活，做篾活的师傅就称为篾匠。昔日故乡凉山，山林里和家家户户居住的房前屋后总有一片一片的竹林。竹子对人居环境的影响，我小时候还不知道，直到读初中后，才知道宋代文学家苏轼的《于潜僧绿筠轩》中写有"宁可食无肉，不可居无竹"。这是古人歌颂竹子风雅高节，批判物欲俗骨的诗词佳句。可见，竹子对于人居环境的重要性。一片片青翠欲滴的竹林，像是故乡恪尽职守的守护神，永远不离不弃这片贫瘠落后的村庄；一片片竹林点缀着温馨、祥和、安宁的村庄，历经一代又一代，却丝毫不曾褪色；一件件竹器陪伴着家乡的人们春播、夏长、秋收、冬藏的农业生产劳动，串起了家家户户的柴米油盐……

那一片片竹林，有斑竹、楠竹、水竹、慈竹、毛竹、青皮竹、灰茎竹、黄茎竹等。村民们用竹子制作各种生产工具和生活器具。生产工具有花箩、背箩、夹箩、撮箕、浪筛、扁担、搂木叶刮刮等，生活器具有簸箕、筲箕、箩筛、蒸笼、甑底、锅圈、碗箩、囤箩、筷箩、刷把、提篮等。生产类竹制品一般较粗糙，有的工序可省去。生活类竹制品比较精细，较费工费时。这些与人们相依相守相伴的竹制工具和器具，离不开篾匠。

提到篾匠，在当地曾经流传着这样一个有趣的故事。据传在解放前，有三个人邀约一起出去耍江湖（指外出游玩）。一天，他们游走到一个寨子时，天渐渐黑了。看时间不早了，三人就想在这个寨子中找一户人家歇脚。当他们走到一户人家后，遇到女主人。便向女主人说明来意，并询问住一晚上要多少钱。女主人对他们说，别谈钱的问题，先讲讲他们都是做什么生意的。三人都想炫耀一下自己所从事的职业，就用江湖话语回答了女主人。其中，第一人说他是"山上走的"，第二人说他是"地中钻的"，第三人说他是"青龙背上跑的"。三人各自介绍完后，都想看女主人识不识行，是否能听懂他们的江湖话。女主人听后，对三人各自是做什么的，已心知肚明。她没说什么，心想明天也要考考他们。待女主人安顿好他们休息后，一宿无话。

第二天起床后，三人问女主人他们住这一晚要多少钱。女主人对他们说，钱就不要了，家中正缺少几样竹制生活用具，想请在"青龙背上跑的"给她家打（编制）一个打打紧、一个打不紧、一个朝天拱、一个朝地拱、一个乌龟塞龙洞。听女主人说完后，"在青龙背上跑的"虽不知道女主人说要打的这些是什么，但昨晚给女主人说自己是"青龙背上跑的"，也不好推辞，只好答应。随后，女主人提着尖刀到屋后的竹林砍来了一扛竹子。"青龙背上跑的"将竹子划破、劈好篾片后，因不知道打打紧、打不紧、朝天拱、朝地拱、乌龟塞龙洞都是些什么用具，也放不下架子问问女主人，就迟迟没有动手打。当然，"山上走的"和"地中钻的"也不知道女主人要打的用具是些什么，要是知道，他们也会告知"青龙背上跑的"。

女主人看出他们的心思后，窃喜，心想连这几样简单的日常生活用具都不知道，特别是那个自称是"青龙背上跑的"，看来也不过如此！你们不知道，我就告诉你们吧！于是，女主人对他们三人说，"山上走的"应该就是打猎的安山匠，"地中钻的"应该就是安葬人的阴阳先生，"青龙背上跑"的应该就是做篾活的篾匠了。"山上走的"和"地中钻的"不知道我要做的打打紧、打不紧、朝天拱、朝地拱、乌龟塞龙洞是什么用具情有可原，但作为"青龙背上跑的"，专做篾活的篾匠不知道就显得荒唐了。既然都不知道，那我就告诉你们吧。打打紧指的就是簸箕、打不紧指的就是筛子、朝天拱指的就是筲箕、朝地拱指的就是撮箕、乌龟塞龙洞指的就是甑底，如果还剩竹子的话，帮我再做一个打鸡耙（赶鸡的响槁）。这些都是极为常用的竹制生产生活用具。听女主人说完后，耍江湖的三人面面相觑，无地自容……

　　其实，篾匠在乡村并不是一个很神圣的职业，凡是在20世纪八十年代以前出生的男人们，大都会或多或少掌握那么几项简单基本的竹篾活，如撮箕、花箩、甑底、锅圈、刷把等，但真要做类似于打簸箕、背篓、夹箩、筛子等这些细活，就需要一定的技巧了，就必须要请篾匠才能做得下来。篾匠的工具并不复杂，一把篾刀，外加小锯、小凿子、刮刀、钻子等，还有一个名叫"度篾齿"的工具，像小刀一样，安上一个木柄，一面有一道特制的小槽，把它插在一个地方，让柔软结实的篾条从小槽中穿过，篾条边缘的毛边就会被打磨掉，厚薄均匀、光滑柔软，当然也是为了在编织竹器的时候尽可能地不伤手。

　　要将竹子加工制作成一件称心如意的竹器，选好竹子是关键。山林和房前屋后的竹子多，但并不是每一种竹子、每一棵竹子都能物尽其用。故乡凉山的人们通常都喜欢选用慈竹，因为慈竹起篾片、篾丝方便，且起出的篾片、篾丝柔软不易折断。谁家要打簸箕、背篓、夹箩、浪筛，就请篾匠到家里来，酒足饭饱后，主人家便带着篾匠到自家的竹林选竹子。篾匠选竹子的经验丰富，首先，要看竹竿直不直，俗话说，"人直无用，树直有用"，竹子也一样，要选那些笔直的才行；其次，是看竹子的年龄，一般是生长了两年左右的竹子最好，竹子年龄大的没韧劲，制作出来的竹器容易破损，竹子年龄小，制作出来的竹器会缩水变形，也容易生虫；最后是看竹子开花没有或干不干枯，开花的竹子和干枯的竹子也不能选，这些竹子制作出来的竹器容易生虫。

遵循以上三个选竹子的原则及要求，主人家带着篾匠在竹林里东看看、西瞧瞧，摸摸这根，看看那根，再三挑选，左右比较，挑选那些笔直且竹龄在两年左右的竹子。选中后，篾匠手起刀落砍下竹子，每砍下一根，就随手用砍刀修掉枝叶后交给主人家扛回家放在院坝里。待竹子砍得差不多了，篾匠就根据要打的竹器，用锯子把长竹竿锯成几截，用篾刀把每个竹节上外围的那圈黑色的部分削刮干净，接下来就开始划竹子了。对不太粗，且锯成截的那些竹子，篾匠左手扶住竹子，右手举起篾刀对准竹子的截面，只听见"咔嚓"一声脆响，竹子顶端被对半劈开一道裂痕。篾匠再用双手拿着竹子使劲往地上一压，裂痕就会迅速滑过竹节，发出"啪——啪——啪"的响声。篾匠拿起篾刀趁势而为，用力推进，竹子就会轻而易举地被劈成两半。接下来，篾匠将劈成两半的竹片一分为二、二分为四、四分为八，直至将竹片全部劈成手指宽的竹条。

当然，有时候也会根据编制需要，如打花箩、背箩等，不用把竹子锯成几截。那么，对于三四米长且又粗的竹子，要一次性劈开，就算篾匠有劳力，但他也没有那么高的身材。怎么办呢？篾匠有办法。要划破三四米长且又粗的竹子，篾匠会站在高处，把长竹粗的一端顶在矮处的一个附着物上，用篾刀对准竹子细的一端劈开一个"十"字交叉的口子。接着，篾匠就用两截五六寸长，且较为结实的、手指般粗的木棒作为木屑子，相继加入"十"字交叉的口子，左手抱着竹子，右手用尖刀猛打"十"字交叉的木屑子，让木屑子通过猛打尖刀背的力量向前推进。随着木屑子向前推进，那裂开的"十"字交叉的口子就会随着惯性越开越大，"噼啪——噼啪"的响声不绝于耳，随着最后的一声爆响，那长竹就被分成了四半。这样的场景应该就是"势如破竹"这个成语的最佳诠释吧？！

劈好的竹条要劈片削条，首先，得用篾刀去掉竹条内侧竹节处的节疤，然后才是起篾片。若是用来打花箩等粗糙的竹器，就不用起篾片，直接使用劈好的竹条即可。若要打簸箕、筛子等细致的竹器，就要起篾片。所谓起篾片，就是篾匠用篾刀将竹条一层一层起开成为篾片。首先起为两层，其中竹条内侧的那层称为黄篾片，黄篾片较脆且韧性差，只能用来打囤箩、锅圈等在使用时一般很少移动位置的竹器；竹条外侧的那层称为青篾片，青篾片柔软、韧性好，用来打簸箕、筛子等竹器。在手艺精湛的篾匠手中，一块竹条能逐一地起开五六层篾片，每一片都是薄薄的，将起好的篾片环绕成一匝一匝的挂在院坝的树枝上或者房檐挑上晾着，用时取下即可。篾片再划成篾条，篾条的宽度，六条并列，正好一寸。这时，"度篾齿"就可以派上用场了，放进小槽，轻轻一拉，那光洁如绸的篾条就一根一根地从篾匠手中自然流淌出来。

划篾是衡量一个篾匠手艺水平高低的一个重要依据，如果篾划得不好，根本没法编，弄得不好就成了"刀口篾"。所谓"刀口篾"，正如其名字一样，篾的边缘像刀口那样锋利，若稍不注意，只要手指轻轻碰到就会被划伤。划好的竹篾，不能放到太阳底下暴晒，而是要悬挂在屋檐下或堂屋墙壁上。编织前，篾匠师傅还会用水浸泡，使篾条润湿，再将其横纵交织，一来一往，按照心中固有的各种竹器形状构图，打成背箩、夹箩、囤箩、花箩、碗箩、筷箩、浪筛、箩筛、筛子、撮箕、簸箕、筲箕、蒸笼、甑底、锅圈、提篮等形状不同的各种生产工具和生活用具。行文到此，我不由自主地想起了"成竹在胸"

　　　　　　　　　　　　第二辑　匠人志

这个成语，它用在篾匠的行业简直是最恰当不过了。不论是打各种生产工具也好，还是打各类生活用具也罢，最后的一道工序都是收口，收好口就算制作完成一件竹器。

昔日故乡凉山的人们在生产生活中都离不开各种竹制工具和用具。那时，人们背草粪、背洋芋、背苞谷等，离不开背箩；割马草、牛草、猪草、垫圈草、搂木叶等，离不开花箩；储藏苞谷、豆子、荞子、麦子、腊肉等，离不开囤箩；挖粪、抬粪、放粪、挖洋芋、撕苞谷等，离不开撮箕；推苞谷面、推豆腐、做苞谷饭、做荞疙瘩饭等，离不开簸箕、筲箕、箩筛、筛子、甑底、锅圈；赶场、驮炭，离不开夹箩、背箩、驮篮；打苞谷、豆子、荞子、麦子，要筛、簸，扬弃灰尘、秸秆、糠等，离不开浪筛、簸箕、筛子等；装碗、装筷子，离不开碗箩、筷箩。换句话说，那时农村人们的生产生活的方方面面，都离不开篾匠编制的各种竹器，若没有这些竹器，人们还真的无法从事生产劳动。

虽然说随着塑料制品的出现，篾制品的使用率大大降低，但是随着人们环保意识的不断增强，竹制品又逐渐有了一定的市场，直到今天，在乡村的集市上时不时地还能看到一些人在买卖竹篾编制的撮箕、背箩、簸箕、筛子等生产工具及生活用具。

铁 匠

在故乡凉山，除了木匠外，铁匠也是与乡村百姓的生产生活关系极为密切的匠人了。家家户户包括石匠、木匠等匠人都离不开的铁质生产工具，如斧头、锄头、镰刀、薅刀、弯刀、钉耙、铡刀、刮刀、砍刀、尖刀、钢钎、楔子、铁锤、錾子、推刨、锯子、凿子、钻子等；生活器具如菜刀、火钳、夹钳、铁瓢、铁火炉、剪刀等；在古代人们使用的兵器如剑、镞、矛、大刀、飞镖等。不论是老百姓用到的铁质生产和生活器具，还是古代人们使用的各种兵器，都离不开制造它们的匠人——铁匠。铁匠是指打制铁器的人，俗称"打铁师傅"。铁匠打制铁器的器具有风炉，也叫煅炉，炉膛较深，设有风管和木风箱；还有就是铁墩和大锤、二锤、手锤等。

20世纪七八十年代，在故乡凉山，铁质的生产工具、生活器具需求量大，打铁业十分兴盛。但与其他匠人特别是与石匠、木匠等不同的是，石匠、木匠等匠人是被主人家请到家里来做活，主人家供吃供住，按时或按件计酬，而铁匠是不用主人家请上门来的。铁匠一般是在自己家里开设一个场地，俗称打铁铺。也有的铁匠除了在家开设打铁铺外，还在乡村人员流动大、人员集中的集市上开设一个打铁店，或者在各村寨设立临时打铁点。至今有的地方的小地名都还用打铁来命名。2013年，我在水城县米箩镇驻村时，当地还有个地名叫打铁组，也许这里以前是一个集中打制铁器的地方吧。需要铁器的人家，利用赶场或走亲串戚时，上门到打铁铺、打铁店或打铁点定制。所定制的各种铁器，铁匠按件计酬，并在定制时讲好什么时间能做好，待做好取走时付钱。

在故乡凉山就有两家在自己家里开设打铁铺的，一家姓杨，另一家姓路。两家距离我家两三公里，因母亲姓杨，与姓杨的那家我们还相互认作亲戚。小时候，父母曾经多次带我到这两家打铁铺，定制过斧头、锄头、镰刀、薅刀、弯刀、钉耙、铡刀、菜刀、尖刀、火钳等生产生活用品。因为是认作亲戚，所以在我的记忆中，我们家到杨姓铁匠铺打制铁器的次数和数量，相对于路姓铁匠铺来说要多一些。特别是临近村里人要进行播种的春耕节季和秋收前的这段日子里，铁匠铺就会迎来一个一年中最为忙碌的小高峰。每次父母带我去定制铁器，我都被那打制铁器的场面吸引而不想马上离开。铁匠在铁匠铺里打制铁器的情景至今还历历在目。

在打制铁器的高峰季节，为了迎接上门定制铁器的顾客，铁匠铺的一家人一早就会起来，生炉子的生炉子，拉风箱的拉风箱。拉风箱的一般应该是铁匠师傅的老婆吧，要不在当地怎么会留下"铁匠的老婆——逮火（厉害）"这一歇后语呢？逮火，指的就是拉风箱。当大火炉炉膛内火苗直窜、炉火熊熊的时候，铁匠铺就来了许多定制铁器的顾客，有的顾客还从自家带来了铁锈斑斑或变钝变缺的镰刀、锄头、弯刀、薅刀之类的铁家伙。不用说，这些顾客除了来定制一些需要的新铁器外，还要将带来的旧铁器拿给铁匠加工，重新"压钢"，也就是重新在器具的刀刃上安上"钢"后继续使用。俗话说，"好钢要安在刀刃上"，应该指的就是"压钢"吧。

铁匠铺里熊熊燃烧的火炉旁边放着一个用来淬火的大水缸，水缸里的水黢黑，上面漂浮着一层厚厚的细铁屑。大水缸旁边平放着一个半腰高用来锻打铁器的铁凳，也称为铁砧子。

打铁往往是师徒二人分工合作，在自己家里开设的打铁铺，一般是父子二人合作，父亲算是铁匠师傅，儿子算是徒弟。铁锤一长一短，师傅操持短锤，徒弟掌握长锤。待火炉里的铁胚由黑变红，再由暗红变通红时，师傅就用左手持铁钳夹出烧得通红发着白光的铁巴放在砧凳上抖掉火灰，师傅右手握着小锤，徒弟码好弓步，双手抡起长锤。师傅打一下徒弟打一下，师傅打那点徒弟打那点，你一锤我一锤此起彼落，叮——铛——叮——铛声音不绝于耳，光芒四射的铁屑四处飞行。

待铁巴打不动了，师傅轻打一下砧凳示意徒弟不要打了，待烧了再打。烧了又打打了又烧，烧烧打打、打打烧烧反复进行，铁巴打出了毛坯徒弟休息，师傅一人操作细工活。徒弟用大锤时间短，师傅用小锤时间长，总而言之，师傅比徒弟累。师傅如果只有过硬的技术，而没有过硬的耐力，是难以打出式样美观、口才薄、钢火好的，器具不夹灰、不卷口的好农具。难怪凉山人们经常说打铁要本身硬，这可能是师傅相对徒弟的本意而言吧。

师傅右手握着的短锤，就是一个指挥棒。在整个敲打的过程中，就其力道来说看似乎一成不变，但却掌控着整个敲打过程的速度和节奏。徒弟手中的长锤主要分为甩打和锻打两种。起初是甩打，之后才是锻打。甩打时，徒弟码好弓步，张开臂膀，抡圆锤子猛打，师傅敲两下，徒弟敲一下，发出"叮叮——当——叮叮——当"的敲打声；锻打时，徒弟身体半蹲，和师傅一人一下交替打，发出"叮——当——叮——

当"的敲打声。在锻打的过程中，师傅需要时时翻动铁胚进行两面打，师傅要翻铁了，他的小锤就会由敲一下变为敲两下，徒弟再用大锤打一下，紧接着就是师傅的翻铁动作……在整个过程中，师徒二人你来我往，配合默契，铿铿锵锵，高低音清晰明朗，从铁匠铺传出，一下子就能荡得很远很远。

特别是徒弟双手抡起长锤甩打刚出炉的铁胚时，随着锤起锤落，那通红的铁屑便四下飞溅，四周的人都时刻保持着警惕，害怕那横飞的铁屑落到自己衣服或是身体上，烧坏衣服、烧伤身体。记得那时，和父亲到杨铁匠家定制铁器时，每当杨铁匠刚一从火炉里夹出烧得通红的铁胚放在铁砧子上时，我就立即走开，站得远远地观看。但铁匠不怕，一次次的锻打，再加上火炉散发出的温度，热得受不了，索性就脱掉衣服，赤裸着上身，系上一个厚厚的皮裙，那飞溅的红红的铁屑就像长了眼睛似的，惧怕他们，纷纷绕道而行。看到铁匠铺子一锤一堵火的场景，我不由想起流传在故乡的一句话，这句话是凉山人对那些无理取闹的人说的："你要惹就去惹那些一锤一堵火的，欺负软人不出名。"铁匠真是一锤一堵火的硬汉啊！

在铁匠的指挥下，伴随着很有节奏的"叮叮——当——叮叮——当"或"叮——当——叮——当"敲打声，一块块铁胚或变成扁扁的薄刀，或变成弯弯的镰刀，或变成长长的铡刀，或变成棱角分明厚厚的斧头，或变成说不出形状的各种铁制器具，尖的、圆的，方的、扁的，长的、短的，什么形状的都有。铁匠制作铁件的最后一道工序是"淬火"。这里所说的"淬火"也称为"蘸火"，就是指把打好的铁件加热到一定温度，然后浸入冷水中急速冷却，目的是增加铁件的硬度。许多铁器工具，如刀、斧、大锄等都要在刃口加进钢条，称"钢口"，淬火后，铲出刃面。淬火是铁匠必须要掌握的一种技艺，淬火技术直接影响着器具使用寿命，淬老了则要崩口，淬嫩了就易卷刃。用老百姓的话说，打出来的农具、器具，钢火一定要好，既有钢的硬度，又有铁的韧性。生产农具、生活器具，若钢火好，就会越用越锋利，用起来更加得心应手。

铁匠最关键的手艺是"淬火"。什么时候铁件要"淬火"？一方面，需要铁匠根据多年的实践经验加以判断，另一方面，得依赖铁匠临场的眼力。为什么挥大铁锤、出大力、流大汗的徒弟只拿小工钱，而挥小铁锤、出小力的师傅却能拿大工钱？原因是挥大锤的徒弟，干的是力气活；而拿小锤的师傅是"指挥者"，且能看火候，干的是技术活。挥大锤卖力敲打的徒弟，学的就是师傅"淬火"的这点"火候"。"淬火"时，将锻打好的铁件一入水，只听见"哧溜"的一声，随后冒起一串串白烟，拿出铁件就算制作完毕。

铁匠的过人之处，在于他们能打造出镰刀、斧头、锄头、薅刀、锤子、菜刀、砍刀等锋利无比的生产用具和生活器具。这些都与老百姓的生产生活息息相关，使得老百姓的生产力大大提高，生活更加便利。收割荞子、麦子、小米、毛稗，割苞谷草、马草、牛草、猪草、垫圈草等，离不开弯月般的镰刀；挖地、挖粪、挖洋芋、挖生地，薅苞谷、薅豆子等，离不开锄头、钉耙、薅刀；起房造屋，离不开大锤、钢钎、錾子。

随着现代科技的发展，打铁行业大幅萎缩，机械化和流水线生产替代了手工作坊。但在乡村农家或乡村集市上，当我看到曾经自己用过的那些铁制的生产工具和生活器具时，昔日那些铁匠铺里铁匠打铁的场景便不由自主地浮现在眼前，记忆犹新，历历在目。

唢呐匠

在故乡凉山人家，但凡遇到婚丧嫁娶等红白喜事，都有请唢呐匠的习惯。在那个年代操办红白喜事，请唢呐匠团队来吹吹打打营造气氛，已经成为了乡村的一大习俗和礼仪。根据不同场合，唢呐匠就用不同的曲调吹奏唢呐。若唢呐匠吹奏出的唢呐声是欢乐喜悦、悠扬高昂的，一定是接亲嫁女或祝寿、立房子等值得祝贺喜庆的红喜事；若唢呐匠吹奏出的唢呐声是凄楚哀伤、低沉幽怨的，必定就是老人百年归世等白喜事。所谓唢呐匠，就是指吹奏唢呐的乡村艺人。在20世纪七八十年代，唢呐匠应该也算是一个十分走俏吃香的业余职业。

提到唢呐匠，就不得不先说说唢呐。唢呐最早由波斯、阿拉伯传入我国，是流传于民间的一种独具特色的演奏乐器。唢呐音色明亮、音量大，发音高亢嘹亮。2006年5月20日，唢呐艺术经国务院批准，还被列入第一批国家级非物质文化遗产名录。在所有描写唢呐的诗文中，我极为欣赏明代王磐的《朝天子·咏喇叭》："喇叭，唢呐，曲儿小腔儿大。官船来往乱如麻，全仗你抬声价。军听了军愁，民听了民怕，哪里去辨什么真共假？眼见得吹翻了这家，吹伤了那家，只吹得水尽鹅飞罢。"

　　一支唢呐一般由三个部分组成，顶端为嘴，中段的杆为唢呐身，底端为唢呐盘。顶端的唢呐嘴是用黄铜皮制作，它由细铜管和堵气盘组成，细黄铜管是用来套麦秆制作的哨子用的，堵气盘是吹唢呐换气时用来堵住外送的气，防止吹出的气流外泄。中段的唢呐身，即杆，是木质的，一般约40厘米长，上小下大呈锥形。唢呐杆上有八个发音小圆孔，正面七孔，分别代表七个音符。这七个发音孔之间的距离基本相等，从下往上依次为哆、唻、咪、发、索、啦、西。唢呐杆的背面与正面对称靠近高音孔"西"的位置，有一个发音孔，这个发音孔不代表任何音符，但在吹奏唢呐时起共鸣或者颤音的辅助作用。唢呐底端的唢呐盘是一个铜制的喇叭口，所以唢呐也俗称喇叭。整个唢呐盘呈圆锥形，这既便于放置，将唢呐立放在桌子上可以平稳不倒，又起到扩音作用，因为这种喇叭形状的尾座，吹奏出来的唢呐声音响亮，可以传得很远很远。

　　唢呐匠在吹奏时，一般用左手无名指、中指及食指依次按在唢呐杆正面发音孔中对应的哆、唻、咪的孔眼上，右手的小指、无名指、中指、食指依次按在唢呐杆正面发音孔对应的发、索、啦、西的发音孔眼上，同时右手的拇指按在唢呐杆背面唯一的那个起颤音或辅助作用的音孔上。不要小看这么一支小小的唢呐，它还真是神奇，几个音符巧妙组合起来就是美妙的音乐。唢呐匠吹奏时，沉醉其中，双眼微微闭上，鼓着腮，灵巧的手指不停地变换着，极为专注，让人沉迷其中。

　　在故乡凉山，唢呐匠都是地地道道的农民，吹唢呐只是他们的业余职业。他们一般家庭条件都不是太好，一个月有七八天在外面吹唢呐，平时在家里也照常干活不误。只有当乡邻家里有了红白喜事，需要请他们时，不管是天晴还是下雨，他们都要去很认真、很专注地演奏那么几场，成为吸引人们的重要角色。在20世纪七八十年代，每出去吹一次一般能拿三五元钱，食宿均由邀请方承担。每个月下来，他们每人可以挣到一二十元钱，基本够家里打点煤油、买点盐巴等日常开销。当他们到来，吹奏声就打破了方圆数里除鸡鸣犬吠之外的宁静，原本静悄悄的农家庭院里，就会顿时喧闹起来。

这里所说的唢呐匠，准确地说应该是一个唢呐匠团队。一个唢呐匠团队一般由四人组成，两位唢呐匠，一位打小鼓，一位打镲钹，有两支唢呐和一个小鼓、一个镲钹四件乐器。两支一样大小的唢呐称为对子唢呐，大多数唢呐匠用的是对子唢呐；也有极少数唢呐匠用的是一大一小的唢呐，称为大口气唢呐，大的一支唢呐吹奏出的是平声，小的一支吹奏出的是尖声，平声和尖声相互配合，非常好听。唢呐匠团队的四个人，两人吹奏唢呐，一人打小鼓，一人打镲钹，整个团队配合得极为默契。唢呐匠团队每次到事主家，一般是中午或下午四五点钟。等吃过中午饭或晚饭后，他们便在事主家院坝里用木材或者煤炭生起的大火堆旁围成一个半圈坐下，就要开始吹奏表演了。唢呐匠应该算是整个团队的核心人物，其他人都是听唢呐匠所吹出的曲调形式演奏。比如说吹唢呐的，只要其中的一个吹起前奏，另一个就知道要吹哪一种曲谱，举起唢呐应和就是了。同时，打小鼓、镲钹的那两个人随着唢呐声一响，立即摆开阵势演奏起来。

在一个唢呐团队中，应该说学吹奏唢呐比学打小鼓、镲钹难度不知要大多少倍。就在前几年，我们师范的几个同学到六枝参加老师的母亲的吊唁活动。看着那些吹鼓手演奏完一曲，准备演奏下一曲时，我还自告奋勇地参与了他们的团队，负责打鼓，还打得像模像样的。我打着打着，还不由自主地与那位打镲钹的大姐一起站了起来，伴着唢呐声边跳边打，极为带劲儿。有一个同学还用手机在现场录下了一段视频,之后我时常放出来看,还自认为不错呢!

吹奏时,唢呐匠双手的手指在七个小圆孔上有节奏地开合,腮帮一鼓一瘪,收放自如,眯着眼,满脸涨得通红,吹奏出一曲曲或欢快或揪心的音符,让整个场景或氤氲在欢快喜悦或笼罩在悲哀肃穆的气氛中。打鼓手左手半抱着小鼓斜靠在大腿和腰间,右手挥起短小而结实的鼓槌在鼓面上依次灵动地翻飞,随着唢呐声高低急缓,那鼓声忽而如马蹄阵阵般急速,忽而如雨打飘窗般轻柔。打镲钹的人双手各扬起一扇镲钹,让两扇镲钹相互时而碰击、时而摩擦、时而分开。顷刻间,唢呐尖厉,鼓点深沉,镲钹雄壮,时快时慢、时高时低、时长时短、时而平稳、时而躁动、时而紧张、时而轻松、时而悠缓、时而急追地合奏着,谁也不抢谁的先,各司其职,配合得滴水不漏。

伴着鼓点,很有节奏地夹杂着"当哐——当哐"的镲钹声,悠扬的唢呐声在村庄上空飘荡,给安宁的村庄增添了活力和生气。红喜事场中倒觉得欢畅过瘾,白喜事场中人们对生的怀念、对死的悲伤都从曲谱中流淌出来,整个村子弥漫着对逝者的怀念。这时的唢呐匠、鼓手、镲钹手均似乎进入了忘我的境界,完全沉浸在自己营造的氛围中,跟着自己的唢呐声、鼓点和镲钹声摇头晃脑、吸气耸肩、扬眉挑眼,高潮处甚至脚下也不闲着,使劲地踩着地面,似乎要把自己所有的感情毫无保留地宣泄出来,整个唢呐团队配合得天衣无缝。他们在火堆旁演奏完一曲,抽支烟,喝口酒,休息几分钟后,又接着演奏下一曲。唢呐并不好吹,要求唢呐匠有很大的肺活量。当地有句俗话"二胡全靠扭,唢呐全靠酒",吹累了,就和围着火堆听唢呐的人划划拳,喝上几杯苞谷酒润润嗓子。但只能喝半斤,不能喝醉了,醉倒了就吹不动唢呐了。就这样,吹吹息息,息

　　　　　　　　　　　　　　第二辑　匠人志

息吹吹，一直到晚上十一二点才去休息。

唢呐匠并没有受过专门的音乐训练，他们的演奏曲目，大多是根据乡村生活自编自创的乐曲，用现在时髦的话来说，叫"原生态"。而专业的五线谱等名词对他们来说，是一个遥远而又陌生的概念。每一次，在红白喜事场中，当唢呐匠或二胡匠演奏完一个曲谱，我都要请教他们，询问他们演奏的都是一些什么曲谱，叫什么名字，他们居然都说不出来。有的人说，他们只专注于父兄或师傅亲手相传的乐谱，或由那些世代流传已经磨得发亮的牛皮纸记载的乐谱，或口口相授，传给他们就是这样的节奏和旋律。一旦从嘴里哼出来，便深深记入耳朵，铭刻在脑海里，在以后的演奏中便运用自如了。

唢呐匠吹出的曲不止一种曲谱，且在红喜事和白喜事所吹奏的曲谱也是不一样的。红喜事的曲谱一般有《迎亲调》《娘裙带》《送亲调》《亲朋调》《迎客调》《欢喜调》等欢乐的小调曲子。这些曲谱演奏出来，大多欢快喜庆，能够在乡间村寨里营造出热闹欢快的气氛。但在我的记忆中，后来在红喜事中，人们请唢呐匠的就逐渐少了，改请二胡匠了，俗称筒筒匠。白喜事的曲谱一般有《哭丧调》《隔离调》《报恩调》《怀念调》等忧伤的小调曲子。这些曲谱演奏出来，大多哀伤幽怨、凄恻感人、感人肺腑、催人泪下。

进入21世纪以来，红喜事场中请唢呐匠吹奏的已经不多了，但白喜事场中请唢呐匠还是居多，应该说基本上都请的。现在的年轻人不喜欢这些东西了，如果不读书，年轻人都喜欢出去打工挣钱，很少有人喜欢干唢呐匠这一行。光阴荏苒，时过境迁，随着岁月的流逝，虽然我不会吹奏故乡的唢呐，但对故乡唢呐匠团队的那种默契，那种专注的神情，至今还是历历在目，记忆犹新。也许这将成为我一生难以磨灭的记忆。

砖瓦匠

  故乡凉山地处水城、纳雍、赫章三个县的交界处，被群山包围。在群山之中有大片大片的山坡地，山坡地间零星地分散着小块的平地和小盆地。这里的人家住房大多随着两排大山的山脚，依山而建，三家五家或十家八家集中在一起，随着山势的走向绵延十余里。

  在20世纪70年代至90年代末，每一个村庄寨子里都有不同的住房：有土墙茅草屋，有木结构的茅草房，有木结构瓦房，有木砖结构瓦房，也有极少数的石头结构水泥平房或砖结构的水泥平房。人们修建木砖结构瓦房大多是就地取材，用胶泥制作烧制砖瓦，以砖瓦代土、石头，修建砖瓦房。烧制砖瓦和用砖瓦修建房屋人的均称为砖瓦匠，当然，有专业砖瓦匠和业余砖瓦匠之分。有的人家为了节约开支，自己学做砖瓦，应该算是业余的砖瓦匠。父亲在面临分家时，为了修建分家的砖瓦房，曾经做过业余的烧制砖瓦的砖瓦匠。

  1974年，父亲为了分家后能拥有一栋砖木结构的茅草房，决定新建房子。通过在当地实地勘察，父亲找到了一处制作砖瓦的绝佳之地，又向二姑父请教学会了打砖的技术，并请人制作了一套打砖用的工具砖箱、泥弓。用木方制作的一个打砖的模子，是一个内径高约两寸、宽四寸、长八寸的空心长方体，称之为二四八砖箱；泥弓用四根直径约一寸的圆木和一根钢丝做成，用一根长约七八寸的圆木钉在两根长约两尺的圆木的顶端，另一根圆木钉在两根圆木的腰间做手柄，再用一尺四五长的细钢丝在两根圆木的底端绷紧，形成一个高约两尺，上端宽七八寸、下底宽一尺四五的梯形，最后用大拇指般粗细、长近一米的竹子弯成弓的形状，泥弓就做好了。

制作砖用的泥土很讲究，必须是不含沙石杂物，且特有黏性的胶泥。父亲在岩洞门口的胶泥地的中心目测出一个直径约四五米的圆形泥塘，铲掉草皮后，挖起一尺多深的一层胶泥，边挖边将胶泥打碎。胶泥挖好后，从水沟里挑来水泼洒在上面，让水浸泡胶泥一段时间后，把事先在南开水淹坝族人处借来的一头水牛牵到泥塘里踩踏搅拌胶泥。父亲牵着水牛从泥塘圆周边开始，按逆时针方向，赶着水牛一圈一圈地踩踏搅拌到圆心。圆心处有些胶泥踩踏不到，于是，父亲改变水牛行进的方向，牵着水牛踩踏过去、踩踏过来，确保每处都踩踏到了，就让水牛去吃吃草，休息一会儿。

父亲用泥弓把胶泥一坨一坨地割起来翻转，又牵来水牛按照上一遍的方式继续踩踏搅拌胶泥一遍，再用泥弓把胶泥一坨一坨地割起来翻转一遍……如此反复操作一二十遍，直到把胶泥踩踏搅拌揉和得像做馒头的麦面一样柔软，且达到粘糯程度，软糯得像糯米饭、糍粑一样，才能打出理想的砖坯。踩踏搅拌胶泥时，必须控制好水量。若水放得不够，踩踏搅拌出的胶泥就不软和、难以打成砖坯；若水放得太多，踩踏搅拌出的胶泥软和过度，立不起来，也打不成砖坯。俗话说："柴干水饱，泥熟瓦牢。"也就是说，烧制砖瓦的柴要干透，窑田水要放足，砖瓦窑泥要踩踏到位，才能烧制出合格的砖瓦。

胶泥被踩踏搅拌软糯后，父亲牵出水牛，用泥弓一坨一坨地把胶泥割起来抱到事先平整好的场地上，堆成小山的形状，边堆边踏紧，不能让泥堆中有空隙。用完第一塘泥巴，按照上一塘的方法踩踏第二塘泥巴。当泥塘的深度达到难以搬出泥巴或者有石沙时，就要另外选择泥塘继续踩踏胶泥。踩踏好一泥塘胶泥，就打一泥塘胶泥的砖坯。

父亲在泥塘旁边用石头砌出一个齐腰高、约0.3平方米大小的平台，再在平台平放上一块平滑的青石板，就开始打砖坯了。父亲在青石板上平放着一块面积稍比砖箱大的木板，并在木板上撒一层极薄的细煤灰后，将打砖坯用的砖箱平放在青石板上。父亲先用右手将泥弓的一端插进踩踏搅拌好的胶泥中，按顺时针方向旋转360度，让泥弓划出一块四四方方的胶泥，然后用双手将划好的四四方方的胶泥抱起来走到平台旁。面对着平台，父亲将双手抱着的胶泥平胸举过头顶，对准砖箱，弓着腰，用力一贯，只听见"啪"的一声闷响，胶泥就既准又稳地填满了砖箱。父亲用双手各拿着绷着细钢丝的泥弓的两腰，放在砖箱的前端，让细钢丝紧紧靠着砖箱上端与胶泥连接处，用力平稳快速划回胸前，让砖箱里的砖坯与砖箱上多余的胶泥分开，再用双手将这些胶泥拿开。接着，父亲用双手的食指和中指对角抠起青石板上的木板及砖箱，并上下轻微地抖动几下，让胶泥在砖箱中夯实、夯紧后，再用双手握着砖箱的前后端，轻轻地将砖箱抬起来，一块规整、玉噜噜的砖坯便呈现在青石板上的木板上。父亲用另一块木板轻轻放在砖坯上后，双手抬起两块木板夹着的砖坯小心翼翼地将砖坯侧放在事先撒有细煤灰的平地上。这样才算打好一块砖坯。就这样一块砖坯一块砖坯不停地打，砖窑一次能烧约一万块砖坯。一万块砖坯，父亲要像这样周而复始地不断制作一个多月，一块一块的砖坯整齐地摆满宽大的砖坯场。

打砖坯的时候最怕下雨，若一阵雨淋下来，未经过烧制的砖坯就会塌成一堆烂泥，所有工夫都白费了。也不能放在太阳下暴晒，若放在太阳下暴晒，砖坯容易出现裂纹而变形，最好是慢慢阴干。待砖坯半干后，就一块一块地搬到干岩脚码好，码好一层后，再接着码二层、三层、四层……码成一排一排的，差不多与人头同高的样子。

砖坯打到够装满砖窑后，接着用大砖箱打大砖。大砖主要是烧窑时用来垫窑底，待大砖打好后，就要入窑用柴火煅烧。烧砖坯前要先装窑，装窑工作量大，一天时间要把一万块砖坯搬进窑中按标准装好，是一件不容易的事情。装窑的当天，父亲请了亲戚朋友和寨邻二三十人来帮忙。所有人排成一条长龙，从堆放砖坯的干岩脚排到砖窑内。站在堆放砖坯的干岩脚的第一个人双手各拿一块砖坯，手传手传给第二个人，第二个人传给第三个人……用手传送进窑，直接递到装窑人的手中。装砖窑是极讲究的技术活。一楼多高的圆形窑洞，要沿着弧形墙面叠出数道砖坯墙，其间又要有间隔，确保火苗能烧到每一块砖坯，不至于出现"夹生"砖，同时还要做到不倾不倒、火候恰到好处。

装砖坯时，先在窑底垫一层之前打好的比小砖坯大五六倍的大砖坯。在窑底垫的一层大砖坯，每间隔四五寸宽成行铺垫，然后从窑底后壁处起由里往外装小砖坯，一壁一壁地装，堆砌成墙壁，每壁间隔半块小砖坯宽的空隙，上下层砖相互挨着错落有致垂直堆放，横排竖列，一壁一壁扩展。然后借助靠窑壁的梯子，将小砖坯砌堆到窑顶，约丈许高。砌堆好的砖坯造型，就像一只倒立的大陀螺。砖坯装好后，窑顶要用稀白胶泥密封，仅留一个出烟的小烟口，密封的白胶泥呈圆盘形，倒入一层水以检验其密封性，同时可推测窑内温度。

一切就绪后，便正式生柴火烧窑。先敞着窑门用小火预热，烘窑一两天，去除砖块的湿气。待看不到烟囱冒出的蒸气，说明砖块的水分已经全部脱掉。封上窑门，只在窑门的正中留出一个一尺见方的火口添充柴禾。用中火烧个三四天，待砖烧上壁后，即窑子里最前面的一壁砖已经烧得通红耀眼后，加大火力烧个三四天，随着一根根木柴不断丢进炙热的窑堂，熊熊烈火嗡嗡作响。窑顶的浓烟挟着火星子，从烟口喷薄而出。

待砖烧红到透明透亮的程度，当整窑砖好像产生了一种摇摇动动、摇摇欲坠的感觉时，说明火候已经到位了，砖已经烧好了。封闭窑门上的火口和窑顶正中凸起的烟囱，开始放窑田水，即沤水。所谓的窑田就是烟囱周边的那个圆环形窑顶。挑水灌满窑田，用手指般粗细的铁棍锤尖，从窑田的外沿边插下去，每隔约两尺插一个洞，让窑田水顺着窑壁流下时产生的蒸汽和烟雾熏陶砖块，红砖就变成了灰砖或青砖。放窑田水，不但是给砖块上釉子，改变砖的本色，而且还增强了砖块的韧性。让砖块在窑里焖几天，等打开通风孔散尽余热，将火砖从窑里取出来，人背马驮回家，请好砖匠就可以开始砌砖墙了。

将柱子在地基上立起来，就开始砌砖墙。砖墙是砌在所下基脚的墙基上，砖是烧制的小土砖，长24厘米、宽12厘米、高6厘米。砌砖也有讲究，有"一一墙""一八墙"和"二五墙"之别。"一一墙"，是用单块砖顺着砌，厚度约12厘米；"一八墙"，是用两块砖迭起顺着，再用一块砖的大面紧紧靠叠着砌，厚度约18厘米；"二五墙"，是用一块砖横着，再用两块砖并排顺着砌，厚度约24厘米。一层横砖，一层顺砖，称之为一顺一顶；一层横砖，两层顺砖，称之为两顺一顶；一层横砖，三层顺砖，称之为三顺一顶。房子的砖墙是"二五墙"，三顺一顶的。待砖墙砌到与大川的高度水平时，将刨好的26根圆木，头搭在大川的卡方上，尾搭在砖墙上，称之为安楼枕，安好的楼枕距地面2.4米高。

安装好楼枕，继续砌砖墙，砖墙距离楼枕两尺高处，将刨好的8匹挑分别安装在砖墙四角和檐柱平行的砖墙里伸出3尺。待砖墙砌到与二川的高度水平位置，把刨好的6根圆木，将榫

头投入到相应柱头的榫眼里，尾搭在砖墙上，称之为上猫梁。猫梁离地面4.4米。猫梁上好，继续砌砖墙，所砌砖墙也是要根据中间两立柱子的高度逐渐收窄。待砖墙的最高处与中柱顶部水平即可。

把刨好的圆木的榫头搭在中柱的叉口上，与大梁成鱼尾榫相接，尾搭在墙砖的最高处墙尖（也称为山尖）上，称之为上二梁。然后，再在两立柱头之间砌砖，一直把砖砌到大川处。这样砖墙就算砌好了，房屋的框架基本形成。砖墙砌好后，把修整好的24根圆木，头搭在二柱、三柱、四柱和檐柱叉口上，形成鱼尾榫相接，尾搭在砌好的砖墙上，称之为构檩子。构檩子时，要将每根圆木弄平顺，抬好水平。将事先刮好的数百根茶杯粗的木条，头搭在大梁、二梁上跨过檩子、檐墙，尾搭在出檐墙一米的挑檩上，并用钉子稳固，称之为上椽条。用手指粗的木条横放在椽条上，约10厘米远一根，再用在山上采来的藤子固定在椽条上，称之为绑浪扎，接下盖好茅草。一栋砖木结构茅草房就大功告成了。

1978年，父亲和三叔商量，准备在以前打砖的地方岩洞门口做土瓦，将茅草屋改为土瓦房，三叔同意了。父亲是在南开族人符昌伦处学会做瓦的，论亲戚关系他算我的大哥。做土瓦用的胶泥加工成熟泥的方法和程序与打砖坯是一样的，踩踏搅拌出的胶泥软糯程度及标准也与打砖坯时的一样。不同的是从泥塘里搬出的胶泥要垛成正方体或长方体的泥墙，做瓦坯的工具与打砖坯的工具也不同。做瓦坯的工具主要是一个可旋转的木盘、一只瓦桶和一把瓦刀。可旋转的木盘架在齐腰高的木轴上，表面要平稳，转动要顺畅。木盘中心钉一个直径与瓦桶相等的木方十字架，用来卡住瓦桶。瓦桶由四块弧形的活动木板组成，木板之间有突出的棱，合在一起就是一个没有底和盖的圆桶，上面有一木柄便于提拿旋转瓦桶。瓦刀是弧形金属薄片，曲度与瓦桶一致，背面装有木柄。

　　做瓦时，父亲将一层薄纱布围在瓦桶外表面称之为瓦衣，用泥弓在泥坯上切下一片指头厚约六寸宽的长方形泥片，将泥片包围附在瓦桶上，右手迅速用沾了些水的瓦刀压住泥片，左手转动木盘，泥片就会在瓦刀的挤压下变成一个厚薄一致，表面光滑平整的泥筒套在瓦桶上。这时，父亲用瓦刀将泥筒接口处拍紧，再沾点儿水上上下下抹紧抹匀，然后让瓦刀的一侧贴紧轻轻旋转的瓦桶，将瓦桶表面的泥片刮玉，左手继续缓缓地旋转瓦桶。在"啪——啪——啪"的拍打声中，泥筒被进一步抹光拍实拍紧套在瓦桶上。再用一块与瓦筒等高处上端钉有小铁钉的竹条，称之为泥刀，用泥刀紧贴到瓦筒表面两端，转动瓦桶一周，瓦筒上端就会被泥刀切割得四周等高了。最后连桶带瓦筒提到撒有一层细煤灰的瓦场上，将瓦桶模板向内收提起，取下瓦衣，圆筒状的瓦筒立在地上，待瓦筒半干后，又将瓦筒翻过来晒，这道工序叫翻瓦筒。

　　待瓦筒稍干定型，干到不轻易挤压破损后，沿着制作时候基本分出的分界线用双手轻轻一挤一叩，一只瓦筒就等分成四块瓦坯片，称之为拍瓦筒。拍瓦筒比较讲究，不会的人一拍就碎，本该四片瓦就会碎得只有两三片。分开的瓦坯片搬到干岩脚，一层一层地码好堆放垛好，让其慢慢阴干透。码满一层后，再接着码二层、三层、四层……层层往上码，直到码成一堵厚实的瓦墙，差不多有半人多高的样子。

瓦窑一次能烧约四至五万片瓦,父亲和三叔一起不间断制作近一个月,一个一个泥桶整齐地摆满宽大的瓦场。做瓦的时候也怕下雨,若一阵雨淋下来,未经烧制的瓦坯就会塌成一堆烂泥。也不能放在太阳下暴晒,若放在大太阳暴晒也容易出现裂纹变形,最好是让其慢慢阴干。瓦坯做到够装满窑堂后,就要入窑用柴火煅烧。煅烧瓦坯的程序、方法、技术、时间与煅烧砖坯的一样。唯一不同的是,装窑的时候,瓦比砖讲究技术,砖可以背,瓦不能背,必须一木板一木板的抬。

煅烧出来的瓦片,也由之前灰白色的瓦坯变成灰白带青色的火瓦了。火瓦质地坚硬,用手指一弹,会发出轻微的"当——当——当"的声音,带着钢铁的质感,余音缭绕。尾音持续时间越长,证明瓦的质量越好。将火瓦从窑里取出来,人背马驮回家,请好瓦匠就可以盖瓦房了。

将烧制的瓦片覆盖在椽皮上,称之为盖瓦。盖瓦之前,要用木楼梯一头着地,一头搭在吊檐处。人们接龙式的,一人接着一人,一手一手的,通过楼梯将堆放在地上的瓦运送上房子,放在两根椽皮之间的缝隙处,叫卡瓦,卡好瓦后接着盖瓦。盖瓦与盖茅草相反,盖瓦是先垛房脊。先用瓦在大梁的包梁布上面砌成空心五角星,接着用瓦在空心五角星两侧按照行三坐五的形式,也就是用三块瓦站着、五块瓦迭起扑着,分别从瓦空心五角星两侧处垛至二梁末端的风檐板上,然后用硫瓦一块接一块地盖在行三坐五之上,离风檐板两三米远逐步起翘至风檐板,高度与空心五角星一致即可。

房脊垛好后,分为一步水一步水地从上往下盖,一步水与一步水之间距离约五六尺。盖每一步水时,边盖边选出那些光滑、规整,质地好一些的瓦做沟瓦。沟瓦是淌水的水沟,下大雨的时候,水沿着沟瓦流淌到屋檐再流到地面上。选出沟瓦,剩下的稍微粗糙、不太规整的作为硫瓦。硫瓦是下雨时,把雨水滤到沟瓦里。

盖瓦时，把选出的沟瓦一块一块地大头朝上、小头朝下、凹槽向上仰放在两根椽皮之间，一块沟瓦压着一块沟瓦地从下往上盖，再将砍瓦的小头朝上、大头朝下，一块一块地扑着搭在相邻两侧的沟瓦上。一块砍瓦覆盖一块沟瓦叫一搭一，称之为拖瓦，很薄，如果砍瓦日久风化，屋子容易漏雨。两块砍瓦覆盖在一块沟瓦上称之为撑瓦，叫一撑二；三块砍瓦覆盖在一块沟瓦上也称之为撑瓦，叫一撑三。盖撑瓦即使有一块砍瓦被风化，也不会漏雨，而且比较美观。房子的瓦是以"一撑三"盖的。盖完一步水，再盖下一步水，下一步水盖接上一步水，盖到吊檐就是最后的一步水了。直到用瓦片把整个屋面覆盖。父亲和三叔一起盖好的这栋瓦房，是当时我们寨子上第一栋砖木结构的瓦房。

要将酥软的泥土变成坚硬的砖和瓦，烧制这些砖瓦的砖瓦匠功不可没。正是因为有了那些烧制砖瓦和会用砖瓦的砖瓦匠，一栋栋高大漂亮的砖瓦结构的房屋才能在乡村拔地而起。通过一二十年前国家实施的茅草屋改造工程，七八年前"四在农家"美好家园建设，特别是近两三年来脱贫攻坚透风漏雨整治等工作的开展，昔日故乡凉山那些土墙茅草屋、木结构的茅草房已经全部消失，而木结构瓦房、木砖结构瓦房、石木结构的瓦房已经越来越少，取而代之的是一栋栋精致、美观、居住舒适的砖混结构的平房或小洋楼。同时，随着机械化砖厂、琉璃瓦厂的出现，那些曾经忙碌在乡村的砖瓦匠不用再烧制砖瓦了，渐行渐远以至于淡出了人们的视野。

弹花匠

　　棉被是人们御寒必备的生活用品，加之用了多年的棉被，其棉花胎难免会板结变硬，不再保暖，需要翻新；还有故乡凉山人家女儿出嫁，娘家需要准备10床或8床新棉被作为嫁妆。于是，在那时农村就出现了用棉花来弹棉被（也叫弹铺盖、弹被窝、弹棉絮）的手艺人，称之为弹花匠。虽然说法各异，但总的来说就是弹棉花，使用的工具和制作的方法也相同。我父亲是我们村上唯一学会弹棉花并且带过徒弟的一位弹花匠。父亲说，当时有四川弹花匠和浙江弹花匠两种弹棉花的手艺，他学的是四川弹花匠的手艺。

　　据父亲说，在20世纪70年代初，为了多找几个钱补贴家用，他决定学当时村里没有人学的一门手艺——弹棉花。父亲请来家住南开水淹坝的侄辈族人、木匠符昌明，一起做了一套弹棉花用的工具，主要是一把大木弓、一个运斗（也称磨盘）、一把木槌、一根背杆、一根挑线杆等。其中，大木弓、运斗是木匠符昌明做的，木槌是祖父做的，背杆和挑线杆是父亲自己制作的。

　　大木弓是用直径约一尺、长四五尺的一根杉木，将杉木粗的一端砍扁，半径为七八寸，厚度为两三寸的半圆形。从半圆形下端的扁平处逐渐砍圆、砍细，一直砍到弓尾直径为两三寸的圆柱形。在弓尾处打一个榫眼，在榫眼处穿对上一块七八寸宽、一尺多长、一寸厚的木板。在木板的端头安装上一个用牛皮蒙在顶面的小木斗子。在榫眼的下面钻一个孔，穿上如手指般粗的绳子连接弓弦。在木弓腰间钉一个小铁圈，用牛筋弓弦的一端系在弓腰与小铁圈相邻的上方，顺着弓一路行至弓头的半圆下到弓尾套在弓尾的绳子上。用一尺多长、两三寸宽、一寸厚的上弦木片，把弓弦拉上牛皮斗子，就是一把完整的大木弓。

运斗是用一截直径一尺七八、高两三寸的白果树或香樟树横断的圆柱体，做成像无磨眼、无磨把手的上扇石磨盘，在直径相对的两边各凿一个凹槽，安装上推拉的手把即可。木槌是用八九寸长、直径约五寸的檀木或红绸树、茶挑树，居中一分为二砍成槌头和手柄，在槌腰间的一侧砍出一个斜口即可。背杆用一根四五尺长、如镰刀把般粗的黄茎竹竿，将小的一端伛成幅度为二三十度的懒弯形。挑线杆用一根中性笔粗的桦竹在顶端伛出一个小勾即可。约子用长短不齐的八块小木方组合而成，小花车用六片竹子和一根轴线索组合而成。

弹棉花工具制作好的当年夏天，当时担任民办教师的父亲利用暑假期间，与家住南开水淹坝的侄辈族人、弹花匠符昌文学弹棉絮。父亲跟随侄子符昌文扛上大木弓，背着运斗等工具，前往安顺一带走村串寨学弹棉絮。每到一个寨子，先到哪家弹棉絮，就在这家搭好弹棉絮的铺板，待这家弹好后，整个寨子需要弹的，就用这家现成的铺板，一家接着一家，一弹就是几床乃至十几床。父亲说，他在安顺跟侄子符昌文学弹棉絮，历时一个多月，终于学会了，从此出师。父亲是专业的教书匠，也可以说是业余的砖瓦匠和弹花匠。在后来的岁月里，父亲利用寒暑假等节假日时间，曾经带过一个姓施的徒弟，至少弹过上百床棉絮，十几件男女式棉衣、棉裤。我二姑妈、三姑妈、四姑妈、幺姑妈和我大姐的嫁妆棉絮，都是父亲一个人弹的，牵纱线时还是母亲帮忙牵的。

　　父亲为我大姐弹嫁妆棉絮是在1990年，那时我已经上中学了。就在我家的堂屋里，我们帮忙搬运板凳，在堂屋中搭建好弹棉絮的铺板后，亲眼目睹了父亲弹棉絮的整个过程。弹棉絮的铺板是用四张板凳摆放在堂屋中间的位置作支架，在支架上搭上木板或门板即可。搭好的铺板长约六七尺，宽五六尺。父亲说，弹好一床棉絮，要经过打泡花、铺泡花、弹泡花、牵纱线、运棉絮、收边六道工序。没有经过打花机打过的棉花称为皮棉，在弹之前要用竹条子猛抽打一阵。打花机打过的棉花称为开棉，可直接撕成一坨一坨的摆放在铺板的中央位置，形成约四五尺长，约两尺宽，两尺高的长方体。

　　在铺板上摆放好开棉后，父亲背上背杆悬吊着腹部前的大木弓，左手轻握掌控着木弓，右手持着木槌，用木槌斜口不停地撞击弓弦，便发出"嘭——嘭——嘭"的很有节奏的声音。看着父亲时而半蹲着弹，时而站立着弹，手脚协调配合得天衣无缝，操作娴熟，运用自如，动作完美。特别是当看到父亲背着弓半蹲着弹的情景，不由自主想到"卑躬屈膝"（背弓曲膝）这个成语，用来描述此情此景真是恰如其分。伴随着"嗡——嗡——嗡"或"嗡——嗡——嗡"的声音，弓弦上裹着的花絮四散飞舞，此起彼落，好似瀑布溅起的水花漫天飘洒。被打泡的棉花铺板堆不下，便边弹边翻，连弹带翻地将棉花弹翻落到事先打扫干净的地面上。泡花从铺板上纷纷

坠落在地面上的情景，犹如黄果树瀑布直泻犀牛潭中。弹泡一部分就翻下一部分到地面上堆着，直到把铺板上的棉花弹完。堆在地面上的泡花，好像一座小小的雪山。这是弹棉絮的第一道工序，称之为打泡花，即把棉花弹蓬松。

打好泡花便是铺泡花，所谓铺泡花就是把打好的泡花铺在铺板上。将铺板上打泡花时留下的渣渣灰尘打扫干净后，父亲和母亲分别站在地上的泡花堆的两端，各拿着挑线杆伸入泡花底部把泡花抬上铺板，并用拉弦木片把泡花扒均匀铺满铺板。接着就开始弹泡花，父亲背上大木弓，左手轻握掌控着木弓，右手持着木槌，先后从铺好的泡花长的两边、宽的两边、两个对角各弹一遍。弹的时候，每隔约一尺远下一次弓，从面上弹到底部，又从底部弹到面上。父亲说，像这样把泡花的每一个地方都要弹到位，弹出来的棉絮结构才结实严密，盖个一二十年都不会脱节。木槌不停地撞击弓弦，当蹲下去弹时弓弦裹满花絮时，便发出"嗡——嗡——嗡"的声音，随着站起来弹时弓弦裹着的花絮减少，就发出"嘭——嘭——嘭"的声音。

待长的两边、宽的两边、两个对角都各弹一遍结束后，接下来父亲就沿着四周的边沿弹，边弹边用弓弦往上翻，连翻带弹，把四周边沿的棉花提一部分到中间去，形成中间厚、边上薄，形状如肥猪背的样子，这称之为提边。提好边后，父亲又从宽的一端下弓浅弹一二寸深的样子，这时弓弦一下去就不要间断，一气呵成直弹到宽的另一端。且弹的时候，弓弦不能忽高忽低，必须保持平行，弹出像水一样的平面，这称之为裁衣子。接着就是吹絮绒，所谓吹絮绒，就是用木槌急促地、不停地撞击空弦，空弦就发出"当——当——当"很有节奏的声音。让空弦与棉絮擦肩而过，借助空弦发生的风力吹起絮绒表面的每一个角落。吹好的絮绒有两三尺高、五六尺宽、六七尺长，像一大块方体形的棉花糖。

父亲说裁衣子和吹絮绒，都是为之后牵纱线时，让纱线与棉絮巴贴得更好。随后，父亲用弓从宽的一端开始，一弓挨着一弓地压到宽的另一端后，又从长的一边一弓挨着一弓地压到另一边，压缩棉絮的空间便于牵纱上网线。所谓牵纱线，就是通过牵纱在棉絮上织成网网住棉絮。牵纱线时，父亲和母亲相向站在铺板的两边，父亲双手拿着从小花车上倒到约子上的纱线，母亲用右手握着的挑线杆伸到父亲的面前。父亲把纱线挂在挑线杆上顶端的小勾，称为放线；母亲扬起挂着纱线的挑线杆并拉过来纱线，称为牵线。一放一牵的瞬间，父亲和母亲将纱线同时压在棉絮上并摁断纱线，只听到"嗒"的一声，一根纱线就铺压在棉絮上。牵纱线时，先牵大茎，一放一牵重复一次，每次四股纱线并为一股。牵大茎按三四寸宽的间距铺压在棉絮上，竖向牵一层、横向牵一层，两个对角纱线各牵一层。在棉絮上牵好的大茎呈"嗒"字形。若是弹作为嫁妆的棉絮，大茎便用红纱线牵，还要在棉絮中间位置牵上一个大红"囍"字。后牵网线，一放一牵铺在棉絮上摁断，间距约一分宽，也是竖向牵一层横向牵一层，斜向牵一层。

父亲说，牵纱线是整个弹棉絮过程中唯一需要两个人操作的一道工序，且两人必须默契配合，才能提高工作效率，才能牵出合格的网线。配合得默契，放线的好像是在不停地急促作揖，挑线杆的好像是在不停地急促点头。轻微的"唰——唰——唰"的牵线声伴着"嗒——嗒——嗒"摁断线的声音很有节奏，不绝于耳，场景令人眼花缭乱，妙趣横生。牵好纱线，用挑线杆按斜线的一层纱线走向连压带刮刷一遍，使纱线紧紧地巴贴在棉絮上。再用运斗在棉絮上顺着上一层纱线的走向不停地拖着推拉，使纱线巴贴棉絮更紧。在使用运斗时，父亲用双手握着运斗把手旋转运斗磨运，旋转的角度越大，效果越好，反复磨运，直至将棉絮磨运起小棉球套牢固定纱线。

做好了棉絮的第一面，父亲用双手卷着棉絮长的一边的边沿，提起来翻转铺在铺板上，做第二面棉絮的方法和程序与做第一面的方法和程序大同小异。弹泡花、压泡花、牵纱线、磨运斗四个大工序相同，不同的是多了撕边和包边两个小程序。按要求量出棉絮的长度和宽度，撕掉四周边上多余的棉花铺在棉絮中间，再弹泡花，弹好泡花就包边，捡掉撕边纱线上的零星落花，提起撕边包上棉絮，然后钱纱线、磨运好。

　　待第二面做好后，手上的操作基本完成。紧接着，父亲将棉絮平铺在铺板上，将运斗放在棉絮上。接着，父亲跨上铺板，双脚站在运斗上，先向右甩开膀子，扭转方向，两腿交叉，让重心落在脚跟上，之后按顺时针方向用脚力旋转运斗前进一步，再向左甩开膀子，扭转方向，两腿交叉，让重心落在脚跟上，之后按逆顺时针方向用脚力旋转运斗前进一步。运斗旋转的角度越大，前进的步子就越大，效果就越好。就这样重复操作，棉絮的四条边和四只角都要踩运到位。踩运好棉絮的一面，再踩运另一面。弹棉絮的最后一道工序称为收边，父亲先后卷起棉絮的正反两面的四条边和四只角，用运斗再磨运一遍，然后把棉絮折叠成豆腐墩墩捆扎好，一床称心如意的棉絮就算完工。

　　"红绸槌头，杉木梢；金鸡叫，雪花飘。"这是弹花匠对自己手艺的一种诠释，也是对自己艰辛劳动的形象比喻。弹棉花不仅是体力活，也是个精细活。随着社会的发展进步，人们的床上用品品种越来越多，棉絮、棉被失去了市场。手把手弹出的棉被、棉絮已经慢慢地淡出了人们的视线，被时髦的太空被、丝绒被等所代替。与此同时，随着工业技术的发展，弹棉花的手艺被机械化操作所代替，能见到的手工弹棉花的工匠已经越来越少了，那有节奏的"嗡——嗡——嗡""嘭——嘭——嘭""当——当——当"的声音渐行渐远。

骟　匠

在故乡凉山，家家户户都养了猪、牛、羊、鸡和狗等牲畜。村里的人们只要圈里喂养着这些牲畜，再贫穷的日子也有个盼头。人们喂养的这些牲畜，马主要是用来驮运生产生活物资，牛主要是用来耕地，猪、羊、鸡主要是用来卖，以换取几文盐巴煤油钱，或自己食用，狗主要是用来看家的。人们喂养猪、羊和鸡时，都想让它们长得膘肥体壮、毛光水滑。特别是从母猪肚子里生出来的猪崽和用鸡蛋孵化出来的鸡崽，如果不想留作脚猪（种猪）和种鸡，都是必须要请专人来阉割去牲畜的睾丸或卵巢。阉割是门手艺活，拥有这项技术的人称为骟匠，如骟鸡匠、骟猪匠等。骟，就是指割掉猪、鸡、猫等牲畜的睾丸或卵巢，即割去牲畜的生殖器。对骟猪匠，村里人还有一种说法称之为"割猪匠"。

骟匠是一种特殊的工匠，是一门谋生的好手艺，从事这一行业的一般都是男人，而且是青年或中年男人。他们的生意是季节性的，因为老百姓喂猪养鸡的时间是在什么季节，基本上是约定俗成的。他们靠一把刀、一个铜制的铛铛吃饭，出门不需带沉重的工具，只需挎一个小帆布包或皮匣子，里面放几把小刀、小勺子、夹镊子、注射器等小巧而精致的工具，轻装上阵，走村串户，边走边敲着碗口那么大的一个小铜铛铛，便能招来割猪骟鸡的生意。

从骟匠敲铛铛的节奏，就知道骟匠的来到和离开。当骟匠走到寨子时，他敲的铛铛是"当——当——当"；当骟匠离开寨子时，他敲的铛铛是"当——当当——当——当当"。当村民们听到"当——当——当"的声音时，便循声赶来找割猪匠或骟鸡匠到家里面去割猪骟鸡；当听到"当——当当——当——当当"的声音时，来不及请他们的村民便会懊恼地说："哦，骟匠都走了，等下一次吧！"

说到骟匠，我还想起关于明太祖朱元璋和骟猪匠的一个故事。据传有一年除夕的前一天，朱元璋忽然心血来潮，命令公卿士庶，必须要在门上贴上春联，表示一番新气象。就在除夕的当天，朱元璋带领侍从微服出巡，到民间观赏各家各户的春联。朱元璋在巡游了一段路后，发现有一家人门上没贴春联，便遣侍从去查问究竟。原来那家主人是骟猪的，既不识字，也不会写字，加之年前事忙，尚未请人代写春联，就自然没有贴上春联了。朱元璋听后，吩咐侍从取来文房四宝，欣然挥毫写下了一副春联："双手劈开生死路，一刀割断是非根。"这副春联，算得上是对骟匠这门手艺最形象、最贴切的诠释了。

20个世纪八九十年代，我家用鸡蛋孵化过鸡崽。母亲挑选出那些形象规整、大个的鸡蛋约20个，在光线暗淡的房圈屋里点燃煤油灯，左手拿着鸡蛋，并将鸡蛋小的一头朝上近距离对着煤油灯的灯焰，右手张开斜放在额头上仔细看鸡蛋有没有头，称之为照鸡蛋。有头，就是指在鸡蛋小的一头鸡蛋清的顶端有一个圆形的小黑影，有头才能孵化出鸡崽。反之，若鸡蛋没有圆形的小黑影，就说明没有头，不能孵化出鸡崽。母亲将挑选好且有头的二十几个鸡蛋放在鸡窝里，让赖抱母鸡整天蹲在鸡窝里用体温孵化21天后，毛茸茸的鸡崽就破壳而出。在故乡凉山，这称之为蒜鸡儿。家乡还有一句歇后语："二十一天不出鸡——坏蛋。"指的就是蒜鸡儿只需21天，若到第21天，鸡崽还没有破蛋而出，就说明这个鸡蛋是寡蛋，也就是坏蛋。

　　再过两三个月，待鸡崽长成半大鸡并根据羽毛及冠子能分辨出雌鸡雄鸡后，就可以请骗匠来骗鸡了。雌鸡，即指母鸡，还没生过蛋的称为草鸡；雄鸡，即指公鸡，在还没有开叫前骗最好。若待雄鸡开叫后再骗，其性功能已经成熟，那么就成了骗不熟（指不成功）的骗鸡了。

　　在宁静的村寨里，只要一听到"当——当——当"的声音，村民们就知道是走村串寨的骗匠来了。哪家要割猪骗鸡的，就招呼骗匠到家里的来骗鸡了。那时我家也经常请路过的骗匠或者本村的骗匠来家里割过猪或骗过鸡，我亲眼看见了骗鸡和割猪的整个过程。骗鸡匠来到家后，在谈价钱的同时，父亲就吩咐我们在院坝的一个角落摆上一张小矮板凳，母亲便撮一碗苞谷撒在屋里，将鸡"诓"进屋，并把要骗的鸡捉住关在鸡罩笼中。骗鸡匠坐在矮板凳上，把背着的帆布包放在一旁。一切就绪后，骗鸡匠就要开始骗鸡了。

　　母亲打来一盆清水放在骗鸡匠的旁边，骗鸡匠便从帆布包里取出骗鸡的一整套工具放在洗脚盆里泡着。骗鸡的工具有小刀、细线、钎匙、小勺子、扩张器等。这时，我们便从鸡罩笼里捉出一只公鸡递给骗鸡匠。骗鸡匠左手提起鸡翅膀，右手将鸡头一扭歪包在了鸡翅膀下，把鸡平放在地上。骗鸡匠用左脚轻轻踩住鸡翅膀，右脚轻轻踩住爪子。随后左手在鸡翅膀下边"唰——唰——唰"几下，三下五除二就拔光一片鸡毛。右手从盘中捞起小刀快速地在拔光鸡毛处割开一条口子，再用一把两头带钩的扩张器将割开的口子稍微绷开，接着用一端有小孔穿着一根细线，另外一端打磨得很尖的尺余长的细铁丝，伸进绷开的口子里，拉扯细线几下，便用小勺子把鸡的睾丸掏出来，顺手放进随身携带的小胶纸口袋里后，掰开鸡嘴灌上几滴清水，一只鸡便骗好了。一只、两只、三只……当把鸡罩笼里的小公鸡全部骗完了，骗鸡匠就收拾好工具，洗了手，收了钱，接着去下一家。一个寨子的鸡都骗完了，骗鸡匠便背起小帆布包，敲着"当——当当——当——当当"的声音走出寨子去下一个寨子。

骗鸡匠骗鸡时，动作连贯，一气呵成，且又快、又准、又狠。骗过的小公鸡又称为线鸡、骟鸡、献鸡、宪鸡等，小公鸡被骗了后，性情变得温和，不骄不躁，再也不会发生踩踏母鸡的行为，长得更快，肉质更嫩且鲜美无比，是农村人逢年过节的美味佳肴。

在故乡凉山，大多数人家都喂养有一头母猪，有的人家还喂养了两头甚至三头。我家也喂养过好几头母猪，母猪生出猪崽后，家人都要起早贪黑精心伺候，待猪崽长到快两个月大时，叫满双月。猪崽满双月后，除了留作种猪、母猪及卖的外，都要请骟猪匠来家里面把猪崽割了。骟猪匠来到我家后坐在院坝里，先抽上一支烟休息片刻后，就打开了随身携带的工具包，那些明晃晃的割猪刀、夹耳钳、注射器等，还有一些处理伤口的棉花和消毒用的酒精就呈现在眼前。割猪刀薄而锋利，一端是细长呈斜三角形的一叶刀片，另一端是一个小钩子；夹耳钳、注射器，还有其余那些工具，因为长期沾血的缘故，阴森森地透着寒气。割猪匠把工具一字排开，父亲就走进猪圈抓出一头猪崽交到骟猪匠手中。

割猪匠用嘴含着骟猪刀，把猪侧平放倒在地上。若是草猪（雌性猪崽），割猪匠就用左脚踩住猪颈子，右脚用力支撑地面，用左手在猪的下腹轻轻抚摸几下，这是在寻找下刀的位置，即寻找草猪卵巢的位置，也是在抚慰猪崽恐慌的情绪。找准草猪卵巢后，割猪匠用左手拿捏着草猪卵巢的位置，右手快速地拿下含在嘴里的割猪刀，一下就在左手拿捏处活牛牛地划开一个小口。顿时，小猪的号叫声打破村庄的宁静，传得很远很远。这时，割猪匠放下割猪刀，左手不停地在小猪的腹

　　　　　　　　　　　　第二辑　匠人志

部进行挤压，使小猪的卵巢从划开的小口露出来，右手用小钩刀轻轻一挑，将卵巢切除后，用右手拿起棉球蘸点酒精在伤口上涂抹一下，再拿起准备好的注射器给小猪打防疫针，用夹耳钳在猪耳朵上夹一下，给它戴上耳标，这才算完成了割猪的全过程。

若是伢猪（雄性猪崽），割猪匠就用左腿半跪在小猪身上，右脚用力支撑地面，用左手紧紧捏住小猪胯间的一对睾丸，右手拿下含在嘴里的割猪刀，用锋利的刃口轻轻划开包着睾丸的皮肤。伴随小猪凄惨的哀号声，割猪匠用末端带有个弯钩的小钩子钩出两个像去了外壳的荔枝果一样的睾丸，顺手放进随身携带的小胶纸口袋里。整个过程就五六分钟的样子，却累得割猪匠的额头上渗出一层毛毛汗，双手沾满血迹，双腿微微发抖。当割猪匠一抬脚，小猪就立即站立起来，落荒而逃。一头、两头、三头……当把猪圈里的所有小猪都割了一遍，割猪匠才开始收拾起工具，包好从猪身上割下的睾丸或卵巢，洗干净了手，在院坝里坐着喝杯水或抽支烟，交代交代如何饲养割后小猪等之类的话后，收了钱，离开院坝，敲着"当——当——当——当当"的声音走出寨子，寻路走到下一家去了。

当喂养的母猪年龄大了，不适宜再生小猪时，也要请割猪匠把母猪解了，解了的母猪称之为解劁母猪。还有骟牛、骟马、骟羊、骟猫……听父亲说，骟猫与骟猪、骟鸡也是割骟的方法，不同的是骟猫的时候，要将猫的头和前两只脚放入坛子，提起猫的后两只脚进行割骟。

随着科技的发展和社会的进步，如今农村也有了养猪场、养牛场、养羊场、养鸡场等，均有专职或兼职的兽医。昔日那些敲着铛铛发出"当——当——当"或"当——当当——当——当当"的声音，走村串户的专业骟匠就随之消失了。

第三辑

习俗册

多姿多彩的习俗文化

中华民族绵延生息的足迹是与中国风俗文化的传承相伴随的。进入文明社会后，人们对风俗的关注也达到了前所未有的高度。在中国五千年的文明历史长河中，风俗文化作为中国文化最为重要的组成部分，以其鲜明的时代特征和多姿多彩的表现形式，成为中华民族灿烂文明中极其绚丽的亮点。

风俗本身与人们的日常生活息息相关，今天我们生活的周围仍然随处可见传统风俗烙印。虽然有些古代风俗已经湮没在历史长河中，但弄清它们的真相对于了解中国的历史和文化仍然有着重要的学术价值。有些风俗，历经数千年的演变，已经逐渐改变了形式，但与我们今天的生活依然有着千丝万缕的联系。了解这些风俗传承与演变的轨迹，不仅是文化学术界热切关注的课题，也是我们能够从中发现知识和乐趣，增添历史文化修养的最好途径。而有些风俗，迄今依然保持了古朴的风貌，我们仍然可以在今天的生活中体验到历史的延续。

古人制订历法有两个用途：指导农业生产和安排祭祀活动。这样就形成众多的节日和相关的岁时习俗。西晋宗懔作的《荆楚岁时记》和隋朝杜台卿作的《玉烛宝典》，将一年四季的祭祀活动和相关的生活事项综合在一起，形成了系统的完整的岁时文化。

人义祭祀成风俗。清末民初的国学家尚秉和，在其所著的《历代社会风俗事物考》卷三十九"岁时伏腊"一节的开头，写了这样一段话：

> 凡历代岁首，皆为令节。士民和会，古今如一。兹篇不论，论岁首以外时节之沿革。盖无论士农工商，终岁勤劳，无娱乐之时，则精神不活泼，古之人于是假事以为娱乐。原以节民劳，和民气，亦即所谓张弛也，此其义也。乃执者往往以时节酒食欢娱，祭赛迷信，谓为无理而欲删除之。岂知古人用意，乃假时节以为娱乐，非娱乐之义在时节也。时节者，乃人为，故自古及今有沿革，有转移，有风俗习惯。习惯既久，便视为当然，不能究其所以然。

尚秉和先生的这一段文字，清楚地告诉了我们一切神圣的祭祀活动，原本就是为了使民众在紧张劳动之后，有个休息娱乐的机会，以达到一张一弛的目的。如果把这些节日全当作封建迷信而予以取消，那就没有领会古人设立这些节日的本意。一种祭祀娱乐活动经久坚持而成为公众的习惯，即是风俗。人们也就视其为当然，但并不一定懂得这些活动是为了什么，就是知其然而不知其所以然。尚秉和这段话说明了原因。

古人的节日很多，按一般民俗学的划分，可分为祭祀性的、农事性的、纪念性的、交际性的等等。也许，最原始的节日就是由盛大的祭礼——祭天、祭地、祭祖宗、祭丰收之神等，是部落间、男女间的交际习惯演变而来。开始，这祭祀与交际可能是混同为一的，后来两者分化了，前者演化出后来的祭祀性、农事性、纪念性的节日，后者则演变出交际性节日；前者充满了原始人的神灵崇拜、禁忌巫术等观念和行为，后者则充满了原始人的理性。当然，这些活动要形成惯例，还应有一定的纪时能力。

原始节日除了增强氏族内部和外部的团结外，还应该有祈求丰产、祈祷平安，以及促进氏族外男女交际等功能。以后，才会融入纯粹的娱乐性乃至商业性。随着时代的发展，中国节日风俗不断融进时代的观念、精神、传说、历史人物故事、名人逸事、科技成果等。如端午节本来是夏至节日，后来加入了纪念爱国诗人屈原的内容；重阳节因为陶潜赏菊、王维思亲等诗篇、逸事而倍添雅趣；烧竹子的爆裂声被火药发明后的鞭炮声取代等。这一切都已经使中国历代的节日千姿百态，再加上各地区间的变化，各民族间的差异等，更给人目不暇接的感觉。可见，习俗的内涵极其广泛，涉及物质生活和精神生活的诸多层面。

　　故乡的各个传统节日，其最大特点就是与农业生产生活息息相关，联系密切。这些节日习俗，当初是因农业生产发展的需要而创造，后来由于宗教活动等其他原因而发生演变。如果将这些节日分类，大体有两种类型。一类是以农业生产为基础的传统岁时节令，从先秦的四时八节到秦汉以后的二十四节气，并由此衍化出的诸如元日、元宵节、端午节、中秋节、重阳节之类；另一类是从原始祭祀仪式发展的节日，这些节日和岁时活动是不分的。从习俗的内容和形式看，故乡水城习俗主要有节日、婚姻、丧葬等。现笔者仅对水城北部汉族比较重要的几个传统节日除夕（过年或春节）、元宵节、端午节、中秋节、重阳节等，以及婚俗和丧葬仪式，生动地展现故乡的风俗习惯和生活画面。

故乡年俗

　　虽然不惑有余，尽管年味渐淡。但回想起20世纪八九十年代故乡过年时的那些情景，那些风俗和仪式，就像电影一样撞击着我的心灵，一幕幕地浮现在我的眼前，挥之不去。

　　过年的习俗具体源自何时，现在我们已经无法考证了。"年"这个字，甲骨文和小篆，像一个人背负着成熟的谷物之状。因此《说文解字》说"年"，指"谷熟也"。可见，过年最早与庆祝和祈求农产丰茂有关。古代的字书把"年"字放在"禾部"，以示风调雨顺，五谷丰登。由于谷禾一般都是一年一熟，所以"年"又被引申为"岁"，但"年"和"岁"是有区别的。"年"是指农历的上一年的正月初一到下一年的正月初一这一段时间；"岁"是表示上一年的某个节气到下一年的某个节气这段时间。大年三十守岁和过年发压岁钱应该与此有关。

　　古代是以农历计年，窃以为"过年"应该指的是过"除夕"和"元旦"，即，农历一年的最后一天腊月（十二月）三十和农历一年的第一天正月（一月）初一。农历一年的最后一天叫"岁除"，那天晚上叫"除夕"。除夕，又称大年夜、除夕夜、除夜等。除，即去除之意；夕，指夜晚。除夕也就是辞旧迎新、一元复始、万象更新的节日。除夕因常在夏历（农历）腊月二十九或三十日，故又称该日为大年三十，民间最为重视。家家户户忙忙碌碌回家过年。除夕自古就有通宵不眠、守岁、贴门神、贴春联、贴年画、挂灯笼等习俗，流传至今，经久不息，除夕也是世界各地华人华侨的传统节日。

农历一年的第一天叫"元旦"。"元旦"的"元"，有开始之意，"旦"指天明的意思，元旦便是一年开始的第一天。元旦在古代有元春、元日、元正、元辰和元朔的别称。"元旦"一词最早起源于三皇五帝之一的颛顼，距今已有五千多年的历史。《晋书》："颛顼以今之孟春正月为元，其时正月朔旦立春……"南北朝时，南朝文史学家萧子云的《介雅》诗中有"四季新元旦，万寿初春朝。"的记载。宋代吴自牧《梦粱录》中有："正月朔日，谓之元旦，俗呼为新年。一岁节序，此为之首。"的记载。

元旦的演变在历法上，人们习惯称地球绕太阳转一周为一年。但是由于地球绕太阳运转没有固定的起点和终点，所以一年的起点和终点都是人为规定的，这就造成了各种历法的不一致，所以，我国历代元旦的月、日并不一致。司马迁的《史记》记载，上古时候，历法以孟春月作为正月。这时候冰雪开始消融，蛰虫苏醒过来，百草萌生新芽，杜鹃鸟在原野中啼鸣。万物都长了一岁。夏朝以正月为历正，殷朝以十二月为历正，周朝以十一月为历正。到了春秋战国时期，春秋五霸，七国争雄，战争频繁，人们没有机会顾及编制历法。秦国统一天下，注重推求五行胜克，自以为是得了五行中水德的祥瑞，把河改名为"德水"，岁正取为十月，十月一日为元旦。汉朝建立后，高祖也是自认为得了水德的祥瑞，所以沿袭了秦朝的历法。汉武帝时，颁行《太初历》，规定孟喜月（元月）为正月，把孟喜月的第一天（夏历的正月初一）称为元旦。汉武帝之后，历代相沿未改，所以这个历法又叫"夏历"（今俗称为农历），一直沿用到清朝末年。

其实，年和春节的起源是很不相同的，但不管怎么说，如今过年对于我们每个中国人来说，都是一件大事，无论出门在外多远的人，都会千里迢迢，风尘仆仆地赶回家，与家人团圆团聚；无论在家多忙，都要放下手中的活，认认真真，安安心心准备年货，过一个富足欢乐祥和的年。

我的故乡位于祖国西南，地处云贵高原黔西北乌蒙山麓水城县南开乡的一个小山村，过年是故乡一年中最隆重也是最大的一个节气。一进入腊月，过年的气息便在村庄的空气中氤氲，这种气息是从各家各户杀年猪开始的。待猪肉腌好挂上炕楼，年关就渐渐地逼近了。在故乡，农历腊月二十三称为过小年。俗话说："二十三、二十四不敬灶，养个娃儿无家教。"我国南方小年过的是二十三、北方过的是二十四。

从腊月二十四起到二十七，各家各户、大人小孩都在为过年忙个不停。舂炭、推磨和舂碓算是过年时的三件苦差事。这几天要舂好够过年所烧的煤炭，制作好过年所食的豆腐和粉子面。舂炭大多是小孩们的事，挖几背黄泥巴背回来，将黄泥巴和煤按一定比例配好，用水把配好的黄泥巴和煤充分地搅拌在一起，再用舂煤杵杵反复舂，直到黄泥巴和煤完全融为一体，有粘性，即舂糯了用薅刀挖起来会自然而然滑下去，一点儿不巴在薅刀上才行。推磨主要是推豆腐，一人添磨，用小瓢舀上适量经水浸泡胀的大豆往磨眼里放，添磨的人眼要看得准，手要放得快，否则手随时都有被旋转的磨单钩打着的可能。二至三人推磨，双手把着磨把手，步调一致，一起用力，让上扇石磨按顺时针方向转动，磨出的豆浆白白的，顺着下扇石磨流出来。在故乡，母亲用酸汤点出来的豆腐既嫩，口感又好。舂碓主要是磕粉子面和舂酥麻糖，将经水浸泡发干后的糯米粒放进碓窝，一至二人同时用脚踩碓杆，重复单调的动作，让碓杆上下着力，把糯米粒舂成粉末，再用细箩筛筛过才行。用糯米粒舂出来的糯米面称粉子面，用白糖和酥麻一起舂出的称酥麻糖。粉子面和酥麻糖是新年包糖包疙瘩用的主要食材。

到了腊月二十八，若还没有准备齐过年的食材，可以在这天赶个尽头场，采购备齐。故乡的人们把一年之中赶的最后一场称为尽头场。除赶尽头场外，腊月二十八这天，每家每户还要做的一件事情，就是"打扬尘"。经一年的烟熏火燎，炕楼的楼笆上挂满了灰黑灰黑的扬尘吊吊，门窗上，墙体上，碗柜顶，墙角落，这些平常没注意也没时间打扫的地方，也积满了扬尘。母亲就让我们到屋后的竹林中砍几棵小竹子，修下竹丫巴扎成打扫扬尘的扫把。一家人将每间房屋从楼顶到地面都打扫得干干净净，清清爽爽，迎接新年的到来。

腊月二十九，烧洗已经烀好的猪头，猪脚。俗话说："三十夜三十条活路"，最忙的应该是腊月三十了。腊月三十这天，人们起床后，做的第一件事就是打糯米糍粑，没糯米的人家，就打糯苞谷粑粑、小米粑粑或毛稗粑粑，早餐就用蜂糖或白糖蘸现打的粑粑吃。中午随便做一顿吃了后，接着炖洗好的猪头，猪脚，杀鸡，蒸年饭等活儿。

年夜饭的菜，一般是根据饭桌、碟子、缸钵的大小和人数的多少来定，但至少要有十二个菜，每个菜都要装得满满的。一切准备就绪，要等天黑，待山上的鸟雀闭口以后，才能开始吃年夜饭。

趁着等天黑和鸟雀闭口的这段时间，一家人就动手贴香火、春联和门神。香火贴在堂屋神龛"天地君亲师位"的牌位处，我还清楚地记得，在我家牌位的两侧贴有以下对联，上联为"天地德父母恩当酬当报"，下联为"责任地圣贤书宜耕宜读"。以前我们村寨的春联，多出自父亲之手。父亲读过书，算得上是半个秀才，毛笔字写得也好，每年左邻右舍均要请父亲写春联，父亲根据各家情况，自拟自写春联。父亲自拟自写的一副春联："盛世欢歌歌盛世，新年喜贺贺新年"，横批

"国泰民安"等春联。两扇大门正中贴有"秦将"和"胡帅"两个门神，"秦将"指的是隋末唐初的大将秦叔宝，"胡帅"指的是唐朝名将尉迟敬德。

俗话说："三十的火，十五的灯"，火炉要用煤添得满满的，让火烧得旺旺的，火光亮个通宵。母亲给火炉添足了煤，就吩咐我们扫地，梳头，因大年初一是忌讳扫地和梳头的。据说大年初一扫地，当年风就会很大；初一早上梳头，头发爱掉在汤菜里。三十夜就要先把地扫好，把头梳好。三十夜洗脚也有讲究，洗脚要刚好洗到克膝头，也就是脚膝盖，不能不及，也不能高过。过或不及，走亲戚朋友家就会错过吃饭的时间，要么是人家已经吃过了，要么是人家还没有开饭。若你走到亲戚朋友家刚好遇到摆桌子吃饭，就体现出你三十夜的脚洗得好，刚好洗到克膝头。

合家团圆，三十守岁。除夕守岁是故乡最重要的年俗活动之一。吃过年夜饭，添好火，扫好地，梳好头，洗好脚，人们不急着睡觉，全家围坐炉旁闲聊，等着辞旧迎新的时刻，守到大年初一零时好去水井处拿净水。直到今天，人们还习惯在除夕之夜守岁迎新。但如今的守岁，不管是城市乡村，还是东西南北，都是看着春晚，拆着红包，一直到春晚结束，新年钟声敲响，才算是过了除夕。

大年初一、初二早上，吃的都是糖包疙瘩，也称弯角粑粑或汤圆。用年前碓磕出的粉子面和舂出的酥麻糖作为原料，用温开水与粉子面一起搅拌反复的揉成团，取适量用手推平做成面皮，将酥麻糖作为陷放在面皮上，再将面皮收拢包住酥麻糖，用手指捏成中间鼓两头尖的形状，弯弯的好似上玄月或下玄月，弯角粑粑由此得名。将包好的糖包疙瘩放入开水中，直煮到其从锅底飘到水面上，就可以舀出食用。仍然像吃年夜饭一样；先要供天地神灵和历代先人，方可食用。吃完糖包疙瘩，父亲就开始给我们发压岁钱，在我的记忆中，那时我们得到的压岁钱多的时候顶天就是一块钱，少的时候就是三五角。

大年初一、初二一日三餐都要先供菩萨和历代亲人，大年初三送年，做新鲜的饭菜供菩萨供历代先人，就算是送年了。初三以后，每家妇女要携带丈夫和孩子回娘家拜年，根据当地风俗习惯，与女方同辈份以上的族人，不论户数多少，均要一一走到。走到的每户均要做一顿饭招待，上午在你家吃，中午在我家吃，下午在他家吃，俗称吃"转转饭"。吃"转转饭"的过程中还有体现中国传统美德的若干礼节，如每到一家吃"转转饭"时，均要邀请本家族中德高望重的老人，或有知识有文化的人一起陪着吃。

正月初四有一个仪式叫"吃虫子"。正月初五，有一个仪式叫动土，母亲找来闲置了一冬的锄头，用碗装上"刀头肉"。我们拿着香和烧纸，到了房前的园地里上香，烧纸，母亲将装有"刀头肉"的碗放在香的旁边。正月初七是人生，若当前天天气晴朗，预示当年一家人口平安，出入顺利，无灾无难。正月十一是强盗生，若当天雾大，预示当年的强盗凶。

过年期间，对山歌成了青年男女们谈情说爱的一种最为质朴的表达方式。从正月初一至正月初三，在南开与金盆交界的钻天坡的几个山头上，人头攒动，热闹非凡。整个山上山下，有炖羊汤卖的，有卖小百货的，但最热闹的还是观看青年男女对山歌。每个山头都有那么七八处对山歌的场子，每个场子一般都是男女双方各三、五人，双方均要根据所唱山歌的内容，一唱一合，现编现唱。若有情投意合的，有的唱了几天山歌后就基本上确定了恋爱关系，有的就直接由男方把女方带回家，成为一家人。在青年男女们对歌时，围着观看的人比对歌的人要多出了好几倍，有的还手提录音机，录下了那一首首动听动情的山歌。

如今过年，在故乡看不到打毛蛋，打鸡毛这些娱乐活动了，孩子们也不再玩擂野猫的游戏了。在山上时常还有对山歌的，炖羊汤卖的，卖小百货的，但规模和气氛均没有昔日的浓重，也没有昔日的那种热闹情景了。

小时候每到过年，常听大人说"小孩盼过年，大人怕过年；人多好种田，人少好过年。"这句话，是啊，在那个缺吃少穿，物质困乏的年代，过年实在是不易。过年，小孩可以吃好吃的，可以穿新衣服，可以放鞭炮，可以有压岁钱，他们不盼过年才怪。而大人呢？除了要满足孩子过年的吃、穿、用外，还要准备过年所需物资和去亲戚家拜年的礼品，到处都要花钱，怕过年就不言而喻了。

如今过年没那么辛苦了，现在常听上了年纪的人都说，现在的生活天天都是过年。而今的乡村是小孩盼过年，大人也盼过年。因为乡村的青壮年大都出门务工，留守在村庄的只有老人和小孩，只有到过年的时候，外出务工的人们才纷纷赶回家与家人团聚，小孩可以见到父母，老人可以见到儿女，一家人可以团聚了。

虽然说随着时代的变迁和乡村现代化的进程，故乡过年的许多风俗已不复存在，许多仪式已逐渐消失，但毕竟过年是中华民族最重要的一个传统节日，也是一家人团圆团聚的时刻，过年的气氛，过年的喜庆，过年的热情仍然是有增无减。

元宵节亮灯

　　正月十五的傍晚，贵州西部的水城周边的坟山上，总是人影绰约、香烟袅绕、灯火辉煌、鞭炮声此起彼伏。这一天，无论在当地居住的居民，还是在外地工作的游子，都要准备香烛纸钱和鞭炮，带上妻子儿女，来到已故亲人的坟头，一座坟头一座坟头地烧纸钱、点香火、亮灯、放鞭炮，寄托对已故亲人的思念。这一习俗，在贵州西部的水城称为"亮灯"。这是一种特殊的祭祀方式，活着的人在逝去的亲人坟前点燃一盏灯，在为已故亲人送去温暖、光明的同时，也隐喻祖宗保佑家族人丁兴旺。

　　小时候上山和父亲亮灯的场景仍然是历历在目，所谓亮的灯，是自己用墨水瓶制作的煤油灯。元宵节吃完早饭后，父亲交给我们的工作任务，就是用白纸糊灯罩和用墨水瓶制作煤油灯，父亲打烧纸。我们有的糊灯罩，有的制作煤油灯。糊灯罩是用白纸剪裁成长方形，首尾两端相连，并用洋芋粉煮成的糯糊粘住，形成一个筒状。从屋后的竹林里砍来一棵竹子划破，削成

筷子粗细长短的竹签，并将一端削尖。然后在房间的某个角落找出平时用完墨水后随意扔掉的空墨水瓶，在墨水瓶盖子的中心位置钻一个孔，用棉花拧成一根细条做灯芯，将灯芯塞进用废旧电池皮做成的锑管中，再将塞有灯芯的锑管插到墨水瓶盖子的孔中，倒上煤油，煤油灯就大功告成了。

下午四五点，夜幕降临，父亲就带着我们去离家不远的祖坟上亮灯烧纸了。到每座祖坟前，我们首先将削好的四根竹签插入地里，然后将白纸糊的灯罩筒套在竹签上，最后将煤油灯放在灯罩的中间，点燃灯芯。因点燃的煤油灯四周有白纸糊的灯罩作阻挡，风不会将煤油灯吹灭。再加上灯罩上下是开口的，形成空气对流，煤油灯也不会因为缺氧而熄灭。离开前，我们依旧要烧纸钱、放鞭炮、叩头。

俗话说："三十的火，十五的灯。"意思就是说，腊月三十的晚上，一定要添足煤炭，让火烧得旺旺的；正月十五晚上每个房间里点上煤油灯，灯亮的时间越长越好，直亮到天明，称之为长明灯。我想，这长明灯应该也算是"亮灯"的一种方式吧。在那个还没有通电的年代，父母自会将家里自己制作的煤油灯在每个房间点亮。亮完灯回家后，就该吃晚饭了。饭后，一家人围坐在煤火旁，嗑瓜子、摆龙门阵、打扑克，合家团聚，其乐融融。

现如今，广大农村都通电了，故乡也不例外。随着国家对农村电网的升级改造，农村和城市一样，用电不再是问题。元宵节这天晚上，每家每户的灯光将夜空照得犹如白昼。为减少火灾的安全隐患，现在亮灯不再糊灯罩和制作煤油灯了，而是用带有电的，形状如灯笼或蜡烛的物品替代了煤油灯。昔日元宵节亮灯的细枝末节，只能留在人们的记忆里了，并随着岁月的流逝，时间的冲洗，变得日渐模糊与生疏起来。

农历正月十五日的元宵节，又称上元节、小正月、元夕或灯节。中国岁时节令有所谓"三元"，指农历正月十五为上元，七月十五为中元，十月十五为下元。

从历史渊源的角度可以看出，元宵节"亮灯"这一习俗，体现了给故去的亲人送去温暖和光明。这也许是后嗣子孙对先人的一种缅怀和孝敬，对今后美好生活的一种期盼和向往吧！

端午习俗散记

　　农历五月也称"午月"，五月初五为"午月"开端的第一个五日，称之为"端午"，也叫"端五""重五"，因"五"是阳数，又称"端阳"。现在的贵州西部地区，端午节流行的习俗是插菖蒲和艾草、饮雄黄酒、吃粽子、"游百病"等。这既是一个讲卫生的节日，又是一个有吃、有玩，热热闹闹祈求幸福的节日。

　　民谚曰："清明插柳，端午插艾。"《荆楚岁时记》记载："五月五日，谓之浴兰节，荆楚人并踏百草。又有斗百草之戏。采艾以为人形，悬门户上，以禳毒气。以菖蒲或镂或屑，以泛酒。"。端午节这天，贵州西部地区的老百姓，家家户户都会在自家的门楣和门框的两侧插上菖蒲、艾草。可能是五月正当初夏，雨多潮湿，细菌繁殖快，借助菖蒲、艾草的药味，可驱赶蚊虫、净化空气。菖蒲、艾草都是多年生的草本药用植物。菖蒲含有挥发性芳香油，具有提神通窍、杀菌的功用；艾草入药，性温、味苦，祛寒温，止下痢，干的艾蒿绳点燃可驱蚊蝇，艾绒是针灸不可缺少的药材。端午节在门口挂艾草、菖蒲，就像贴上一道灵符，可以趋利避害。水城过端午节，一般会将艾草绑成一束，然后插在门楣上，或是在门楣两端分别插上一根艾草。由此，端午节人们在大门上挂菖蒲、艾蒿相沿成习，也就是很自然的了。

　　在老家南开乡凉山村，有一个地方名叫菖蒲麻窝。父亲说，据世代老人流传，这个麻窝长满菖蒲，因此而得名。但从父亲记事起，这个麻窝已是耕地，没有看到菖蒲。倒是离家约两公里远的水井边有一个大水塘，是当地人们洗衣服的场所。大水塘的四周长满了葱葱郁郁的菖蒲。儿时老家过端午节，一早父母给我们安排的任务，就是让我们到洗衣服的大水塘处采割菖蒲，回来挂在房屋的所有门窗上。20年前，村里组织人员将大水塘挖了一米深，将泥沙及水塘边的土清除，之后大水塘就没有再生长菖蒲了。现在老家的人们端午节挂的菖蒲，大多是在端午节前从乡镇的集市上买来的。2019年，我在杨梅乡光明村驻村轮战，春节前，在光明村一农户房前的地里挖了几株菖蒲带回老家，并栽种在老家房屋附近的竹林旁。每次回老家，我都要看看菖蒲活了没有，长势如何。几个月过去了，几株菖蒲不仅活了，还长得郁郁葱葱，并散发出淡淡的清香药味。

在家乡及周边乡镇、村寨的农民朋友，端午节当天"游百病"主要集聚在六盘水市水城县和毕节市纳雍县交界处的卡房。卡房地势开阔宽敞，山头坡度平缓。记得，我十二三岁的时候，每到端午节这天，来自四面八方的人们，经一两个小时游走，全都聚于卡房十几个山头的山脚、山腰和山顶，人头攒动，摩肩接踵，好不热闹。会唱山歌的就聚集在每个山头的山顶和山腰对山歌，每个对山歌的场子一般都是男女双方各三五人，双方均要根据所唱山歌的内容，一唱一和，现编现唱，难舍难分，一直唱到太阳落山才收场。不会唱山歌的就聚集在公路旁的山脚下，或炖锅羊汤卖，或摆放烟酒等小百货售卖，热闹非凡。既不唱山歌，也不售卖的，就到山上的树林里、草坡上，一边"游百病"，一边采草药。

在上山游走的过程中，可以让心情放松下来，锻炼身体，还可以采到夏枯草、天麻等各种草药。端午节"游百病"，既让疲惫的心灵在绿意盎然的大山之中得到释然，又寄托了劳动人民一种祛邪、避灾、祈福的美好愿望。也许是从小就习惯了家乡山头上的气韵，端午"游百病"过程中凝结的记忆总是挥之不去，所以每到端午时节，我总会想起"游百病"的种种经历。

端午节吃粽子，是很多中国人的又一传统习俗。粽籺，俗称粽子，古称角黍、裹蒸、包米、筒粽等，其由来已久，花样繁多。据记载，早在春秋时期，用菰叶包黍米成牛角状，称角黍；用竹筒装米密封烤熟，称筒粽。粽籺是一种用箬叶、芦叶、柊叶、露兜叶或槲叶等包裹糯米或黏黍，经过蒸煮而成的食品，为中国传统节庆食物之一。粽，本作"糉"，新中国以"粽"为规范字。南北朝时期，出现杂粽。米中掺杂肉、板栗、红枣、赤豆等，品种很多。到了唐代，粽子的用米，已"白莹如玉"，其形状出现锥形、菱形。宋朝时，已有"蜜饯粽"，即果品入粽。诗人苏东坡有"时于粽里见杨梅"的诗句。这时还出现用粽子堆成楼台亭阁、木车牛马做的广告，说明宋代吃粽子已很时尚。元、明时期，粽子的包裹料已从菰叶变革为箬叶，后来又出现用芦苇叶包的粽子，附加料已出现豆沙、猪肉、松子仁、枣子、胡桃等，品种更加丰富多彩。但是吃粽之风，并非起源屈原投江后。《荆楚岁时记》记载："夏至节日，食粽。"据专家考证，早期的粽子——角黍，可能与古人"尝黍与祭祖"以庆丰年的民俗活动有关。但食粽祭屈原，寄托了人民对屈原的哀思，便约定俗成地演化成一种特有的文化现象。每到端午节期间，大江南北、举国上下的大小超市都在卖粽子，广大农村都在制作粽子；端午节当天，全国人民都在吃粽子。

包粽子、吃粽子是过端午节的一件大事。端午节前两三天就准备好粽叶，以清水浸泡、洗涮，然后一片一片晾干；再用清水浸泡洁白的糯米，浸泡后沥干水分；还要准备包粽子所需的馅料。万事俱备，便开始动手包粽子。儿时过端午节，我们常围在母亲身边看她包粽子。她先用三至四片粽叶依次错边叠压竖排，然后从中间折成三角凹形，让粽叶卷成角形，用勺子把湿漉漉的糯米灌入，包的时候米一定要摁结实，把枣子、肉沫、花生、豆沙、火腿等馅料放到中间压紧，再把叶片翻覆过来，用力把米包裹好，然后用细毛线密密匝匝地把三角形的粽子缠好，最后到放锅里煮。

那时，我们兄弟姊妹总是迫不及待地围着母亲询问煮熟的时间，母亲会一遍遍告诉我们，要耐心等着，等开锅后20分钟就熟了。听了母亲的话，我们便会围坐在煤火炉边，一边眼巴巴地瞅着冒出热气、发出簌簌声的铝锅，一边嗅着锅里散发出来缕缕粽子的香气。那垂涎三尺的样子现在想想真是好笑。那时，吃着蒸熟的粽子，真正是唇齿留香，大快朵颐。而今，无论多么美味的粽子也吃不出当年的滋味和感觉了。现在，母亲近70岁了，但每到端午节，仍要坚持亲手包粽子。母亲说自己包的粽子，与在超市或街上小商铺里买来相比，既放心又好吃。但不知是现今物质丰富，还是生活水平提高了，儿时的那份浓浓端午情、悠悠粽子香，也只能深藏于心底以供回味了。

端午节除了吃粽子外，还要喝雄黄酒。流行于贵州西部水城地区的民间小调《放羊歌》云："五月放羊是端阳，菖蒲美酒兑雄黄。别人吃得昏昏醉，奴家不得半杯尝。"清人顾铁卿《清嘉录·卷五》云："研雄黄末，屑蒲根，和酒饮之，谓之雄黄酒；又以余酒染小儿额及手足心，随洒墙壁间，以祛毒虫。"明朝李时珍《本草纲目》记载："雄黄味辛温有毒，具有解虫蛇毒、燥湿、杀虫、祛痰功效。"又说，雄黄"主治百虫毒、蛇虺毒"。可见，端午节不但要喝雄黄酒，而且还要用雄黄酒在小孩子的额头上涂抹。每到端午节，父亲除了在我们的脸上、衣服上涂洒雄黄酒外，还要端着雄黄酒围着房屋四周及屋内墙壁角落走一圈，边走边洒上雄黄酒，用以杀虫，或防止蜈蚣、蚂蚁、蛇等靠近房屋或进入屋内。唐朝诗人殷尧藩和清朝诗人李静山在其诗中也写到了菖蒲、雄黄酒与端午节习俗。殷尧藩的《七律·端午》诗曰："少年佳节倍多情，老去谁知感慨生。不效艾符趋习俗，但祈蒲酒话升平。鬓丝日日添白头，榴锦年年照眼明。千载贤愚同瞬息，几人湮没几垂名。"

　　纵观古今端午风俗，可将其分成两大类。一类是以避邪驱恶为内涵的风俗，这类风俗产生了一系列驱邪吉祥物，如菖蒲、艾草、雄黄酒等。另一类是纪念忠直的古代人物，纪念伟大的爱国诗人屈原，用于这类风俗的吉祥物主要是用于祭祀的龙舟、粽子等。

印象中秋

　　中秋节指阴历八月十五日，因恰值秋之半而得名。现今六盘水地区的中秋节的习俗主要就是吃月饼和家庭成员的团圆，人们互赠月饼以表达良好的祝愿。

　　望月思乡，从月圆联想到人的团圆。因此，中秋又称为团圆节。说到中秋节，我便不由自主地想到了苏东坡的词《水调歌头·中秋》里的千古名句："人有悲欢离合，月有阴晴圆缺，此事古难全。但愿人长久，千里共婵娟。"词人在中秋之夜与相聚的亲朋欢聚畅饮。通宵达旦之后，想到自己尚在远方、分离长达七年之久的兄弟，酒醉之后的词人大发感慨，醉意醺然之时，仿佛月亮也在与自己作对——明明是骨肉分离之际，它偏以圆月示人。这种睹月怀人的情怀，在当代诗人贺敬之笔下另有一番意味，他在新中国成立九周年的中秋夜赋诗："九年九个中秋节，九年九回中秋月，台湾同胞不团圆，月亮虽圆心中缺！"

　　而今，在这车水马龙、人流如潮、灯红酒绿、喧嚣躁动，充满钢筋水泥的城市丛林中，没有了皎洁的月亮，没有了如水一样的月光，更没有了浪漫莫测的月色。中华民族传统的中秋佳节，一家人除了品尝各种月饼的滋味外，似乎再也没有其他与中秋节相关联的活动与文化氛围了。

　　可以说，如今的中秋节已不再是记忆里的那个中秋节了。已到不惑之年的我，面对一年比一年淡的中秋节味，难以抑制

地怀念起儿时农村老家南开凉山过中秋节时的那种氛围。回味儿时的中秋节，种种场景在脑海中抹之不去，在眼前挥之不去。

昔日农村老家的中秋节是充满神秘色彩的，也是无比快乐浪漫的。中秋节当天，长辈们会讲述一些神话故事给我们听，如嫦娥奔月、月宫玉兔、吴刚伐桂等。爷爷、奶奶、外公、外婆说给爹妈听，爹妈说给儿女听，代代相传，人人会说爱听。有关中秋节月亮的神话故事，大人们说得绘声绘色、津津有味。有的故事曲折离奇，有的故事惊悚怪异。孩子们听得入迷入彀，既害怕又向往，恨自己不能像鸟儿一样长有翅膀，直飞到天上月宫去探个究竟。

昔日农村老家很贫穷、很落后，大部分人家一年没有半年粮，总是吃不饱、穿不暖。对吃月饼、赏月亮这种奢侈的趣事，是根本没有雅兴的。但是，农村老家的中秋节，却有自己独特的风俗。那时，家家户户都要想方设法做点好吃的，如打糯米粑粑，买蛋糕、饼干、水果糖、香烟、白酒、猪肉等，还要杀鸡宰鸭……准备得庄严且隆重，就像过春节、端午节一样，热热闹闹的。

中秋节一整天，家家户户都在为晚餐的团圆饭做精心准备。开饭前，要先祭祖，祭月神。开饭时，全家老少要围着圆桌，表示团团圆圆。饭后，人们静待夜幕降临，当皓月升空，全家将饭桌移到院子里，将糖食果品摆上桌，全家人边吃糖果、赏月，边听大人们讲月亮的故事。虽然故事年年相同，但孩子们常常听得忘记吃糖，举头向天，眼睛盯着又大又圆的月亮，心里充满了神奇和向往。

父亲是个讲故事的高手。平常，他给我们讲《西游记》《水浒传》《三国演义》等书中的片断。每逢中秋佳节，他都不会忘记给我们讲那些有关月亮的古老神话。我很小就知道，月亮里有桂树，有宫殿，有一个寂寞而美丽的仙女嫦娥，她整日与玉兔为伴。桂树下，有一个叫吴刚的，为了得道成仙，每天都在奋力砍着永远向上生长的桂树……这些故事，让我对月亮产生无限的遐想和神往。

听大人们讲完神话故事，孩子们借着夜空中又大又圆又亮的月亮，三五成群乘着如水的月华、神秘的月色去忙自己的事儿。年龄小一点的孩子，就在院坝内玩躲猫猫或者老鹰捉小鸡的游戏；年龄大一点的孩子，就到离家不远的地里去偷南瓜。直至晚上十一二点，孩子们听见大人呼唤自己乳名的声音，才各自回家，结束一个充满神秘色彩、快乐无比、浪漫的中秋佳节。

因求学、工作，我离开农村老家近二十年了，在县城里忙碌中过了十多个中秋节。在还没有接父母到县城居住之前，除了春节，一年难得回老家几次。接父母到县城居住之后，除了每年的清明节回农村老家，祭祀已故的亲人外，根本就没有缘由和机会再回老家。不知道农村老家的中秋节是否还与儿时一样神秘美好。

如今在城市，不必说中秋节、端午节，也不必说元宵节、中元节，单是春节，缺少了一点儿过中国传统节日的气氛，没有了年味儿。

故乡婚事

一

俗话说："男大当婚，女大当嫁。"这是指男女长大成人后，就到了人生诗篇中最富于激情、最辉煌的一页，就要开始谈婚论嫁了。后人把他乡遇故知、金榜题名时、久旱逢甘雨与洞房花烛夜的幸福并提，称为人生四大幸事。

以二十世纪五十年代到八十年代水城县南开乡汉族的婚姻为例，看看当时人们的婚姻礼俗，因为这个时代既有先秦时代婚姻礼俗的遗风，又有现当代婚姻礼俗的框架。先秦的婚俗已形成了一套"六礼"制度，男女有别、男尊女卑等观念也逐步深入人心。这些观念对后代有很大的影响。

二十世纪五十年代至八十年代，水城的男婚女嫁父母包办代替的多，也就是所谓的"父母之命，媒妁之言"。那个时代的人跟现代人的价值观不一样，子女的婚姻往往都由父母一手包办了，儿女不敢违抗。两家开亲的一个前提条件是"门当户对。

"门当户对"，最初是指古代大门建筑中的两个重要组成部分——"门当"和"户对"。所谓门当，原本是指在大门前左右两侧相对而置的一对呈扁形的石礅或石鼓，用石鼓是因为其鼓声宏阔威严、厉如雷霆，人们以为其能避鬼推崇；所谓户对，则是指位于门楣上方或门楣两侧的圆柱形木雕或雕砖，由于这种木雕或砖雕位于门户之上，且为双数，有的是一对两个，有的是两对四个。用木头雕刻的户对位于门楣上方，一般为短圆柱形，每根长一尺左右，与地面平行，与门楣垂直；而用砖雕刻而成的户对则位于门楣两侧，上面大多刻有以瑞兽珍禽为主题的图案。根据建筑学上和谐的美学原理，大门前有门当的宅院必有户对，所以，门当、户对常常被同呼并称。又因为门当、户对上往往雕刻有适合主人身份的图案，且门当的大小、户对的多少又标志着宅第主人家财势的大小，所以，门当和户对除了有镇宅装饰的作用外，还是体现宅第主人身份、地位、家境的重要标志。因此，门当户对由古代大门建筑中的两个重要组成部分逐渐演变成社会观念中衡量男婚女嫁条件的一个成语。权衡两家的生活环境相当、生活习惯相当，世界观、人生观、价值观一致，学历文化相当、财富相当等，便可以开亲，成为儿女亲家。

二

故乡的请媒说亲，就是指男女双方两家若称得上门当户对，若某男方父母看上某家姑娘后，由男方一家请媒人到女方一家去探口气，称之为提亲。常言道："竹笆门配竹笆门，板壁门配板壁门。""买牛要买张角牯，说妻要看老丈母；买牛要买牯角张，说妻要看老妈妈。"俗话说："宁等男大十，不让女大一。"男女年龄相差在五岁以内最为合适。

媒人到女方家提亲，得到许可后，男方家再次请媒人到女方家，进一步了解女方家姑娘的年龄和属相。

男方父母合得八字，便请媒人去女方家说亲。俗话说："大户人家说亲三年，小户人家说亲三月。"媒人第一次到女方家，女方的父母不打狗；媒人第二次到女方家，女方家父母不装烟；媒人第三次去女方家，女方父母既打狗又装烟，说明有点儿口气了；媒人第四次到女方家，女方父母已经对男方家的情况调查了解清楚，考虑成熟，就会极为热情地接待媒人，并同意把姑娘嫁给男方家。三回四转，历时两三年时间，终于说成亲事。

定亲日选在亲事定下来的半年之内的农历二月间或八月间的一个双日或者双月双日，确定好时间，通知女方家，男方家父母请上哥哥、弟弟，或者姐夫、妹夫、舅子等人，同男方父亲等人带上六米布匹、十来斤猪肉、两瓶白酒及香蜡纸烛等物品前往女方家定亲，今天去明天回。这个程序当地称之为咏话，即定亲。咏话之后，每年的新春佳节，男方都要到女方家拜年。

女方长到十七八岁后，男方父母便向女方父母要求接娶女方。征得女方父母同意后，男方父亲便请先生看接儿媳妇的期程。期程择定的半年之内的一个双月双日，男方父母通知女方父母，准备要到女方家插香。男方去女方家插香的人员与咏话时去的相同，不同的是，咏话时送去的礼品称为定亲物品，插香时送去的礼称为送彩礼。还有就是插香送去的礼品比咏话要多，布匹至少是十八米，当然是越多越好，猪肉一方一肘，前七后八一十五斤，此外还有两斤猪油炸豆腐。一方指的是有若干匹肋巴骨的一块七斤重的猪肉，一肘指的是一只八斤重的猪后腿，再加上两斤猪油和两瓶白酒，香蜡纸烛及大红纸封着的"预报佳期"一并送到女方家。女方父母邀请家门族类、亲戚朋友光临赴宴。这称之为吃插香酒或烧香酒。

插香酒女方家不收礼，自然光临的家门族类和亲戚朋友也不送礼。吃插香酒，就是让大家知道姑娘出阁的日子。当天晚上，女方父母向男方父亲提出一些接亲时的要求，比如说姑娘要坐轿子，两位送亲婆要骑马，姑娘要一套青灯草呢衣服等。二十世纪五十年代至八十年代，棉布、青棒布（黑平纱布）、蓝棒布（蓝平纱布）多，斜纹布很少，什么涤卡、灯草呢斜纹布更少。要弄到一套青灯草呢的衣服布料，只有那些和商店有着特殊关系，或者商店里有人开后门，才买得到。若男方本家在商店里没有人，也和商店的人没有什么特殊关系，要弄一套青灯草呢的衣服布料，是一件很难的事。因此，对女方父母提出的要求，男方父亲嘴上不说，心里却接受不了，迟迟不能答应女方父母的要求。于是两亲家各有各的想法，各抒己见，互不相让，争论不休。这时，就会有双方的客人站出来打圆场说："不开亲是两家，开亲是一家，啥事情都要心平气和地好好商量，才能解决问题，不要激动。"在双方客人的规劝下，两亲家才妥协平静下来商量统一意见，直到双方达成共识后，便按照双方协商好的事一件一件确定，并在接娶期程之前一一抓好落实。

到了接娶时的进亲酒的前一天，女方家要办嫁姑娘酒，男方家要准备筹办接儿媳妇的酒。这天，男女双方两家都各自请有管事配合主人家，全程打理接亲嫁女的一切事务。男方家派两人，也是与上一次插香一样，背上十五斤猪肉、两斤猪油送到女方家。常言道："养女不折本，烧起锅儿等。"女方家就将男方家送来的猪肉马上进行烧洗，做成酒席菜。

第二天，男方家在租来的轿子门的两侧贴上事先用大红纸写好的轿联。轿联的上联：黄龙棒轿迎淑女，下联：紫燕衔书遇奇男，横批：天作之合。在轿子的后面贴上五十厘米见方、用大红纸绘就的"太极图"，在亲戚中找一个十来岁的男孩，称为押轿娃，让他背上宝瓶壶和铜镜坐在轿子里。在借来的两匹马背上备好骑鞍，请来两个唢呐匠和搬运妆奁的十多个帮忙弟兄，在押礼先生的组织下，四位轿夫抬着轿子，两位马夫牵着两匹高头大马，两位唢呐匠背着唢呐，押礼先生带着新娘的穿戴、首饰和香蜡纸烛，一二十人的接亲队伍浩浩荡荡地向女方家行进。

到了女方家，管事的吩咐帮忙弟兄把轿子管理好，把两匹马喂好，把男方接亲的人们接待好。酒席完后过礼，两位押礼先生把包裹放在堂屋中央的大四方桌上，打开包裹，把新娘的帕丝、衣服裤子、鞋子袜子、簪环首饰等礼品，一件一件地点交给收礼的两位送亲婆。

离发亲前的半个小时点发妆奁。放置于堂屋中的妆奁，由女方的父母一件一件地点交给两位押礼先生，押礼先生又把妆奁一件一件地交到每一位接亲的帮忙兄弟手中，并叮嘱他们在路上千万要小心，不要损坏和弄丢了。柜子、箱子、盆子、铺笼帐盖等，均依次发放。

三

到了发亲时辰，四位轿夫把轿子抬升到大门槛上，新娘的哥哥背着头上顶着红罗帕，背上背着宝瓶壶和铜镜，手里拿着一把筷子，带着哭声的妹妹从闺房里走出来。随后拉下红色的轿子门帘，四位轿夫调转轿头，摆正方向，妆奁朝前，轿子居中，两位送亲婆骑着马，两位唢呐匠吹起唢呐，送亲人员紧跟轿子出发，两位押礼先生排在轿子左右两边陪着轿子行进。这称之为发亲。

行进的途中，唢呐匠在无人居住的路段，一二十分钟吹一谱唢呐，行进到有人居住的寨子就吹唢呐。当抬轿子的轿夫行进到转弯路段，前面的两位轿夫就要喊唱"吆儿拐"，后面的两位轿夫就附和着喊唱"两边甩"，轿子就巧妙地跨过弯道。当轿子行进到有水塘的路段时，前面的两位轿夫就要喊唱

"水花路"，后面的两位轿夫就附和着喊唱"踩干处"，轿子自然绕过水塘。当轿子行进到上坡或下坡路段时，前面的两位轿夫就要喊唱"前面有个坡"，后面的两位轿夫就附和着喊唱"慢慢梭"，轿子缓缓前行。当轿子行进到石阶路段时，前面的两位轿夫就要喊唱"石阶路"，后面的两位轿夫就附和着喊唱"慢脚步"，轿子徐徐前行。

接亲队伍未抵达前，在男方家中的帮忙兄弟各司其职，各负其责。帮忙的厨师在厨房里忙于炒菜，先生则指挥人张贴香火和婚联。香火上的上联为"牛郎举手参天地"，下联为"织女扣头拜祖宗"。婚联的内容有祝福新婚的，如大门上贴着上联"想他年结成鸾凤作佳偶"，下联"看今朝配合鸳鸯为良室"，横批"天作之合"；洞房门上贴着上联"婚礼堂中接鸾凤"，下联"花烛房内配鸳鸯"，横批"好合百年"。婚联内容也有感谢家族邻里帮忙的、欢迎亲戚朋友光临的，还有主人家自谦的，以及抒发情感的等等。如两道角门上贴着的两副对联，一副上联"吉日筹办喜事家门族内关照件件如意"，下联"良辰举行婚事亲戚朋友光临个个知心"，横批"推心置腹"；另一副的上联"竹篱茅舍迎亲友高堂满座"，下联"粗茶淡酒宴嘉宾多饮两杯"，横批"情真意切"。再如两个窗户上贴着的一副上联"鱼恋水水阔凭鱼跃"，下联"鸟爱天天高任鸟飞"，横批"比翼齐飞"；另一副的上联"窗前童子耍"，下联"室内老人安"，横批"心旷神怡"等。男方家在忙得不亦乐乎的氛围中，还要计算着时间，时刻关注，若听到隐隐约约的唢呐声，接亲的队伍就快到了，就要赶快布置"回车马"的仪式，也称"回喜神"。

在院子的正前方安放一条板凳，板凳左边安放一张四方桌。桌子中央安放一张装有苞谷的斗，斗中安放一盏点亮的煤油灯，苞谷中插上点燃的三炷香，放一个酒药、一沓烧纸、一瓶白酒。看到了轿子，新郎身穿大长衫子，头戴绉绸丝帕，脚穿白底毛边的青芯绒鞋，站在板凳上，"回车马"先生站在四方桌的左侧，轿子来到门口顿在正对着新郎的敞坝中。"回车马"先生抓起一把苞谷撒向轿子上空，口中念念有词：

伏以，一把马料撒虚空，来时有影去无踪。来时有影诸纱在，去时无影主人宗。队伍排成车马形，车马头上插红旗，火炮三声人尽知。人人都说神仙过，却是本府娶亲回，车来车将去，马来御金鞍。今日来到此，正得是时间。开天辟地论纲常，唯有婚姻最久长。良辰吉祇，迎接车马到教场。日吉时良，天地开张，新人在此，车马回乡。一张桌子四个方，张郎设起鲁班装，四方刻起云牙板，中间焚起一炉香。道香得香，车马还乡，香通三界，遍满十方。钱纸灰飞白如银，蔡伦造纸到如今。当初蔡伦会造纸，巧手邓通会造钱。去时打个半边月，转来十五月团圆。又来中间抽心打，打个中华国字在中间。此钱造来因何用，拿来回送车马神。司主手拿一把瓶，不是金来不是银。本是邓州铁一块，南京匠人打成瓶。上面打起菠萝盖，下面打的凤凰身。左边打的鹦哥嘴，右边打起燕尾形。里面装的是何物，装的琼瑶酒一瓶。此酒拿来因何用，用来回敬车马神。一敬车前童子，二敬车后郎君，三敬五方谒帝，四敬八面诸神。酒酌一巡、二巡、三巡。三巡已毕，礼不重斟。男神回上马，女神回上车。天煞归天界，地煞入幽冥。娘家香火请回去，婆家香火出来迎。在娘家是千年富贵，在婆家是万代兴隆。天无忌，地无忌，年无忌，月无忌，日无忌，时无忌，姜太公在此，诸神回避。回过车马以后，百事顺遂，大吉大利。

铺喜床和"回车马"同步进行，铺床人由男方的父母请儿子比较多的夫妻俩为新婚铺喜床人。铺喜床的夫妻俩拿着一床坝单（床单）边铺边念念有词："一床坝单宽又长，主家用来铺喜床。自从今日铺过后，儿子儿孙笑满堂。""一床坝单长又宽，床中铺到床两边。自从今日铺过后，代代儿孙做高官。"喜床铺好了，"回车马"完毕。四位轿夫把轿子抬升到大门槛上，两位送亲婆拉开轿门帘，从轿子中扶着新娘走到堂屋中的香火面前与新郎肩并肩地站着。先生念念有词："一拜天长地久，新郎新娘下跪三叩头起身；二拜地久天长，新郎新娘下跪三叩头起身；三拜荣华富贵，新郎新娘下跪三叩头起身；四拜儿孙满堂，新郎新娘下跪三叩头起身。"

拜好天地，先生念念有词："送入洞房。"两位送亲婆拉着新娘和新郎赛跑，谁先跑到洞房坐上喜床，谁占强。不管是跑在新娘的前面还是后面，在新娘跨入洞房门槛的那一步时，新郎要一把揭下新娘头上顶着的红罗帕，才去坐喜床。新郎、新娘谁先拉着对方的衣襟角垫着坐，谁占强。

新郎、新娘入洞房后，安排两位送亲婆在离洞房最近的房间休息，以便于照顾新娘；参与送亲的男客安排在寨子中离主人家较近的邻里休息，每天饭点请来就餐后又返回邻里休息。入洞房几分钟，平辈的年轻人和小娃儿几十人蜂拥而入洞房，大家都说："脚踏新人房，手扒新人床，喊声新嫂子，拿块粑粑尝。"新娘说："没有粑粑。"大家又说："有的有的，快拿来。"边说边把手伸到新娘的面前。新娘说："粑粑锁在箱子头，我开不到箱子。"大家又说："你开不到，我们去开。"隔壁的送亲婆怕把箱子弄坏，急忙过来开锁，把粑粑和糖果倒在大盘子里，端起来准备分发。大家不等分发，几十双手一起伸向盘子，把送亲婆和新娘挤得歪歪倒倒，盘子被按落在地上。大人有点不好意思，小娃儿却不顾一切，笑着跳着抢捡粑粑和糖果，现场气氛极为热闹。这就是所谓的闹新房。

四

新婚宴席历时四天，第一天为筹备酒席，也称为挂红酒；第二天是进亲酒；第三天是正酒；第四天是客散酒。前三天一日两餐，上午十点左右开饭，相当于自助餐；下午四五点钟开席，相当于套餐。每桌八人入席，每桌菜数为八大八小，八大盘下饭菜，八小盘下酒菜。第一天的挂红宾客光临，礼品有棉布三米、火炮一挂、对子一副，还有四人组成的一个筒筒匠团队，即二胡团队。

对子有单对和双对两种，单对子用长约一米、宽约八十厘米的一张长方形画纸，画纸上下两端用五十厘米长的两张大红纸分别用糨糊粘接，对子的上下端分别用糨糊把两小片竹片与对子粘裹好，对子上端居中穿上一个线圈，对子的右上方贴一张红纸条，红纸条上书写着恭维、称呼、姓名，为令郎完婚纪念，对子的左下方也贴上一张红纸条，红纸条上书写着姓名。双对子是用两张约两米长、宽约五十厘米的有花纹的彩色纸，上下两端各粘裹上一根小竹片，两张纸重叠且在上端居中穿一个线圈，书写上"天空愿作比翼鸟""地上成为连理枝"等婚联内容，上联右上方贴上红纸条，红纸条上书写着恭维、称呼、姓名，为令郎完婚纪念，下联右下方也贴上一张红纸条，红纸条上书写着姓名庆贺。长辈的对子挂在堂屋左边的墙壁上，平辈和晚辈的对子挂在堂屋右边的墙壁上。

筒筒匠（二胡匠）团队有三人，其中两人拉二胡，一人打小鼓，一人打小铙。第二天进亲酒，所有宾客都要在当天光临，就餐后路程近的客人各自回家，路程远的客人留下分派到邻里住宿。当天晚上，挂红的客人请来的若干个筒筒匠团队要开展拉筒筒比赛，也就是拉二胡比赛。你拉一谱，我拉一谱，此起彼落，循环往复，每个筒筒匠团队均不能"翻土饼"，也就是不能拉重谱。每个筒筒匠团队互不相让，谁都不想打退堂鼓，都想当赢家。真是筒筒遇行家，死拉赖拉，拉得难解难分。筒筒越拉越热烈，观众越来越多。筒筒在响，挂红的客人在想，若是拉输了，脸面无光彩。因此，筒筒匠们会一直拉个通宵达旦。这时候，管事便会过来打圆场说："家家都拉得好，不拉了，不拉了，休息了，休息了！"

第三天正酒，天一亮送亲婆带着新媳妇扫地，中午管事吩咐帮忙弟兄前去把昨天回家的客人挨家挨户请回来吃正酒。宴席安了一巡又一巡，待最后的一巡宴席安完了，当天的晚宴也就算结束了。这时，管事就要安排帮忙弟兄到邻里家把送亲的男客人请过来，再请三五个有点名望的人来陪这些客人。大家欢聚一堂，一边喝"转转酒"，一边摆龙门阵。

所谓喝转转酒，就是一群人围坐成一圈，用一个大土碗盛满酒，首先端着酒碗喝了第一口酒的人，用手或者胸前的衣服抹一下喝过的碗口后，递给下一个人喝一口，下一个人再用同样的方式抹喝过的碗口后又往下递。就这样一个接着一个地喝下去、递下去，在座的人喝完了一轮就称为一转。整个围着坐成一圈的人，不管是会喝酒的，还是不会喝酒的都可以把碗接过来，然后递给下一个。摆龙门阵的，大多数是讲讲《三国演义》《水浒传》《西游记》里的故事，或谈谈国家大事，或拉拉家常，或说说风土人情等，聊天不拘形式和内容，各抒己见，各持己见，其乐融融。

那些没有陪送亲客的客人、帮忙弟兄和姑妈娘舅家的老表弟兄就分成两派人马喊拳喝酒娱乐，也称打南征北战。大家在堂屋里，将两三张四方桌并排摆成长方形，参加喊拳喝酒的两派人马分坐在桌子两侧，桌子的两端坐的是酒司令。酒司令的具体工作就是倒酒和当喊拳的裁判。喊拳，又称为划拳或猜拳，是一种两个人通过出手指头，口喊数字的比赛娱乐游戏。传统的喊拳方法是，两人同时伸出一只手，口中同时要猜且喊出两人所出指头数之和，若两人猜且喊出的数字都错或都对则要继续，直到只有一方猜且喊出的数字是对的，另一方是错的，就分出输赢了，输者就罚喝酒。

拳头为零，大拇指为一，八字指为二，三指为三，四指为四，五指为五。若喊拳的双方都是零，就叫零疙瘩，依次为一心敬，哥俩好，三桃园，四季财，五魁首，六六顺，七个巧，八匹马，九连环，满堂红。喊拳的两派人马人数相同实力相当，双方第一个先喊拳的称之为打头阵，最后一个喊拳的称之为压阵。双方第一个先喊且喊赢的继续和对方第二个人喊拳，就这样让参加喊拳的人全部喊完，哪一方喊的拳赢得多就赢，对方则为输，就要罚喝酒。若一方的一个人从头到尾喊赢了对方的所有人，称之为"扛红旗"。喊拳喝酒的人少则六七人，多则一二十人，特别是大家都喝得高兴了，那场景、那气氛，热闹喧天。有时两派人喊拳行令喝酒，直到通宵达旦方才罢休。

第四天是散客酒。早上十点钟左右，吃一顿套餐，近处的客人就不再请回来了，只请少量的远方客人和送亲的客人及邻里的所有人。酒席摆完了，加一桌副餐，送亲婆及新郎的母亲带着新娘入席，由姑妈、姨妈、舅娘、姐姐和嫂子等内亲陪席。人数不限，七八个、十几个、二三十个都行，若人太多，就摆成长桌。待一桌副餐宴席吃结束，客人便陆续告辞。在挂红的客人告辞时，要将新媳妇早就做好准备好的鞋子、鞋垫、枕头拿出来，每个来挂红的客人打发一双鞋子，或一双鞋垫，或一个枕头。

待客人全部告辞后，收拾准备回亲。所谓回亲，就是指新郎和送亲客一起回新娘的娘家。送亲客临别时要和新媳妇的老公公、老婆婆，也就是新郎的父母交谈几分钟，交代几句话。送亲客说："姑娘年纪还小，还不太懂事，若有言语高低，或不小心做错了事，要请二老多多原谅，多多包涵，耐心教导，要像待自己的姑娘一样对待媳妇，让姑娘在您家头高高、尾翘翘的，前后二家才有名誉。"新媳妇的老公公、老婆婆就会说："常言道'一代媳妇，万代祖母'，对待媳妇我们还要比待自己的姑娘待得更好，请你们放心，也请你们转告亲家公、亲家母，让他们二老放心。"

送亲客与新媳妇的老公公、老婆婆交代完毕，新郎及陪新郎回亲的伙伴挑着一匹肋巴骨的一块猪肉，称之为回亲菜，与送亲客一起前往岳父母家，这称之为回亲，新郎回亲当天去当天回。当新郎一踏进岳父母家的门槛，就去堂屋的香火面前一跪三叩头。这时，爱开玩笑的姨娘、舅母、老表等人，各自手里拿着一个竹锅圈注视着新郎，新郎一下跪就用竹锅圈从新郎的头上笼下去将新郎拉倒。说时迟那时快，陪同新郎回亲的人，便要眼疾手快地用双手左右分开拦住竹锅圈。否则，新郎被竹锅圈套倒是很害羞的一件事情。

过了半个月或二十来天就要回门。所谓回门，就是指新郎和新媳妇要回一次新媳妇的娘家。新媳妇的哥哥或弟弟到妹夫或姐夫家，接妹妹或姐姐回娘家，新郎一同前往。第二天，新郎返回家。过了七八天，新郎到岳父岳母家把新娘接回家。从此以后，没有什么规定和约束，媳妇随时可以回娘家，暂住的时间也没有限制。

常言道："新装的木房三年响，新接的媳妇三年讲。"旁人说："常言道好娘好爷好亲事，你家这台媳妇酒办得好，得了一个好儿媳妇，有本事有出息，为人处世又好。"婆婆说："常言道'养了个儿子，该个儿媳妇，接了一个媳妇卖了一个儿子'。"随着社会的发展进步，时间的流逝推移。故乡昔日的婚礼习俗已经渐行渐远了，曾经的那些冗繁的程序和仪式，曾经的那些欢乐欢笑的场景已经渐渐淡出了我的记忆。

寻找《江南才女陈氏寄夫书》

庚子年仲夏的一天晚上，我又到父母住处吃苞谷饭。吃完饭，我的父亲符丕贤突然对我说，他15岁的时候在曹二姑爷（我大姑爹的父亲）处读私塾时，曾经读过一篇文章，具体地说是江南的一名才女写给薄情丈夫赵修廷的一封家书。父亲回忆说，家书的标题好像叫《江南才女陈氏寄夫书》。父亲说，这封家书写得特别有感情、特别有文采，并且对仗特别工整，言辞华丽，引经据典，情真意切。

据父亲回忆，1977年他还把这封家书抄誊在一个草绿色胶皮的笔记本上，可惜40多年过去了，这个笔记本现在找不到了。父亲说，当时这封家书他背得滚瓜烂熟，虽然几十年过去了，但家书中的内容到现在都还能背得出百分之八九十。随后，父亲就一口气背诵出了一二十句。

我对父亲说："您背慢点，或者您说出家书中的几句话，让我在百度上搜一下，看看有没有。"接着父亲对我说："你在百度上搜一下'窃闻至亲莫如父母，当知生养死葬无亏'这两句，看有没有？"我在手机百度上输入这两句并搜索，居然出现了两条《江南陈氏女寄夫书》的信息，而不是《江南才女陈氏寄夫书》。打开网页看，两篇《江南陈氏女寄夫书》的内容大同小异，且书信的大概意思如下：

江南某地有一才女陈氏，16岁时嫁给赵修廷为妻。因家境贫寒，生活困难，婚后三个月，其丈夫赵修廷离家外出游学，

想挣点钱养家糊口。谁知赵修廷一去不复返，陈氏也不知其下落。

赵修廷在黔游学期间，因其仪表堂堂、学识渊博，深得黔地谢财主赏识，聘在谢财主家任教。赵修廷对外宣称自己父母双亡，无妻小，单身一人。谢财主爱才心切，便招赵修廷为婿，让其安心教学。赵修廷娶谢财主的女儿为妻后，过着荣华富贵的生活，把家乡的父母、妻子抛在九霄云外，对整个家庭不闻不问，就连父母双亡他也不知道，20余年不思归家。

赵修廷的妻子陈氏为了生计，开有一小客栈，时有过往客商住宿。20年后的一天，有一廖姓客商来到小客栈，在谈及赵修廷时，廖姓客商说他在黔地见过此人。直到此时，陈氏才获悉其丈夫赵修廷"落迹黔垣，入赘谢宅"。接着陈氏便书写家书一封，请廖姓客商带到黔地面呈丈夫赵修廷。

父亲说，《江南陈氏女寄夫书》的内容与《江南才女陈氏寄夫书》是完全一样的。在百度上搜到的两篇《江南陈氏女寄夫书》的家书均是凭高龄老人记忆口述整理出来的。可能是因整理者在整理时没有认真推敲，内容虽然大同小异，但是两篇家书在词句、句读、顺序、结构上大相径庭，均存在较大差异和错乱。我将两篇家书打印出来，拿给父亲，父亲看了后说，他亲自见过、读过，并抄誊过原文，这两篇家书中有许多值得商榷的地方。

两篇家书错别字较多，如"人伦首重夫妻，忘恩负义世界"中的"世界"应为"是戒"；"念妾也，遇人不熟；而君也，自行无良"应为"念妾也，遇人不淑；而君也，制行无良"；
"落籍黔省，再聚谢宅"和"落籍黔省，入最谢宅"应为"落
迹黔垣，入赘谢宅"；"忆君十八辍学，喜游畔水之乡"和
"忆君十八入学，喜报情操之香"应为"忆君十八入学，喜游
泮芹之乡"；"贪闭月羞花之貌，望稿衣素因之情"和"贪闭
月羞花之貌，忘缟衣饥紧之情"应为"贪闭月羞花之貌，忘缟
素衣襟之情"等。还有就是两篇家书词句顺序颠倒，对仗不工
整，且两篇家书的内容均不全面，这里就不一一赘述了。

　　之后，父亲和我凭借比对两篇家书及相关内容的提示，再
加上凭借1963年父亲读私塾时读过、背过，且在1977年誊过此
家书留下的深刻记忆，经父亲花了两天时间回忆整理全文。对
有关词句、句读及顺序等，我和父亲又通过上下文之间的联
系，尽量去查字典、辞典，在合乎逻辑和情理的基础上，做到
字斟句酌，作进一步的完善。最后，我将文稿打印出来，又做
了两次校对。现将搜集整理完善好的《江南才女陈氏寄夫书》
附在文中，以飨读者。

江南才女陈氏寄夫书

夫君足下：

　　窃闻至亲莫如父母，当知生养死葬无亏。人伦首重夫妻，
忘恩负义是戒。蔡邕抛家乡，不孝罪名传千古；王祥念结发，
有义方声颂至今。念妾也，遇人不淑；而君也，制行无良。

　　生离二十余年，杜鹃之泪未绝；搀隔三千余里，鸿雁
之信难通。忆君十八入学，喜游泮芹之乡；而妾二八于归，
庆赋桃夭之辞。执弱冠而鸿门早第，孰不庆赵家之有子？谓
才郎而金花代诰，孰不谓陈氏之得夫？因家贫而饔飧难给，
遂游学而奔走他乡。合卺哺啜三月，殷勤忽矣两分。

愿远游有方，未唱《阳关三叠》之曲;而归期预卜，早嘱叮咛一家之辞。尔时，翁年五十有九，姑年五十有七。痛稚子之远离，雨雪关山，何时稍堪以倚望。寒灯孤枕，无时不痛其心思。君方一十有九，妾方一十有七。但拟数月半载，岂知一去终生。

平年水旱，累岁饥寒。君遂游学奔他乡，妾顶门户为己任。君乃须眉丈夫，尚难当有风之浪;妾乃深闺弱秀，何能撑无水之船？自别以后，甘苦备尝。全凭织网作生涯，唯以绩纺为活计。明月清风，聊供一家之养；菽水藜藿，曲承二老之欢。翁也，日薄西山，汤药殷勤唯妾侍奉；姑也，年属白发，床褥照应唯妾侍依。此中苦处，不堪为翁姑知之，且堪为外人道乎？至是变故频增，艰辛渐进。

岁丙子而翁早逝，越丁丑而姑玄亡。既无伯叔，终鲜兄弟。衣衾棺椁，谁肯代为筹储;丘墼坟陵，谁肯相与殡殓。妾父悯念贫寒，假以牛眠之地，亲择马鬣之峰，而妾亲临板筑。呜呼！赵氏非无子之家，而披麻执杖者，唯此一媳；陈氏亦有夫之妇，然葬翁祭姑者，独此一身！天地为妾寒心，鬼神为妾下泪。

自翁姑死后，妾倍觉凄凉，或数日而不举一火，或累年而不制一衣。忍饥受寒，莫念处子之腰；鹄面鸠形，不异鲂鱼赪尾。欲效姜氏之寻夫，独行环环，未免抛头露面；将学王贞之自缢，孤魂落落，谁来挂纸烧香？

昔翁姑劝妾改嫁，而烈女不事二夫，愿守断臂封发之节;今父母移妾就食，而嫁女不得私返，敢忘河广载驱之篇？是以忍饥受寒，不图温饱，只冀夫有归来之日，而妾自有聚处之欢。奈何音信渺无，莫知去乡。

时逢有客传闻，偶通一信;闻君落迹黔垣，入赘谢宅，阡陌连云，栋宇遮日。朝欢暮乐，全无返辔之心；恋酒迷花，那有思乡之意。旁人传闻数语，犹觉心意难安；而妾备闻其言，不禁肝肠寸裂。贪闭月羞花之貌，忘缟素衣襟之情。衣冠中之禽兽，名教中之罪人。狐媚偏宫，顿使锦绣之鸳鸯长绝；莺声弄巧，都致阿阁之凤凰难联。

　　居黔如安故乡，舍妻如弃敝履。文君乃私奔之女，相如犹且偕归；崔莺亦淫逸之妇，君瑞尚且配偶。况妾明婚正娶，素禀贞节清操。合卺未几，徒寄苏氏回文之锦，空怀乐昌破镜之情。蒹葭白露，横生说赋之诗；地北天南，仅妾梦中之想。青春不在，皓齿徒伤。妾本不慕风流，而君亏德行矣！结二姓之好，越三月而恩义频捐；订百年之盟，念百年而姻缘义断。

　　天天陈氏女，占尽江南才，空守活人之寡；堂堂赵秀士，读尽圣贤书，枉作薄情之郎。问之于心，忍乎不忍！揆之于理，安乎不安！视双亲如同陌路，视命妻不啻仇雠。羔羊有跪乳之恩，乌鸦有反哺之意。人何不如物乎！宋弘不弃糟糠之厌，班固不负妻小之嫌，此何不如彼也？是则，父死不葬者，君无天也；母死不葬者，君无地也。念新婚而不察者，君不义也；绝姻嗣而不续者，君不孝也；绝经世之才而不为国者，君不忠也！滔天之罪难逃，贯盈之愆莫赎。宫墙泮水，代君含羞；黔省山川，为君增愧。汉阳之水虽清，难濯逆子之垢；江流之舟虽泛，恐污河泊之波。翁姑在天之灵，必为切齿；黔垣诸绅之辈，谁不拊膺？夫之不良不足道也，妻之薄命能不悲哉！妾罹艰险，尤所依归。

　　睹芙蓉之缤纷，叶叶带泪；览菊花之馥郁，点点含悲。度日如年，视死如归。青山寂寞，愿登白玉之楼；绿窗独居，宁赴黄泉之路。命既贱于蝼蚁，死更轻于鸿毛。翁姑晚有儿媳，慈荫祖嗣，未见一人过墓而奠酒浆；父母当生弱女，愿为有家，未觌才郎在乡而调琴瑟。操一代之豆箧，睹才郎之枕席，猛忆当初，疾首痛心。嗟呼！罔极之深恩莫报，居室之大伦有亏。鬼蜮面前，岂能逃万世笔檄之诛；虺蝎心肠，难塞四方妇孺之口。嗟呼！陈氏有夫守寡，含泪独居一身；夫君有官无义，受骂臭名告终。妾寸心不死！谨拜表以闻。

　　妾晚于灯下草创，托黔垣廖姓客商启程甚速。为便带书，即速知音。望早于花前查收。

临书涕泣　陈氏百拜

　　读罢父亲和我搜集整理出来的《江南才女陈氏寄夫书》，令我不得不钦佩江南才女陈氏横溢的才华，陈氏真不愧是江南的才女。家书言辞斯文华丽，引经据典恰到好处，表达情感情真意切。字里行间无不透露出对翁姑的孝顺，对丈夫行为的憎恨和渴望团聚之情，是家书中难得的珍品。可惜此家书原文现已经失传。

　　据父亲说，此家书在清朝末年和民国年间于黔地的贵阳和毕节等地民间广泛流传，当时的私塾先生也曾将此家书选入教材进行教学。父亲还说，他在之前读过并抄誊过的《江南才女陈氏寄夫书》原文末还附有这样一句话："当朝知府看了《江南才女陈氏寄夫书》后，羡慕陈氏德才，便命令官吏将薄情郎赵修廷押回江南与其妻子陈氏团聚，并为陈氏立了一块贞节牌坊给予嘉奖。"

　　因时间久远，再加上是凭借父亲的记忆整理出来的，虽然和百度上搜出来的两篇《江南陈氏女寄夫书》相比有很大的进步，用词更加准确、合乎情理，结构顺序更加合乎逻辑，词句对仗更加工整，且比搜出的两篇多出200余字的内容，但肯定还存在不足之处。在此，权当抛砖引玉，敬望能读到此文的读者诸君多多给予批评斧正，再进一步完善，若能寻找到《江南才女陈氏寄夫书》原文，并将其流传下去，是一件很有意义的事，这也是我们最大的夙愿。

第四辑

娱乐谱

其乐无穷的民间娱乐游戏

　　民间传统文化是中华民族人文精神的积淀，是我们的民族之根、民族之魂。民间传统娱乐游戏是指流传于广大民众生活中的嬉戏娱乐活动，主要流行于少年儿童中间和节日里成年人的娱乐节目之中。有些游戏项目在发展中逐渐完备，最后形成了竞技项目或杂技艺术。生动有趣、没有功利色彩的民间游戏和竞技活动，每个人都会感到亲切。这种亲切感总是与朗朗的笑声和浓浓的乡情融在一起。20世纪60年代至90年代，故乡凉山的人们不论是打毛蛋、打陀螺、放风筝、躲猫猫，还是打板、推铁环、坐转珠车、打鸡儿棒等，每个人都会津津有味地说出许多许多。

　　民间传统娱乐游戏的随意性比较大。从游戏的组织和取材角度来说，民间游戏具有一定的规则，但又具有较大的随意性。一些游戏可以就地取材，找一些木棍、石子、叶子，就可以开始游戏，如打鸡儿棒、拣子、踢毽子等。民间传统娱乐游戏能够代代流传，是因为其具有极强的趣味性，符合幼儿好奇、好动的特点。例如丢手帕，边唱边玩边跑，还伴随着表演节目等。

　　民间娱乐游戏有着悠久的历史和传统，流传下来的游戏项目也是数不胜数。它是一代又一代人传承下来的朴素智慧与生活趣味，也是那个物质匮乏的年代，让小伙伴们乐此不疲、亲密无间的嬉戏娱乐活动。传统的东西总是散发着永恒的味道，这些游戏不知道流传了多久，每一代孩童在玩耍的时候仍然是趣味依旧。

在民间各地流传着的这些具有浓厚生活气息、风格各异的游戏，曾经给许多人带来了童年的欢乐，在许多人的脑海中留下了属于童年的美好回忆……在那遥远的童年时代，印象最深刻的就是一有时间便和邻居小伙伴们在空气新鲜、阳光充足的空地上、院子里玩踢毽子、打毛蛋、拣子的游戏。这些游戏具有浓厚的区域文化气息，玩法简单易学，趣味性强，材料简便，不受人数、场地、环境限制，需要我们去传承。

民间游戏简单易学，趣味性强且种类繁多，对促进孩子身心发展有着不可低估的作用。许多民间游戏能促进孩子走、跑、跳、钻等大肌肉动作，如跳绳、丢手帕等。一部分民间游戏能发展手的小肌肉群和手眼的配合协调，如拣子、弹珠珠、打陀螺等。

民间传统娱乐游戏促进了孩子社会性的发展，积极的伙伴之间的社会化更可能出现在自由游戏中，而不是出现在成人组织或设计的活动中。民间游戏使孩子三五成群一起游戏，通过互相协调、模仿，学会与别人友好相处，使孩子助人、合作的心理品质得到发展，并学会自己解决人际矛盾，学会控制自己的情绪和行为。

民间传统娱乐游戏促进了孩子良好意志品质的形成。民间游戏的顺利进行，取决于孩子对游戏规则的掌握，取决于孩子的自我评价及别人的监督。这在一定程度上发展了孩子辨别是非，正确评价自我及他人的能力。同时在游戏中，孩子会不断克服自身弱点，遵守规则，选择并克服当前的挫折和不安，锻炼自己承受挫折、失败的意志和能力，逐渐形成良好的意志品质，提高情绪管控能力。

　　民间游戏也有很明确的规则，这些游戏规则是必须遵守的，而这就会使参与者因想参与游戏而竭尽全力去控制自己的行为，去遵守规则。这无疑是合作协调的好开端。在游戏中也能帮助孩子摆脱以自我为中心，向社会合作发展。经典的"老鹰捉小鸡"游戏：一人扮老鹰，一人扮母鸡，其他人扮小鸡，在母鸡的翅膀保护下，小鸡们一个一个紧紧抓住，躲闪，保护队尾的小鸡不被老鹰抓走，因为老鹰只能抓队尾的一只小鸡。如果老鹰随意抓小鸡，不守规则，就会被取消游戏资格。为了能参加游戏，扮老鹰的幼儿必须遵守游戏规则。

　　民间游戏还附儿歌唱和，孩子必得边唱边玩，在游戏中相互交流，逐渐学习表达，并丰富了词汇，促进了语言的发展。如丢手帕游戏，游戏开始时，大家一起轻声地唱起《丢手帕》歌谣："丢，丢，丢手帕，轻轻地放在小朋友的后面，大家不要告诉他。快点快点捉住他，快点快点捉住他，快点快点捉住他。"并一边唱一边手拉着手，围成一个圆圈蹲下……

　　以散文的形式记录下20世纪60年代至90年代，在故乡凉山广泛流传的民间体育娱乐游戏打毛蛋、打陀螺、放风筝、躲猫猫、打板、推铁环、坐转珠车、打鸡儿棒等，凭借童年玩过这些游戏的深刻记忆，把各种体育娱乐游戏所需的道具制作、游戏规则、游戏场地、游戏玩法，以及那些生动有趣的小故事记录下来，以飨读者。

打毛蛋

打毛蛋是20世纪60年代至90年代故乡凉山的一项极为普遍的娱乐活动。逢年过节或者农闲时节，人们都要打毛蛋。毛蛋相当于现在的橡皮球、塑料球，是在过去的艰苦条件下，人们自制的一种拍打玩具。毛蛋是将绵羊毛捻成线，绕成如拳头大小的圆球形，或者用海绵、棕皮裹成拳头大小的圆球形，然后再用麻线或从烂毛线衣上拆下的旧毛线，一层一层地缠在圆球上，待到大小适中即可停止。为了美观，最后一层用好一点且牢实的麻线在缠好的圆球上扣成胡椒眼的花纹，扣好后将毛蛋往地上一拍，便弹跳起来。

打毛蛋是一项在农村大人和小孩都能玩且普遍的娱乐健身活动，一年四季、随时随地都可以玩。农家院坝、生产队社房前的敞坝、学校操场等，只要是平整的一块地方，都可以打毛蛋。打毛蛋一般是比赛性质的，有两人互相比赛，有数人分成两组比赛，也有一个人单独打着玩的。大多数都是数人分成两组，进行打毛蛋比赛。打毛蛋最常见的方法和形式有打平抛和打翻抛两种，当然，还有穿裤裆、踢打、定根打等。在故乡凉山，大人一般要到逢年过节或者农闲季节才有时间打，而小孩子随时随地都可以打。

特别是过年的那几天，大人小孩吃过早饭后，便不约而同地陆续聚集到社房的敞坝上，要不了半个时辰，就聚集了二三十人。大人和大人分组打，小孩和小孩分组打。他们根据人的总数，按照实力相当先将参与比赛的人分为两个为一对的若干对人，再派出两个代表采取"划嘘嘘"的方式确定各自的队员。

所谓划嘘嘘，是一种简单的比赛，两个人出手指头定输赢，拇指赢食指，食指赢小指，小指赢拇指，在出手指头的同时，口中要发出"嘘"的一声，故名"划嘘嘘"。"划嘘嘘"赢的一方就在指定的一对人中挑选一个作为自己的队员，挑选剩下的那个便作为"划嘘嘘"输的一方的队员。总的有几对人，就要划几次嘘嘘，直到把若干对人分完为止。通过"划嘘嘘"的方式，最终把若干对人编为两个队进行比赛。

故乡凉山最常见的就是打平抛和打翻抛两种方式。大多数小孩和女人只能打平抛，大多数青壮年男子是打翻抛的好手。打平抛可以站着打，也可以双膝跪在地上打，也有的规定打的时候脚步不能移动，称为定根打。打者把毛蛋拍打在地上，待毛蛋弹跳起来，继续用手拍打，每打一下毛蛋只能接触地面一次，拍打一下算一个，边打边数数，打的个数多的为赢方，个数少的为输方。打平抛时毛蛋弹跳得不高，难度也不大。而打翻抛时则不一样，毛蛋弹跳得要高，打者把毛蛋拍打在地上，就要立即按逆时针方向旋转一圈，在毛蛋还未落地之前，刚好拍到，旋转一圈拍打一下算一个，边打边数个数，接连如此，打得好的有上百个，甚至几百个，差的也有二三十个。每个队的队员轮番上阵，待两队的队员打完一轮，哪个队累计的总个数多，哪个队就是赢家，累计的总个数少的就输家。

不论是打平抛，还是打翻抛，对赢家的奖励都是每个队员要"吃鸡"，即踢毛蛋。平抛的"吃鸡"要简单一些，打者把毛蛋拍打在地上，在毛蛋未落地之前，用右脚飞起一脚将毛蛋踢飞。而翻抛的"吃鸡"，仍然是翻抛，打者把毛蛋拍打在地上，按逆时针方向旋转一圈，在毛蛋未落地之前，用右脚踢飞毛蛋，毛蛋被踢飞到敞坝外的地里，不管踢飞远多，输家都要捡回来给赢家继续踢。

对输家的惩罚是"捡鸡"，即捡毛蛋，就是捡回赢家踢飞出去的毛蛋。赢家踢毛蛋时，输家的所有队员便分散到敞坝外的地里摆好捡毛蛋的阵势。赢家为多踢毛蛋，若捡毛蛋的人离敞坝远，就将毛蛋故意踢近，反之，则踢远，或将毛蛋有意踢向捡毛蛋的人少的方向。赢家在踢毛蛋时，若因失误没踢着毛蛋，或踢出的毛蛋的高度没有超过踢者头部，或踢出的毛蛋被输家在落地之前接住了，都称为"死鸡"，也就是没得了，踢毛蛋者就没机会继续踢，自然捡毛蛋者就不再捡了。同时，还有一种因踢毛蛋者将毛蛋踢飞到灌木丛等地面的附着物上，称之为"落地不沾灰，捡来划嘘嘘"。踢毛蛋者划赢继续踢，划输就不能再踢。赢家上一个队员踢毛蛋结束，下一个接着踢，输家接捡毛蛋。待赢家所有的队员都踢完了毛蛋，输家也就捡完毛蛋，一轮比赛才算结束。一轮比赛结束又来新的一轮，整个赛场上喝彩声、欢呼声不断。

那时经济落后，农村学校体育设施简陋。条件好点的农村学校有一两块破烂不堪的篮球板，条件差的连一块篮球板都没有。学校也就只有那么一个篮球，在上体育课时才能玩一下，加之人多篮球少，根本满足不了学生们的需求。这时，毛蛋就派上用场了。有篮球板的就将就篮球板，没有篮球板，就随便找一截竹篾片两端插在墙缝里，用墙壁当篮球板，竹篾片当篮圈，把毛蛋当篮球打，还打得有模有样，玩得不亦乐乎！

如今逢年过节，在故乡不论是大人还是小孩，都已经不打毛蛋了，再也看不到这项娱乐活动。大多数人都是窝在家里，玩手机打游戏、看电视。因生活条件好了，经济宽裕了，也有不少人利用节假日，三五家一起，老老小小、男男女女外出旅游度假。昔日打毛蛋这项娱乐健身活动只能给人们留下一种记忆了。

打陀螺

　　打陀螺，是20世纪70年代至90年代在故乡凉山男孩子童年里最喜欢的一种娱乐游戏。打陀螺的游戏历史久远。陀螺是木制的一个上大下小、上圆下尖的圆锥体，用绳子绕上，一拉一抽，陀螺便在地上不停地旋转。故乡还有一句"树叶落，打陀螺"的俗语。其实，一年四季随时都可以打。大的教小的学，一代传一代，丰富着男孩子童年里那段天真烂漫的快乐岁月，在我的心里定格成永久的美好记忆。

　　我们在童年里打的陀螺，都是自家手工制作的，但并不是每一种树木都适合砍削陀螺。砍削陀螺要选择青冈树、映山红树（马缨杜鹃）、松树、红绸树、茶挑树、柏树等木质比较坚硬紧密、有韧性的树木。应该说青冈树的木质是最为坚硬的了，不然怎么会流传"青冈树砍陀螺——够得削（学）"的歇后语。陀螺砍大砍小均可，一般十多厘米高、大杯口般粗就可以了。弯刀、镰刀、斧头、菜刀都可以作为砍

削陀螺的工具。陀螺不论大小，砍削的方法均相同，砍削出来的陀螺的样式一样，上大下小，上圆下尖，像个漏斗样的圆锥体，只是大小不同而已。

砍削陀螺唯一需要掌握的就是，锥尖与圆心一定要垂直，砍歪了重心不稳，发不起来，砍削好的陀螺重心一定要稳，外观要砍削得光滑。因为尖的部分要在地上长期旋转摩擦，为了减小陀螺与地面的摩擦，延长陀螺的使用寿命，人们还会在陀螺着地的底端钉上一颗铁钉或嵌入一颗钢珠。为了旋转的陀螺更加精美好看，有的还要在陀螺的顶部或腰上用红蓝墨水画上不同颜色的线条，或者简单地点上几个红、蓝相间的点，或者是在上面粘贴上用纸张剪好的不同图形，待陀螺旋转起来就会出现一些意想不到精美的图案，让人羡慕不已。另外，还需制作一根带棍子的鞭子，即用约二尺长的一根小木棍或竹棍，在棍的一头系上一根长度与小木棍相当且牢实坚韧的绳子或细皮条、布条即可。

打陀螺时，有两种方法可以让陀螺在地上旋转。第一种方法是：左手持着陀螺尖的那一端，右手握着带有鞭子的小木棍，并将鞭子沿着陀螺上端缠绕，把鞭子缠绕完后，将缠绕着鞭子的陀螺靠放在地上，左手离开陀螺，右手猛力连拉带提起木棍，陀螺在鞭子牵引力作用下，顺着鞭梢松开，滴溜溜地就在地上旋转开来。第二种方法是：把陀螺缠绕好后，微微地弯下身子，左手正扶着陀螺，食指和中指轻轻夹着陀螺的腰间部，大拇指按着陀螺的顶端，右手握着棍子用力往侧面一拉，陀螺很快就脱离了鞭子的束缚，掉在地上并旋转开了。刚开始旋转的陀螺趔趔趄趄的，像喝多了酒的醉汉一样，摇摇晃晃，东倒西歪，旋转得不稳定。这时需要赶紧抽打上几鞭子，随着"啪——啪——啪"几声干脆利落的响声，陀螺稳稳当当地旋转起来，并发出与地面摩擦的"簌——簌——簌"声。

陀螺不论大小，打的方法都一样，正如《辞源》上所说："绕以鞭之绳，卓于地，急掣其鞭一掣，陀螺则转，无声也。视其缓而鞭之，转转无复往。转之疾，正如卓立地上，顶光旋旋，影不动也。"看着陀螺旋转速度缓慢下来时，扬起手中的鞭子，"啪"的一声抽在陀螺上，加快了陀螺旋转的速度，用鞭子不停地抽打陀螺，便可使陀螺不停在地上旋转。抽打得越狠，陀螺旋转得越快。重心稳、做工细腻的陀螺，在连续抽打五六鞭子后，就会在一个点上"呜呜——呜呜——呜呜"响着、高速转动着，像是钉在了地上，看起来似乎纹丝不动，竟然能旋转一两分钟。这称之为陀螺的定根性很好。当然，在抽打的时候，所用的鞭子不能过长，抽打的力度也不能过猛，否则，一鞭子下去陀螺就会"人仰马翻"，要么在原地倒地，要么被抽打出去几米远就倒地。陀螺倒在地上，就称为"陀螺死了"。

那时我们都是三五个小伙伴扎堆在一起打陀螺，有时也玩打陀螺比赛定输赢的游戏。我们打陀螺比赛的方法有两种，且极为简单，容易定下胜败。第一种方法是：看谁的陀螺在停止抽打后旋转的时间长。比赛时，待几个人同时抽打了一阵自己的陀螺后，便同时停止抽打陀螺，看谁的陀螺旋转的时间最长谁就是赢家。第二种方法：看谁的陀螺在相互碰撞后先倒地。比赛时，几个人把各自的陀螺抽打在一起，且让陀螺之间互相碰撞，因陀螺的个头大小不一、旋转速度不同、质地坚硬各异，在接触撞击瞬间，个头小的、旋转速度慢的、质地不够坚硬的陀螺自然就会先倒地，成为输家。

打陀螺比赛，比了一场又一场。赢家一方的陀螺自然也会赢得小伙伴们的一声声赞叹和一阵阵掌声，输家一方的陀螺仿佛受伤一般，跟跟跄跄地挣扎一番后速度就会越来越慢，直至完全倒下，而其主人也会因为失败而叹息不已。孩子们完全沉浸在打陀螺的欢快中，丝毫没感到时间流逝，直至日落西山、月载夕阳，父母们催促回家的声音多次响起时，才极不情愿地收起陀螺，怏怏地走在回家的路上。

近年来，农村的男孩很少看到打陀螺的游戏了，但是在城市却兴起了大人打陀螺的风气。陀螺的制作也是现代化的，有钢铁制作的且在陀螺的腰间留有裂缝，待陀螺旋转起来，随着陀螺旋转速度的加快，由于气流作用便会发出高分贝的"呜呜呜呜"或"嗡嗡嗡嗡"声，发出的声音较之童年的木质陀螺更为震撼。有的陀螺还安装上了夜光灯，闪耀着一圈圈美丽的光环，煞是好看。还有一种陀螺是用塑料制作的，且安装有弹簧，是专门给儿童玩的。玩的时候，将弹簧绞紧后，按下其中按钮，陀螺就会自动旋转，旋转的时间更长，稳定性更强。

如今，在全国各地，由于参与打陀螺的人越来越多，加之有热心人积极推广交流，陀螺已逐渐发展成一种全民健身的体育运动。有不少地方还成立了鞭陀协会。就水城来说，不但成立了鞭陀协会，还在野玉海景区修建了一个"世界鞭陀博物馆"，举办过几次世界鞭陀大赛。我有幸在水城双水目睹了世界上最大的木质陀螺，好像有3600多斤重，还专门有发动陀螺旋转的机器，待陀螺发动旋转后，七八个壮汉双手紧握长鞭，甩开膀子同时猛力抽打，才勉强维持陀螺旋转，引来观众的阵阵欢呼，真是令我大开眼界。

躲猫猫

躲猫猫是我们儿时的一种游戏。所谓躲猫猫，就是指一群小伙伴在一起玩耍时，确定其中一个小伙伴扮演猫的角色，其他小伙伴躲藏起来，让扮演猫的小伙伴将躲藏的小伙伴逐一找出来。在我的记忆中，那时左邻右舍的小伙伴们经常一起聚在房前屋后玩躲猫猫的游戏。当然了，因那时农村人家孩子多，一家中的五六个兄弟姊妹也可以在家里面玩躲猫猫的游戏。

躲猫猫的游戏，一般三五个人或七八个人都可以玩。在玩躲猫猫游戏之前，大家要先规定好一个躲藏的空间范围，然后采取翻手心手背和划嘘嘘的方式，选出一个扮猫的角色的人。扮猫角色的人要用手蒙上眼睛或背着大家数数，可长可短，而其他小伙伴必须在数数的时间里找到一个地方躲藏好，时间到后，扮猫角色的人就开始寻找躲藏好的小伙伴，最先被找到的小伙伴作为下一轮扮猫角色的人。

所谓翻手心手背，是一种简单的比赛，一群小伙伴围拢站成一圈，举起右手打开手掌后，同时放下平摆在各自面前，让大家一目了然，有的是手背朝上，有的是手心朝上。快速数出手背朝上和手心朝上的人数，少数胜多数输。输的继续采取同样的方式，直至剩下两个人后，就采取划嘘嘘的方式定出输赢，最后输的那个人就扮演猫的角色。

扮演猫的小伙伴自己用双手遮住眼睛或将头埋在土墙或者门板上，按照规定大声数数："一、二、三、四……"其他小伙伴趁着扮演猫的小伙伴数数的间隙寻找一个自认为隐蔽难以被发现的地方躲藏起来。这时，待扮演猫的将数数完，当听到大家说出的"躲好了"的提示后，再去负责把躲藏好的小伙伴逐一找出来，游戏才算结束。

乡下的土墙茅屋大都是左邻挨着右舍，供隐藏的地方总是那么多。那些家中黑暗的墙角、门背后、案板下、桌子底下、床脚、柜子里、箱子里，或者房前屋后的苞谷草秸垛、刺蓬、茅厕、猪圈、猪圈楼上、牛圈、牛圈楼上、树丛……都是小伙伴们躲藏隐身的地方，颇受小伙伴们的青睐。游戏中，藏身者对自己躲藏隐身之地安不安全，脏不脏，一概不顾，只要能躲过扮猫的小伙伴的寻找，然后再出现在大家的面前，那就是胜利，就是快乐，那种得意洋洋、自豪的神情溢于言表，是何等地惬意！

在整个游戏活动的过程中，那个扮猫的小伙伴也不简单，他使出浑身解数，眼观六路，耳听八方，充分发挥视觉、听觉、嗅觉、感觉等感官功能，多管齐下，增强寻找的能力，一旦发现什么蛛丝马迹，便顺藤摸瓜，轻而易举地找到躲藏隐身的小伙伴。加之玩游戏的一群小伙伴，他们经常聚在一起玩，那些经常躲藏隐身之地早已被相互之间摸得一清二楚，谁爱躲藏在什么地方相互早已了如指掌。因此，那些躲藏在显眼地方的小伙伴很快就进入了扮演猫的小伙伴的视线。当然，也有一些躲藏得好的小伙伴，让扮演猫的小伙伴不易找到。这时，扮演猫的小伙伴就会有意设下一些"计谋"或"圈套"，让躲藏隐身者中计或中"圈套"被套出来，自己现身。

记得有一次，一群小伙伴在我幺叔家院子里玩躲猫猫的游戏，我是躲藏在隔壁我三叔家牛圈楼上的一个小竹篾囤箩中，并拿了一大抱荞草将自己覆盖得严严实实的。没过几分钟，我感觉到找我的人在我躲藏的小竹篾囤箩周围绕了一圈。

我在小竹篾囤箩里屏住呼吸，纹丝不动，找我的人随手抓了下荞草后，自言自语地说："这个人应该是躲藏在这里的呀！怎么连人影子都没看到呢？"找我的人边说边下了牛圈楼，无功而返。直到找我的人对大家大声地说："这小子应该是回家去了，真不够意思，明天要好好地收拾（惩罚或教育的意思）他一下！"当我听到找我的人这样说我以后，内心感到莫大的冤枉和委屈。为了证明自己没有回家，我马上从牛圈楼上的小竹篾囤箩的荞草中翻出来，走到院坝里并对找我的人说："找不到人，就不要乱说话、乱下结论，还说我回家去了，不够意思，明天还要收拾我。应该说不够意思的是你吧？"听了我的话后，找我的人顿时哈哈大笑，并得意洋洋地对我说："看吧，即使你躲藏得这么好，也抵不过我的一句话吧。我要不这样说，你怎么会自觉地走出来呢？"找我的人话一说完，逗得一群小伙伴哈哈大笑。原来找我的人是有意为我设下了一个"圈套"，使用激将法让我主动现身。

秋收后，故乡凉山人家，都习惯把割好的干苞谷草从地里背回家，在房前屋后找一块场地，将一两百捆苞谷草堆成一座座宝塔形的苞谷草堆，有四五米高的样子，像一个个倒立的大陀螺，这让我突然想到了中国文联主席铁凝的中篇小说《麦秸垛》。我想，苞谷草堆也可以称之为苞谷草秸垛吧。待冬天来临，大雪封山的寒冬腊月，用铡刀将苞谷草铡细，可作为牲畜过冬的饲料。每家每户的房前屋后都有三五堆苞谷草秸垛，有的小伙伴玩躲猫猫游戏时，索性将苞谷草从秸垛中抽拉出来，人钻进去，再将苞谷草复原把自己覆盖上，不留下任何痕迹，就可以一声不响地等待着扮演猫的小伙伴来找。记得有一次在玩躲猫猫的游戏时，我三弟居然在我家苞谷草秸垛里躲藏了一个多时辰，大伙还以为他回家了。待大家玩累了坐下休息时，三弟才睡眼惺忪地从苞谷草秸垛中钻出来。顿时，大家才明白过来，原来三弟是在苞谷草秸垛里睡着了……

　　爱玩是孩子的天性，小伙伴们一玩起游戏来就忘记了一切。躲猫猫的游戏玩了一场又一场。待最后一场躲猫猫的游戏结束后，小伙伴才相互发现，要么是他的脸被划伤了，要么是你头发被弄乱成了鸡窝草，要么是我的新衣服被弄破弄脏了，大伙的头上、脸上、衣服上、鞋子上，还时不时地会粘上一些干草、泥巴、蜘蛛网等杂物。这时，大家会相互之间用手在衣服上、鞋子上拍了又拍，或者打来清水，一个个胡乱地用一双双小手掬起水来在脸上抹了又抹。最后带着一张张脏乱不堪的小脸，怀着心满意足的神情各自回家，等待着父母那重三遍四的数落。有时正好碰到大人遇到不顺心的事，说不定还会挨上几耳光、几窝脚、几棍子呢，被打疼了，最多不过是咧咧嘴哼几声或哭几声，第二天起来照玩不误。玩得尽兴尽情时，早已把父母的叮咛当成耳边风忘得一干二净，把淘气和爱玩的天性展现得淋漓尽致。

　　以前，我总认为躲猫猫只是儿童之间的一种游戏，在为人父之后才知道，其实躲猫猫游戏也是在一至三岁的婴幼儿与成人或年长儿童之间进行的一种游戏，是成人或儿童与婴幼儿之间相互交往的一种形式。记得在女儿一两岁的时候，我也与她玩过躲猫猫的游戏。妻子背着或抱着女儿，我便在妻子前方或后方忽隐忽现，或以手蒙面，或隐匿于物后，或隐匿于女儿身后，接着大声发出"嗨"或"喵"等声音，同时移开遮挡脸的双手或其他用来隐匿的书本或衣物等，瞬间出现在女儿的面前或身后，女儿随即以微笑甚至大笑来回应，有时还大笑得上气不接下气，并伴随有挥手、跺脚等兴奋的表现。躲猫猫游戏在满足了女儿情绪发展需要的同时，还促进了我与女儿的交往交流和沟通。

拣　子

　　拣子，是20世纪60年代至90年代故乡凉山女孩子最爱玩的一种记分比赛的游戏，当然男孩子也可以玩，我小时候就玩过。所谓拣子，应该就是指捡石子。拣子游戏所需要的道具——"子"，很简单、很普通。拣子，亦称抓子、拈石子。明刘侗、于奕正《帝京景物略·春场》云："是月也，女妇闲，手五丸，且掷且拾且承，曰抓子儿。"孩子们所捡的"子"有七颗，大拇指头般大小，往往是就地取材，有从水沟里顺手捡来的鹅卵石，有从采石场中或山路上特意寻到的普通小石子，还可以把破瓦片或破瓷碗底敲碎，打磨掉棱角，使其光滑圆润，用来当"子"。在一次次的捡玩过程中，那些原本有点硌手的"子"，被摩擦得圆润光滑，大家玩起来也是得心应手。一副"子"有五到十一颗不等，但故乡凉山孩子玩得最多是一副为七颗"子"的，就是这些极为普通的"子"伴随村里的孩子们度过了美好快乐的童年时光。

　　拣子所需的场地没什么特别要求，只要有一小块约半平方米大小且平坦的地方就可以了。山上路上，随便找一块略显开阔平坦的地方，当然了，像房前的院坝院窝、学校的操场、走廊、书桌都是拣子最理想不过的场地了。一次完整的拣子游戏要依次过捡、背、抓这三关，每过一关允许重复多次，若第一次没过关，可以进行第二次、第三次……其中在背子和抓子这两关开始实行记分，谁先积满24分，谁就是赢家。最后按照积分的多少，依次排出名次。

只要有两个以上的人就可以玩拣子的游戏。三五个人约在一起，选择好场地，便可以摆开阵势玩拣子的游戏了。参加拣子的孩子从荷包里抓出子，围着场地，或蹲或坐，游戏开始。谁先谁后采取翻手心手背、划嘘嘘的方式确定，也可以采取背子、接子的方式来定夺。其中，翻手心手背、划嘘嘘的方式，已在《打毛蛋》《躲猫猫》文中已叙述过。在这里说说背子、接子的方式：七颗子摆放在手心，将七颗子全部向上抛起，然后用手背去接下落的"子"，再将手背上接着的"子"向上抛起，反过来用手心接住下落的"子"，谁接的"子"多，谁就先拣子。

"拣子"的第一关——捡，把七颗"子"撒在地面上，然后捡起一颗"子"握在手中，将手中握着的这颗"子"抛起，分三次捡完地面上剩下的六颗"子"，依次捡起一颗、二颗、三颗……要求每捡一次都要把原来的"子"握在手中，同时在捡"子"时手不能接触到其他"子"。因此，在撒七颗"子"的时候，还得掌握好力度，不要撒堆放在一处，尽可能将"子"散开些，但也不要散得太远，太远了，捡的时候难度大。特别是随着子的数量逐渐增加，撒得太散乱肯定就无法将其全部捡入手中。游戏开始了，七颗"子"摆放在手心，往地面上一撒，捡起其中一颗"子"往上一抛，利用"子"降落的同时捡起地面上的"子"，然后接住落下的"子"。拣子的数量依次由少增多，从最初的每次只捡一颗逐步增加到同时捡二颗、三颗、四颗……直至一次性将六颗全部捡玩。在这一过程中，依次捡了不准确数目的子或者接不住抛出的子都算失败。而在拣子的时候，更不能触动其他子，否则也是全盘皆输。谁先过了第一关后，就接着过第二关——背。

"背"，就是将地面上的七颗"子"捡起来轻轻向空中一抛，在"子"下落的过程中用手背去接住。接着过第三关——抓，就是将手背接住的"子"向空中一抛，在"子"下落的过程中，扬起手去抓，抓到几颗就算几分，最终分数为24分。这24分可以一次性完成，也可以分多次完成。假使这次你失误了，下次再轮到你的时候，上次的积分依然有效。第二关——背，那些手背宽大、手指缝隙较小或者手背翘的孩子在这一关会占很大的便宜。因为手背宽大，"子"在下落时接触的面积大，落在手背上的"子"就会多些；手指缝隙小的孩子，"子"不容易从缝隙中掉下去，自然留在手背上的"子"就多些；手背翘的孩子，落在手背上的"子"会更加稳当一些，不易滑落。

这里需要指出的是，在拣子的"三关"中，第一关是单独完成的，而第二关、第三关则是由"捡""背"和"抓"组成的一系列连贯动作。因此，到了第三关就不容易过关，要是前面两关有一丁点儿失误，后面就不可能再继续下去了。谁最先在第三关积满24分，谁就是赢家。

拣子游戏不分左右手，但只能用同一只手操作完成。不论是"撒""捡"，还是"背""抓"，动作都是一气呵成，自然连贯，靠的是眼疾手快，但又必须沉着冷静。拣子，原本是女孩子最喜欢的游戏，也会让男孩子着迷，有时甚至让成年人也按捺不住手痒，挽起袖子加入阵营。在我的记忆中，幺爸、大姐都是拣子的一把好手，整个过程操作得干净利落，特别是拣子时候，头随着"撒""捡""背""抓"过程忽上忽下，像鸡啄米一样，准确无误地完成了整个过程，其手法之快、准、巧，看得小伙伴们都惊呆了。

"拣子"的游戏看似简单，实则内蕴深厚，它除了陪伴着孩子们度过了无忧无虑的童年外，更重要的是锻炼了孩子们的观察、协调、配合和小手运动的能力。"拣子"游戏对于锻炼手腕的灵活性是很有益处的，一撒、一捡、一背、一抓，玩的次数多了，玩的时间长了，连我们这些男孩子的手腕也像女孩子一样灵活柔软。如今，这种"拣子"游戏几乎看不到了，孩子们有了许多花样翻新的玩具，谁还玩这种土里土气的游戏呢？拣子游戏恰似过眼云烟，如今早已不复存在，仅能珍藏在人们的记忆中了。即将步入天命之年的我，记忆深处，依然难忘拣子这个游戏。回忆起儿时喜欢玩的拣子游戏，那场景依然历历在目。

打　板

　　打板是20世纪70年代至90年代流行于故乡凉山的一种竞争性的儿童游戏，也称为打纸板或打四角板。这里所说的板，指的是用纸张折叠成的方方正正的四角板。童年是天真无邪的，童年玩过的各种游戏更是值得回味的，打四角板的游戏也不例外。那时候，读小学的我们，每个人的衣服、裤子包包里，帆布单肩的书包里，总是揣满或装上一摞一摞的四角板。为了不让大人知道，我们会把四角板偷偷地藏在家中某个角落或箱子、柜子里，有的还藏在床铺的毡子下或枕头下及枕头套里，藏得严严实实，让大人不易找到。

　　四角板是用烟盒、废旧的本子、报纸、书本等折叠而成的。用纸张折叠四角板有两种方法，第一种方法是找来一张纸，裁剪为长方形，根据裁剪好的长方形纸的大小，将长的两边对折一次至三次后，从纸条一端开始先折成一个直角三角形，顺着折出的直角三角形往下再折叠出第二个直角三角形，将折叠出的两个直角三角形相交平放下去后靠着对折的纸条，然后沿着靠着纸条的边缘折叠出第三个直角三角形翻过来压住之前相交的两个直角三角形，最后折叠第四个直角三角形，用折叠出来第四个直角三角形的一个角插进之前两个直角三角形相交的缝隙里，一个方方正正的四角板就折叠好了。第二种方法是找来一张纸，裁剪成为两张大小一样的长方形的纸，根据裁剪好的长方形纸的大小，分别将两张纸的长的两边对折一次至三次后，将两张对折好的纸条，架成十字，将四端折成直角三角形，依次叠压踏实，也可折叠一个方方正正的四角板。这称之为折四角板。还有一种四角板，是将若干个四角板串联在一起，我们称之为弹弹板。之所以叫弹弹板，是因为这种四角板弹性比较好，不容易被打翻。

折好的四角板分为正反两面，四个直角三角形依次相互叠压的那面为正面，另一面为反面。当然了，折叠出来的四角板越厚重、面积越大，其稳定性就越好，如用牛皮纸或杂志的封面折叠的四角板是最理想的。反之，折叠出来的四角板较轻、面积小，其稳定性就越差，如用报纸等纸张折叠出的四角板总是轻飘飘的。

打四角板的游戏是谁发明的，我们也无须去考究，反正在故乡凉山是大的教小的学，一学就会。打四角板一般是两个人对打，打板的场所只需一处干净的地面。谁先打，谁后打，是通过划嘘嘘的方式来定夺，谁赢谁就先打板，谁输谁就先垫板。所谓打板，就是用手中自己的板击打对方垫在地上的板；所谓垫板，就是将自己的板平放在地面上，正面朝上，垫板也是有讲究的，垫板的一方会将自己要垫的板的四角折成锅底状后放在地上，再狠狠地踩踏上几脚后，重新捡起来平放在地面上。打板时，打的人一般是右手拿着自己的四角板，把整个手臂往后抬高，再使劲用力向前朝着地上对方垫好的四角板打下去，只要将对方垫在地面上的四角板击打得翻了个面，即把四角板反面打翻转来朝上，就算赢了，四角板就归他所有。这时输家紧接着垫板给赢家继续打，这一次若赢家没把四角板打翻面，输家就顺手捡起自己的纸板击打赢家的纸板。就这样循环往复，直到一方的纸板被对方全部赢走，或双方都打累了，需要休息一下，一场打板游戏才算结束。

打四角板是要讲究诀窍的，能否打翻对方的纸板，除了取决于纸板的"战斗力"外，还要讲究击打纸板时的方法和力度，也就是纸板落地一刹那撞击力度的大小与速度的快慢。首先，得看纸板的战斗力，即纸板的大小、厚度。若四角板太大、太厚，对手就不容易将其打翻面；若四角板太小、太薄，对手就容易将其打翻面。其次，就要看打板的方式方法和力度了。若四角板太厚，对手就会击打纸板的正上面，地面对纸板的反作用力相对加大，厚纸板弹向空中的高度自然也就高，被掀翻的机会自然也多，也就是赢的机会多；若四角板太薄，对手就会击打纸板的周边，利用击打时产生的风力和冲击波就能将薄而轻的纸板掀翻。

因此，在玩打四角板游戏之前，我们总会想方设法地增强自己纸板的"战斗力"——将厚纸板垫在石板下面压一段时间，或者把纸板平放在地上用脚狠狠地踩踏几下，使纸板更加严实；将薄纸板的四只角尽可能地拉在同一水平面上，不留一丁点儿缝隙；更有甚者，干脆在纸板内塞填上一些稀泥巴或小石片，增加纸板的重量。对此，对打的双方就得动用心思，将对方引诱到高低不平的地段上去，然后选择从纸板周边地面高的一侧击打下去，使纸板容易翻面。通过多次打板的实践，只要认真观察、思考，不断掌握打板的诀窍，打起板来就会得心应手、如鱼得水，用不了多长时间，对方的纸板就会被你囊入包中。

打纸板赢纸板是有很大的乐趣和诱惑力的，记得在读小学的五六年级的过程中，读完一个年级下来，课本和作业本基本上就没有了，全都用来折四角板了。有时在外面打四角板，一打就会打上半天或一整天，双方你不让我、我不让你，打得忘了回家吃饭，直打到天完全黑了，对打翻或垫在地上的板分辨不出正反面了，才善罢甘休，各自回家。回家后，有时也避免不了被大人痛打一顿。有时，因打的时候太过于专注和投入，稍不注意，手指就会与地面接触摩擦，一次板打下来，擦伤了指头也是常有的事。还有就是，打板后的当天，还感觉不到手膀子的酸痛，直到第二天起床时，才觉得胳膊酸痛，有时甚至还出现手膀子泡肿的现象。

打四角板是童年时光里一种不可缺少的竞争性运动游戏。可别小看这种游戏，虽然它的动作简单、机械，但是每当胳膊高高举起，又使劲打下去的时候，既要用力，又要打在点子上，是牵一发而动全身的运动。可以说打四角板，在活络了全身各个关节的同时，又锻炼了头脑的快速反应能力及判断能力。有时四角板被打得从地上弹起来老高，可落地时依然没有翻转过来，这就增加了击打的技巧和难度。一场纸板打下来，累得满头大汗，有时候把同伴的纸板全都赢来了，有时候自己的纸板又输个精光。那些年，我和同伴们常常玩打四角板的游戏，打的时间越长，运动量和运动强度就越大，在强健了身体的同时，也给我们带来了无穷的乐趣。

弹珠珠

弹珠珠与打板一样，也是20世纪70年代至90年代流行于故乡凉山的一种竞争性的男孩子的游戏。所谓珠珠，即玻璃球，直径大约1.5厘米左右。多半是纯色透明的，里面会嵌入类似树叶、花瓣、弯月等形状且颜色各异的图案，在阳光下折射出五彩缤纷的光泽，煞是好看。那一颗颗晶莹剔透、五光十色的玻璃珠，在我们的眼里，好似一个个水晶般的万花筒，具有无穷的魅力，吸引着一群群年幼、好动、好奇的孩子们的童心。可以说，在那个年代，弹珠珠成为了男孩子们一种乐趣无穷的游戏。

弹珠珠游戏，故乡凉山的孩子们一般有抢占进"虎窝"和"野战"两种玩法。其中，抢占进"虎窝"的玩法要复杂一些，要选好场地，参与的人员至少要有两个以上；而野战的玩法比较简单，两个人随时随地都可以玩。

抢占进"虎窝"的玩法是三五个人聚集在一起，选一块空旷的地面，画一条分界线，在距离分界线两三米外的地面上确定一个点，把玻璃珠放在这个点上，用脚把玻璃珠踩陷进泥土后再取出玻璃珠，这时地面上就出现了与玻璃珠大小相当的一个圆形窝儿，称之为"虎窝"。参加游戏的选手站在分界线后，采取翻手心手背和划噓噓的方式确定先后顺序，抢占进"虎窝"。只有当玻璃珠进"虎窝"后，才有权利击中其他对手的玻璃珠，并获得对手的玻璃珠最终获胜。因此，抢占进

"虎窝"就成了制胜的先决条件。

　　比赛开始，选手们手握颜色不同的玻璃珠，在分界线处姿势各异，有站着的，有蹲着的，有单膝跪地的，更有甚者像一个伏击的士兵匍匐在地，个个眯缝着眼睛，小脸憋得通红，努力地寻找靠近"虎口"的最佳方位，纷纷向"虎窝"进发。弹珠珠时，手掌半握，先将玻璃珠置于向内弯曲的中指和拇指之间，用中指第一节指弯和拇指中间的指节骨夹住玻璃珠，然后用拇指中间的指节骨用力向外弹，玻璃珠就会直射"虎窝"而出。这时，根据弹射出去的玻璃珠距离"虎窝"的远近来确定进"虎窝"的先后顺序，距离"虎窝"最近的作为有权利进"虎窝"的第一个人，距离"虎窝"最远的就自然是最后一个进"虎窝"的人了，依次排好进"虎窝"的先后顺序。待玻璃珠进入"虎窝"后，就有权利击中其他任何一个对手的玻璃珠并收入囊中。

　　这里有三种情况需要说明一下。第一种情况是：若第一个向"虎窝"进发的人，他所弹出去的玻璃珠距离"虎窝"很近，那么之后的选手就要见机行事，不能轻举妄动，最好是有意将玻璃珠弹得距离"虎窝"远一点，越远越安全。但也有胆子大、技术好的，只要掌控得好，他弹出去的玻璃珠要么比之前选手弹的距离"虎窝"还要近，要么能击中之前选手的玻璃珠。如果击中，那么不论玻璃珠距离"虎窝"远还是近，他都有先进"虎窝"的权利。第二种情况是：若第一个向"虎窝"进发的人，他所弹出去的玻璃珠直接进入"虎窝"，称为"自来虎"，他就可以直接击中任何一个选手的玻璃珠并收入囊中。这时，为了安全，之后的选手就故意将弹出的玻璃珠远离"虎窝"；若之后的选手技术好，只要他弹出去的玻璃珠经过"虎窝"并与"自来虎"亲密接触过，那么选手双方就要捡回玻璃珠，重新向"虎窝"进发。第三种情况是：若先进"虎窝"的人的玻璃珠，连续被还未进"虎窝"的人用玻璃珠弹打击中三次，也可把将先进"虎窝"的人的玻璃珠赢走。这就是俗话说的："一绷剔虎皮，二绷自来虎，三绷去死罢。"意思就是说，第一次击中剔掉对方玻璃珠的虎皮，第二次击中自己的玻璃珠就算作是进了"虎窝"的自来虎，第三次击中就算对方玻璃珠已经死了，即输了。

"野战"的玩法，就是两个人对战。不论是在放牛、割草的山坡上，房前屋后的院坝里，还是学校操场上、走廊上，或是放学回家的路上，两个人随时随地都可以玩。规则也极为简单，就像打板一样，两个人采取划嘘嘘的方式确定先后顺序，划嘘嘘输的一方随便将玻璃珠弹出去，划嘘嘘赢的一方就直接弹出玻璃珠，只要弹出的玻璃珠击中对方的玻璃珠，就算赢了这颗玻璃珠。

弹珠珠，不论是抢占进"虎窝"的玩法，还是"野战"的玩法，参加玩游戏的孩子都要反反复复站起来，再蹲下，或提裤子，或抹鼻涕，或抹汗，甚至有时还要全身趴在地上，睁一只眼闭一只眼瞄准要击打的玻璃珠，那副神情极为专注。一场珠珠弹下来，满身都是灰尘泥土，免不了自己拍打一番，有时孩子们还会互相帮忙拍打。可以说，弹珠珠也算是一项全身性的体育运动竞争性游戏。

弹珠珠除了要掌握好弹动玻璃珠的力度外，还要瞄得准，才能获胜。为此，一群群孩子总是充分利用一切闲暇时间，苦练绝技。那时曾经还涌现出一大批弹珠珠的高手，如二姑妈家的大儿子，也就是我的大表弟李再军，即使是两颗玻璃珠相距三五米远，他都能一击即中，且他自己的玻璃珠在击中对方的玻璃珠时能纹丝不动，而对方的玻璃珠已被弹打出去几米远了。大表弟经常是把同伴的玻璃珠尽数收入囊中，他自己仿佛也成了久经"沙场"的常胜将军，喜悦之情溢于言表。

　　儿时的我们，一玩起弹珠珠的游戏，就完全没有了节制，玩得忘乎所以，有时居然忘了回家，忘了吃饭。那时我们每人都差不多有几十甚至近百颗的玻璃珠，大多数玻璃珠是装放在家里的罐头瓶子中。每天我们都会抓一把揣在衣服或裤子包包里，输了就回家再抓一把去扳本。每次弹珠珠赢了，会高兴好几天，输了就会垂头丧气几天。当然我们在尽情享受着玩游戏快乐的同时，也会承担和面对游戏带给我们的苦果。因弹珠珠要长期反复跪地摩擦，裤子膝盖处的布总是被磨破、磨烂、磨通，为此，也避免不了父母的责骂。当然，责骂过后，母亲不得不抽出时间，用从其他不穿的衣物上剪裁下来的布料，一次次地缝补在裤子的膝盖处，经一次次的缝补，补疤叠着补疤较为厚实，当然也就耐磨多了。

　　我上了初中以后，随着学业任务的加重，加之学校离家又远，弹珠珠的游戏就与我渐行渐远了。但那段童年的美好回忆却在心头永远挥之不去。直到如今，我有时下乡，偶尔在乡村看见一群孩子匍匐在地上玩着弹珠珠游戏的场景时，我总会在他们身上寻找我和玩伴多年前的影子。

坐转珠车

　　当我在城市的广场上或人行道上，看到那一辆辆由两三岁的小孩子"驾驶"的仿真电动玩具车、卡通扭扭玩具车转来转去怡然自得时，便不由自主地想起小时候坐过、玩过的转珠车。瞬间，童年时玩转滚珠车的场景便会一幕幕地浮现在眼前。我们这些20世纪70年代初期在农村出生的孩子，那时根本就没什么玩具，大多数玩具都是自己制作或由大人制作的。转珠车即是自制的一种小型玩具车，可以坐人，十分难得。在我童年的生活中，能拥有一辆自己的转珠车，那可算是一件很了不起的大事。转珠车给我的童年生活，留下挥之不去的印象。

　　所谓转珠车，一般是用三个转珠（即轴承）和几根小圆木、一块木板制作而成的一种运动娱乐的小孩玩具。轴承，俗称转珠或滚珠。三个转珠是铁质的，一大两小。一个转珠由一大一小的两个铁圈组成，小的在内部，直径三四厘米至六七厘米不等，外围带凹陷的槽。大的在外部，直径十一二厘米至十三四厘米不等，圈内带凹陷槽。大小圈凹陷的槽内夹着等大的七八颗钢珠，内外可以分开转动，这应该就是当地人们称之为转珠的来历吧！童年时的转珠可不好找，它主要存在于一些需要轮轴的机器中，如拖拉机、打砂机、解放牌汽车等。那时要想得到转珠，可以说是一种奢望。还好，我么叔和我们寨子上的一名退伍军人学修拖拉机、打砂机等，在我多次的软磨硬泡之后，我的奢望终于如愿以偿，向么叔求得了三个锈迹斑斑

　　　　　　　　　　　　　　　　　第四辑　娱乐谱

的转珠，其中一个大的，两个小的。

转珠是制作转珠车最核心的零件，有了转珠，就万事俱备，只欠东风了。在家中找来一块木板和几根圆木，一颗比较大的、螺栓与螺母匹配的螺丝，再加上几颗大铁钉，就可以制作转珠车了。制作转珠车的工艺很简单，取4根大杯子口般粗的圆木，其中两根近1米长，另外两根分别为约30厘米、50厘米长。将4根圆木大体摆成一个梯形的样子。在长约50厘米的圆木两端各安装上一个小转珠，就成为车的尾部。在长约30厘米的圆木中间安装上一个大转珠，再在大转珠两侧的圆木上用大铁钉各钉上事先砍好稍比大转珠半径高的木墩子，就成为车的头部。用大铁钉将近1米长的两根圆木的两端分别钉在安装有转珠的两根圆木的两端后，在车的头部的小木墩处钉上一块长约60厘米、宽约15厘米的横木，作为脚踏板，双脚就可以搁在上面，控制小车子的转向。在钉好的横木的中间和一块长近1米、宽约50厘米的木板的一端居中，用火钳各烙上一个稍比螺栓直径大的一个圆孔，将螺栓穿过圆孔将横木与木板连接起来，并上好螺母，将木板另一端用大铁钉钉固定在安装有两个转珠的圆木上作为坐垫。在一阵噼噼啪啪的操作声中，一两个小时一辆车子便制作完成。顾名思义，称之为"转珠车"或"滚珠车"。

坐上"转珠车"车，两脚分开，分别踩着脚踏板控制方向。转珠车不像现在的玩具车，它本身是没有动力的，下坡时全靠惯性，平路时要靠人为的推力，才能行驶。特别是在乡村泥泞的土路上，转珠车根本就寸步难行。因此，生产队社房前面的那块宽敞平坦的晒坝场，便是坐转珠车的最佳场所。坐转珠车时，在平坦的晒坝场上，至少需要两个人的配合。一人坐在转珠车上，另一人在后面推着坐车人的肩膀，绕着晒坝场转圈。坐转珠的人，双脚搁在前面的脚踏板上，根据实际情况，左蹬右收或右蹬左收，自由控制转珠车前进的方向。遇到紧急情况，双脚蹬在地上，凭借鞋子与地面的摩擦，将转珠车刹住停下来。转珠车发出清脆的声音，轻微的震动从双脚、屁股传至全身，肌肉颤动后的微麻，令人感到从未有过的舒适。坐的和推的互相不停地更换着角色，享受着转珠车行进时带来的无限享受和乐趣。

老家对门垭口有一条较直的斜坡小路，长近百余米，但路面凹凸不平。经过我们的修整，把路面弄好后，将转珠车扛上小路的最高点摆放好，人一坐上去，双脚踏住脚踏板，转珠车就自然快速下滑，且速度越来越快，转珠与地面摩擦碰撞，产生较大的震动颠簸，与晒坝场比起来，那种刺激感特别过瘾。按照事先定好的顺序，一个坐过后，下一个接着上，从斜坡小路的最高点滑到最低点，然后又扛着转珠车走上来，再滑下去，如此反复，不亦乐乎。每次坐转珠车的人向前行进着，其他的小伙伴就跟随着奔跑欢呼。转珠车和地面摩擦发出"哗——哗——哗"的声音，伴着孩子们的欢呼声在乡间上空回荡。

那时，转珠车数量极少，而想坐转珠车的孩子却很多。为了减少等待时间，有时两人同时上车，一人坐着，一人站在后面的横梁上，双手搭在前面同伴的肩膀上，身体稍向前倾，确保车子稳定前行。二者如果配合不够默契，车子的重心就会后移，导致车头翘起，车仰人翻。旁观者幸灾乐祸，捧腹大笑！有时一人推，几人坐，按顺序来，谁也不抢谁的先，谁也不占谁的位。坐在前面的，脚踩着横板，小心翼翼地控制着方向滑行在路上，一股风扑面而来，而后面推车的人是一路小跑，速度也越来越快。有时由于速度过快，转珠车在拐弯处总是险象环生，不时发生人仰车翻的情况。即使这样，依然阻止不了孩子们对转珠车的热情。

　　　　　　　　　　　　　　　第四辑　娱乐谱

随着岁月的流逝，孩子们在模仿学习中，不断改进转珠车的制作，由原来的脚控方向，改为手控方向，当然制作要求也要高一些。造型新颖的转珠车，引得小伙伴们跃跃欲试。双手掌控着方向，有了驾驶车辆的一种体验，更加接近真实感，也带来另一种不同的感受，给童年留下一段更美好的回忆！

几十年过去了，虽然现在我经常驾驶汽车，但记忆中，玩转珠车的感觉还是那么美好，转珠车给我们的童年带来了无限的乐趣。时过境迁，如今转珠车早已淡出了人们的视线，不再受孩子们的热捧，但对于经历过那个年代的我们来说，仍会不由自主地回忆起转珠车带给我们美好而深刻的记忆。

推铁环

　　在20世纪60年代至90年代，故乡凉山的孩子们虽然不能像现在的孩子们那样，用手机或电脑来玩网络游戏，但他们并不缺少童年的乐趣，可以玩的游戏有许多，诸如打毛蛋、踢毽子、丢沙包、跳皮筋、拣子、躲猫猫等。男孩子最喜欢玩的一般是打板、打陀螺、坐转珠车、弹珠珠和推铁环。铁环作为一种男孩子们常玩的、简单普通的玩具，它由两部分组成，一个铁环，一根一端带有"U"字形的铁棍或铁丝。那时，铁环几乎是故乡凉山每个男孩子的随身装备。推铁环，也称滚铁环，是一个传统的儿童游戏的运动项目，深受少年儿童喜爱，自娱性强。

　　铁环的制作很简单，只要将一截较粗的铁丝或钢筋，用胶把钳将铁丝或钢筋弯曲成一个圆圈，焊接好接头即可。视铁丝或钢筋的长短，可以制作出大小不等的铁环。大的铁环直径约米把长，小的铁环直径约30厘米长。出于控制的必要，铁环不要太大或太小，但尽可能要制

作成规规整整的一个圆形，这样才有利于铁环的滚动。用一根1米左右长的粗铁丝，将一端的顶端用胶把钳伛成两三寸长的一个"U"字形的钩子，另一端伛弯出一个五寸左右长的手柄，便于手方便拿着推铁环即可，称之为铁环推钩。

推铁环的场地最好是平坦的路面，坡度不大的山间小路也可以。推铁环时，左手将拿着的铁环平稳直立地站在地面上，右手握住用来推动铁环带"U"字形钩子的铁环推钩，将"U"字形钩子钩放在铁环的下半部分三分之一处的位置上，将铁环推钩的铁杆往前一推，铁环便开始向前滚动。推铁环的力量要朝向铁环倾斜的一方，还必须达到一定的速度，这样铁环才不会倒地。只要从最初的铁环启动开始，慢慢地练，渐渐明白铁环刚开始启动要掌握一定的初速度，速度绝对不能过快，不要为了图快就在发动时加速，那会导致铁环推钩上的铁钩无法跟上铁环的速度而失败。因此，要在启动时待铁环滚动平稳，且能够很好地控制铁环之后，再加速，稳中求进。这是滚铁环的一个技巧。

推铁环的关键之处在于掌握好平衡，否则铁环就会"哐啷"一声，跌倒在地。孩子手上的铁环推钩就像方向盘一样控制着铁环的方向。孩子们右手持着铁环推钩，将其搭上铁环，手上的力量通过铁环推钩的"U"字形钩子传递到铁环上，促使铁环快速地滚动。孩子必须跟在铁环后头快速奔跑，只有这样，他才能跟上铁环。孩子加大手上的力量，那个钩子起到了轴承的作用，从而推动着铁环。由于铁环的惯性，孩子手上的铁环推钩也随着铁环的滚动而做着圆周运动。

在推着铁环滚动的过程中，不仅要牢牢掌控好推铁环的方向，还要掌控好速度使铁环达到平衡，然后才能做到熟能生巧。那些推铁环的高手，即使是在崎岖的山路或凹凸不平的场地，他们都能推着铁环行走自如。此外，还可以通过手上力量，控制铁环的速度。总之，铁环在孩子的手上，如臂使指，行动自如。有的孩子不仅能使铁环高速向前滚动，宛若飞翔，还能倒退着滚动，而毫无阻滞。有的孩子还找一些小石子在路上间隔一步之遥摆开，推着铁环走S型路线，用最短的时间穿过所有的小石子……总之，铁环在孩子的手上，被操作得得心应手，驾轻就熟。有的孩子还在大铁环上套上三五个小环，滚动时发出的声音会更响亮。

推铁环的游戏充分显示出孩子对机械的热爱。推铁环可谓是对驾驶车辆的简单模拟，铁环不仅具有轮子的形状，被推动时还模仿着轮子运行。而轮子作为车辆最基本的特征，显然是车辆的象征。孩子们驾驭着铁环，其乐趣可跟成人驾车飞驰相比。单独推铁环的乐趣犹如独自开车，若一群孩子推铁环比赛，则好比赛车一样，更加热闹。比赛时，一般比谁推得远、推得快，先到者为胜，铁环倒地者为输；还有比最慢技术赛，铁环滚动得慢且不倒为胜；还有就是设置各种障碍，能顺利通过者为胜等。

孩子们设定一个目的地，然后一齐出发，看谁能最快到达终点。场地上，尘土四起，铁环在快速滚动，孩子们大呼小叫，奔走如飞，场面煞是热闹。孩子们手上的铁环还要互相碰撞，若谁的铁环跌倒在地，或停滞不前，则马上被淘汰出局。推铁环比赛有助于提高人体的平衡性、肢体的协调能力以及眼力，最重要的是它让孩子们享受到了运动的乐趣，有一个无忧无虑、快乐的童年生活。

随着现代生活内容的逐渐丰富，尤其是机动车日益增多，推铁环活动受到了很大的限制，曾经的推铁环游戏，日渐冷落下来。因推铁环是一项有益于身心健康的体育运动项目，从拓宽体育课程教材外延、锻炼学生体质的目标出发，可以鼓励儿童参加校园内的推铁环活动，或在加强安全教育的前提下，倡导山区儿童在田间小路上推铁环。

　　推铁环，不限场地，随处可玩，运动量大而又灵活多变，能让孩子在游戏中运动，在运动中成长，给孩子强健的体魄、灵巧的身躯、顽强的意志和过人的精力。时光荏苒，岁月如梭，日子如白驹过隙，一晃就临近了知天命的年龄，当偶尔回忆起童年推铁环的往事时，那一段美好记忆就会泛上心头，挥之不去。

解绷绷

　　解绷绷是流行于20世纪60年代至80年代的一种民间儿童游戏。不同地域有不同的叫法，另有解股、挑绳、线翻花、翻花绳、翻花鼓、编花绳等称谓。解绷绷这个名字听起来比较口语化，通俗一点来说就是解开绷绷。取一根长度一米左右、粗细适中的棉线、毛线、麻线、呢绒绳或棉纱绳，将绳两头打结，做成绳圈，即可成为解绷绷的道具。在故乡凉山，解绷绷一般是两个人玩的游戏，需要双方均有一双灵巧的手，一根绳子结成绳套，一人以手指编成一种花样图形，另一人用手指接过来，翻成另一种花样图形，相互交替编翻，直到一方不能再编翻下去为止，能者为胜，玩者以女孩子居多。解绷绷游戏最大的乐趣在于翻出新花样，展现出自己的聪明才智。

　　解绷绷分单人玩、双人玩和多人玩等多种玩法。单人的玩法，是将绳圈套在双手上，用双手手指或缠或绕或穿或挑，经过翻转将线绳在手指间不断地绷出各种花样图形来。双人的玩法是，一人用手指将绳圈编成一种花样图形，另一人用手指接过来，翻成不同的花样图形，相互交替，直到一方不能再翻下去为止。多人的玩法与双人玩法一样，也就是几个人依次轮流玩，但不管几个人玩，游戏的规则都是一样的，以此往复，一直到其中一个人无法再挑出新的花样，或者把绳圈挑得打结，或者一解绳圈就散为止。在解绷绷的整个过程中，一个目的就是尽量顺利完成整套动作。只要眼明手快、头脑清晰、手指灵活，玩者才能变出花招，不然就会频频打结。

在现实生活中，单人玩和多人玩均不多见，最常见的是双人玩。双人玩解绷绷的游戏时，用一根绳子结成绳套，先由一人用双手撑开绳套，再用双手的手指将撑开的绳套编成一种花样图形，绷在双手的手指上，然后由另一人用双手的手指通过挑、穿、勾等方法接过来并绷在双手的手指上，且改变了原来的花样图形，也就是翻成另一种花样图形。换句话说，就是后面的一个人解开了前面的一个人绷在双手手指上花样图形的同时，又将绳套翻新编成不同的花样图形并绷在自己的双手的手指上，就这样相互交替编翻，轮流解绷，绷构出各种花样的图形。

解绷绷的游戏活动，主要是依靠手指来操作。每一个造型图案，需要手指完成撑、压、挑、翻、勾、放等一些精细的动作，需要左右手配合一致，需要每根手指巧妙地分工，需要眼睛观察分辨纵横交错的线条，需要大脑记忆操作的顺序和方法，在这一过程中，手指、手腕、双侧肢体的灵活性、精确性和实际操作能力，都得到不同程度的发展。这个游戏还能激发孩子们的想象力、创造力。在解绷绷活动中，他们想出了许多有趣的玩法：降落伞、飞机、拉锯、渔网、花瓶、小鱼、松紧带、剪刀、小汽车等，花样繁多，想象奇特。手与脑之间有着千丝万缕的联系，手指的动作越复杂、越精巧、越熟练，就越能促进脑神经的发展。解绷绷最常见、最快意的玩法是两人轮流翻，每人翻一次，就能出现一个新的花样。这种玩法多是由喜欢玩解绷绷的孩子自由地选择合作伙伴，是促进孩子主动交往、自愿合作、扩大交往面的有效手段。

在游戏活动中，两人必须相互协商、相互配合、相互鼓励，才能实现每翻一次都产生新颖图案，才会使游戏顺利地进行下去。游戏的成功，会加深合作伙伴的友谊，产生积极愉快的情绪，令他们开心地欢笑、愉快地歌唱、欢快地舞蹈，共同分享胜利的喜悦。可以说，玩解绷绷的游戏，不但可以锻炼孩子们的耐心和敏捷性，具有巧手、健脑、启智的作用，能在娱乐中寻找到解决问题的方式，而且还有助于提高幼儿的合作意识和合作能力，增强孩子的自信心和自制力。

解绷绷虽然说是一个很简单易学的游戏，但也是很讲究水平的，解出来的花样图形还有专门的名称。像水平一般的男孩子就只会用大拇指、食指或小指挑出一些简单的花样图形，如面条、牛眼、麻花、手帕等；而那些水平高的女孩子，则可以同时灵活运用十根手指挑出很多高难度的花样，如五角星、降落伞、长江大桥、老鹰、乌龟壳等。各种花样图形在她们的手上看起来栩栩如生，非常形象。

解绷绷的游戏随时随地都可以玩，所以受到孩子，特别是女孩子的欢迎。20世纪七八十年代，孩子们没有零花钱，除了扎头发的毛线、橡胶圈外，家里的尼龙绳、麻线等都是他们制作解绷绷的工具。女孩子将绳子时时揣在裤兜里，课间下课、放学回家的路上，或在山坡上割猪草时，随时随地都可以娱乐一番。在课间休息时的教室课桌旁，走廊的过道上，三五成群，绳圈在她们的十个手指间不停地翻飞着。有时大家叽叽喳喳地，帮助想不出新花样的同学出主意，有的索性直接上阵亲自演示。一会儿的工夫，南京长江大桥、降落伞等造型就呈现在大家面前。

记得在读小学二三年级的时候，有一次我和一个邻居小伙伴玩解绷绷的游戏。我们边玩着游戏边聊天。当我从他的手上解开绷绷翻新编成了一个很难解开的花样图形的绷绷时，他不会解。但是他耍了一个小聪明，他直接按照我拿的方式从我手上把绷绷原封不动地挑、翻、勾、放在他的手上。他这样耍赖，我也按照同样的方式，从他的手上原封不动地把绷绷挑、

　　　　　　　　　　　　　第四辑　娱乐谱

翻、勾、放在我的手上。我们就这样三五次地如法炮制，都感到无聊厌烦了，最后还是我想办法把这个难解开的花样图形绷绷给解开了，又变出了一个新的花样图形来。解绷绷还真的很有趣啊！只是可惜，曾经在儿时乐此不疲的游戏，在现在的孩子中间却很少见到了，童年的记忆真是深刻啊！

放风筝

　　风筝又称风琴、纸鹞、鹞子、纸鸢，是一种古代劳动人民发明的通信工具，据说起源于春秋战国时期，至今已两千多年。相传墨翟以木头制成木鸟，研制三年而成，是人类最早的风筝起源。后来鲁班进一步改进，用竹子作为制作风筝的材质。直至东汉时期，蔡伦改进造纸术后，坊间才开始以纸做风筝，故称为"纸鸢"。晚唐，人们在纸鸢上加竹笛，纸鸢飞上天后被风一吹，便发出"呜呜"的声响，好像筝的弹奏声，于是人们把"纸鸢"改称"风筝"。自唐代起，风筝成为一种娱乐工具，但只限于皇宫和贵族府第，北宋后才流传于民间。

　　明清时，风筝制作更加精巧。曹雪芹专著《南鹞北鸢考工记》中，记载了几十种制作风筝的工艺，如扎、糊、绘、放等。一般制法是：先用细竹片扎成骨架，模拟蝴蝶、蜈蚣、凤凰等禽、鸟、鱼、虫形状，糊上皮纸或薄绢，上绘图案。玩时用麻线牵引，利用风力，放上天空。牵引线上可悬挂有滑轮的小灯，随风飘上，星夜望去，似一串星星，仿佛是在风筝上安上琴弦，嗡嗡作响，风如筝鸣，称鹞琴。风筝是小孩喜爱的一种玩物。每到春暖花开时，孩子们都会成群结队争放风筝，流传至今。

放风筝是故乡凉山传统的一种民俗体育活动，也算是我童年时春天里的一件趣事。风筝，对于我们这些70后的农村孩子来说，就是一个梦、一个传说。每年大都是在春风和煦的二三月间放风筝。我读过清代诗人高鼎的《村居》，诗云："草长莺飞二月天，拂堤杨柳醉春烟。儿童散学归来早，忙趁东风放纸鸢。"听过那首耳熟能详的老歌《又是一年三月三》，知道放风筝是春天儿童的一种游戏或乐趣。那时，我们没有见过真正的风筝，都是从书本里的描述中，了解到风筝的制作方法和感受到风筝放飞后的那种快乐。

风筝的技艺全在做工，从扎细竹骨架，到糊以纸绢，涂以彩绘，调准提线，系以长线，各道工序十分讲究。我们按照书本里描述的传统的中国风筝制作方法及流程，自己制作风筝。找来竹片按要求削好，用棉线把削好的竹片扎成所需要的图案，做成风筝的骨架，用洋芋粉煮就的糨糊将写过的纸张一点点糊在扎好的风筝骨架上，再用挂亲的白纸做成飘带，晾干后用三根拉线把迎风面调整好，最后系上牵引线，那充满神秘色彩的风筝就这样大功告成了。

众所周知，风筝上天有风力和牵引力两个必要的条件。风力的方向基本上是水平方向，而风筝受风的角度和上扬力的大小，可以由提线来控制。经过多次的练习后，我们很快便掌握了控制风筝的技巧。放风筝一般是一抽一放。抽的时候，因为风筝提线一般放在风筝面靠上的位置，加大牵引力可以控制风筝角度变小，上扬力增加，使风筝稳步上升。放的时候，平衡的风筝牵引力变小，在风力和扬力的合力作用下，风筝会飞高飞远，但是必须很快又抽，以再次保持风筝的角度稳定。风力正盛的时候可以多放线，当风力稍有下降，就收一些线。

放风筝前要先知道风的方向和速度强弱，如果附近有旗帜或吹烟，看它飘浮的方向就能知道。或者拾起一些枯草、小纸片之类的向空中抛去，也可以测出风的方向。在风力适当的时候，拿起风筝的提线逆风向前，边跑边看，还要注意风筝飞升的状况，直到感觉风劲够，风筝向上爬升时，可停下来，慢慢放线。当风力跟不上时，则要快速向后收线，给予人工加风。若感觉风筝线有拉力时，就要把握时机放线；若风筝有下降的趋势，就迅速收回一部分风筝线，直到风筝能在天空挺住不坠。

若一次放几个风筝时，必须要考虑到风筝与提线的连结方式。如果风筝飞翔稳定时，可把风筝系在树干或物体上，任其飘浮，而在风向及风力不稳定的情况下，则必须随手操纵，当风力突然转强，风筝摇摆而倾斜度过大时，将有翻转栽落的危险，这时有两种控制方法：一是迅速放线，二是迅速向前往风筝方向奔跑数步。两者均可缓和其势。有时风力停顿，风筝向下坠落，将风筝轻抖数下或迅速向后奔跑，如果后退无路，则可用迅速收线的方法处理。如遇两只风筝线纠结在一起时，双方不要惊慌，立刻相互靠近，互相交换调整，使线松开即可。收回风筝时，要慢慢收线，收线时要尽量远离有高大树木的地方，以免风筝坠落挂在树上。

我们拿着制作好的风筝到山野空旷的草地上去放，手拽着牵引线疯狂地一阵猛跑，风筝随风飘起，居然就飞起来了。我们手中的线被风筝牵引得越来越长，风筝不断往上升，在春天的暖阳里升腾，在蓝天白云中翱翔，碧蓝的天空拥着风筝的身影。我们跳跃着，欢呼着："风筝飞起来了！风筝飞起来了！"稚嫩而喜悦的欢呼声在天空中飘荡，在村寨的上空盘旋……

制作一只绚丽多彩、新颖别致的风筝也是一种创造。当人们眺望自己的作品摇曳万里晴空时，那种专注、欣慰、恬静的神态溢于言表，双目凝视于蓝天白云之上的风筝，无疑是一种放松，在大自然中放风筝是最好的日光浴、空气浴。跑跑停停的肢体运动可以增强心肺功能，增强新陈代谢，增强体质。

放风筝的群体性很强。筝友相聚，妙语连珠，破闷解难，精神愉快。放风筝时，心情舒畅，精神愉快。随着岁月的流逝，长大后我离开了故乡，为了生计每天在城市里穿行奔波，但城市里的繁华与喧嚣却掩盖不了我对故乡的怀念。自己宛如故乡放飞的风筝一样，不论飞得多高多远，根永远在故乡，情永远在故乡。

打鸡儿棒

　　打鸡儿棒是20世纪70年代至90年代在故乡凉山流行的一种传统的简单的集体比赛性体育活动。这种活动，也像打毛蛋一样，可以二人对打，也可以组队参加，少则二人，多则七八人。活动道具就是一大一小两根木棒，大根的叫"鸡儿母"，一般长约0.5米，镰刀把般粗细；小根的叫"鸡儿棒"一般长约五寸，拇指般粗细。有"鸡儿母"和"鸡儿棒"后，就在一处平坦开阔的地方，用两块等高的石头相距四五寸的样子平行地摆着，称之为"鸡窝"。

　　俗话说："穷人的孩子早当家。"那时农村，经济条件差，缺吃少穿。因此，我们这些乡下孩子，都具有吃苦耐劳的品性。七八岁的年龄，虽然刚好是步入学堂门槛的学生娃，但也是家中不可或缺的劳动力。孩子们也很自觉、很听话，真正是做到了学习和劳动两不误，尽量帮着家里的大人，做些自己力所能及的事情。当然，劳动的时间一般都是在农忙假，放学后或者周末。农忙假和周末自不必说，要和大人在家里或地里做上一整天的家务事或农活，全程都有大人陪着和监督着，就自然少有玩的机会。

　　每天在放学回家的路上，几个小伙伴就相互约好一起去割猪草或牛草。我们一到家后，随手把书包一丢，背着小花箩，便吆喝着结伴而行，有的割猪草，有的割牛草，三五个人就叽叽喳喳、蹦蹦跳跳地向山坡或地块中奔去。因天天要割猪草、

　　　　　　　　　　　　　　　　　　　第四辑　娱乐谱

牛草，一个村寨里，方圆几里地，哪些地方的猪草、牛草前几天刚被哪些人割过，哪些地方的猪草、牛草好久都没有人光顾过，大家早已经摸得一清二楚。

爱玩，是孩子们的天性。再怎么忙，也要忙里偷闲，挤出时间玩游戏啊！到了割猪草、牛草的地方，大家都认真割草，各忙各的。不一会儿，待各自的小花箩都装满猪草、牛草后，大家就在山林中砍来一大一小两根木棒，去掉枝丫，长的镰刀把般粗做成"鸡儿母"，短的拇指般粗的做成"鸡儿棒"。选择一块相对平坦空旷的草地，捡来两个四五寸等高差不多大小的石头摆放好作为"鸡窝"，一切就绪，就可以玩打鸡儿棒的游戏了。

大家齐刷刷地站在"鸡窝"旁边，采取翻手心手背和划嘘嘘的方式，将参加游戏的人员分成两个小组后，定下数数的总数量和对输家的惩罚后，再划嘘嘘来确定先后顺序。划嘘嘘赢的一方坐庄，即当庄家，先挑打"鸡儿棒"；划嘘嘘输的一方接"鸡儿棒"，即指接庄家挑打飞出去的"鸡儿棒"。在挑打"鸡儿棒"和接"鸡儿棒"的过程中，形成双方对峙的紧张比赛场面。输的一方是要受到惩罚的，要么接受跳跛跛脚（当地方言音为"拜拜脚"）的惩罚，要么就自愿向赢方"上供"一把猪草或牛草。

比赛开始，划嘘嘘赢的一方当庄家，庄家把"鸡儿棒"横搭在"鸡窝"上，用"鸡儿母"先挑起"鸡儿棒"高过挑者人头后，接着用"鸡儿母"将下落的还未着地的"鸡儿棒"打飞出去，接"鸡儿棒"的人就散开到场地里去接"鸡儿棒"。若接着"鸡儿棒"，庄家则下台作为下一轮接"鸡儿棒"的一方，换接"鸡儿棒"的一方来当庄家；若没接到"鸡儿棒"，庄家就将"鸡儿母"横搭在"鸡窝"上，接"鸡儿棒"的一方从"鸡儿棒"落地的原地上捡起"鸡儿棒"，站在原地，将

"鸡儿棒"丢去打"鸡儿母",要是将"鸡儿母"打滚下"鸡窝",庄家输,也自动下台作为下一轮接"鸡儿棒"的一方,换接"鸡儿棒"的一方来当庄家。

要是接"鸡儿棒"的一方,用"鸡儿棒"打不着庄家的"鸡儿母"滚下"鸡窝",则庄家用"鸡儿棒"横架在"鸡窝"上挑打飞出去,若输家接到,庄家输自动下台,若输家接不到,由输家在"鸡儿棒"落地的原处把鸡儿棒丢回"鸡窝"边,庄家可用"鸡儿母"在空中接打"鸡儿棒",打出多远,就从"鸡窝"边用"鸡儿母"比丈量长度,每丈量一次数一个数,如数的数不足规定的总数量,则可以用"鸡儿棒"放在地上,把"鸡儿母"拿在手中将地下的"鸡儿棒"击起打出,有多远就从击打处用"鸡儿母"丈量,每丈量一次数一个数,与前面的数加后来的数,称之为宰耗子尾巴,数满了规定的总数量,庄家就赢了这个回合,输家就没有赶的机会了。

在整个游戏过程中,若数数的总数量不足,接"鸡儿棒"的一方可随时变为庄家,庄家也可以随时变为接"鸡儿棒"的一方。如此反复进行比较,谁家先数满规定的总数量,谁家就赢。赢家就拿起"鸡儿母"在"鸡窝"边将"鸡儿棒"从空中打出,打出多远,就按比赛之前规定的,输家从"鸡窝"边跳拜拜脚,即一只脚提起后蜷,一只脚着地跳行,一直跳到"鸡儿棒"处,往返几趟以示惩罚;或者也可以按比赛之前规定的,输家将一把猪草或牛草交给赢家,作为惩罚。

对于游戏的规则和技巧,大家心知肚明。打鸡儿棒运动体现的是"狠""准",庄家挑起来打飞出去的"鸡儿棒"要挑飞出去得越远越好,这就是狠;接"鸡儿棒"的一方无论有没有接着,都要将"鸡儿棒"捡起来丢回"鸡窝"边,将横搭在"鸡窝"上"鸡儿母"打下"鸡窝",这就是准。可以说,打鸡儿棒培养的是孩子们一种勇敢、冒险的精神。一个回合结束,接着来第二个回合，甚至第三、第四个回合。

在同龄人当中，我打鸡儿棒赢的概率还算是比较高的，久而久之就有点目中无人了。然而，骄兵必败。记得有一次，我去割牛草，正好碰上比我年长两岁的邻寨的一个伙伴小明，我和他便玩起了打鸡儿棒的游戏。在游戏开始之前，双方规定，每输一次，输家就给赢家一把牛草，作为惩罚。起初第一二个回合，我还能兵来将挡，水来土掩，你来我往，难分胜负。但几个回合后，小明的技艺，无论是力道还是技巧，都要比我掌控得好。在他的强烈攻势下，我连战连败，每次都是他抢在我之前数满了规定的总数量，我只能一次又一次不情愿地向他"上供"牛草。几个回合下来之后，我原本压得紧实、装得满满的一小花箩牛草越剩越少。天也慢慢黑下来了，要把输去的牛草扳回来是不可能了，我也心服口服彻彻底底地输给了小明。

我望着小明背起一花箩装得冒尖的牛草，得意洋洋离我而去的身影，无奈地看着自己的小花箩里不满一半的牛草开始犯愁。心想就这样背着不到半花箩的牛草回家，少不了要被父母责骂一番，但现在天又黑了，要再继续割牛草是不可能的了。怎么办呢？我顿时眉头一皱，计上心来。我抓了一部分牛草出来，再把它们抓蓬松，最后在花箩腰间的部位横放上几根树枝，再在树枝上放上之前抓出来的牛草，装好草后，看上去还是满满的一花箩。我一回到家就直奔牛圈门而去，趁着夜色赶紧把牛草倒进了牛圈。母亲听到响动后对我说："怎么这么晚了才回家？"我对母亲说："今天割草的地方是被人割过的，不好割，我还是割了好几处地方才割满一花箩，草都被我倒进牛圈了。"那时，母亲虽然没有察觉到我有什么异样，但是我心里还是有一丝的不安。但不管怎么说，现在回想起儿时打鸡儿棒的情景，还是历历在目，记忆犹新。

丢手帕

丢手帕，即丢手绢，是20世纪七八十年代在故乡凉山流行的一种传统民间儿童游戏。丢手帕是当地对丢手绢的俗称。难怪，当地也把儿歌《丢手绢》改为了《丢手帕》，歌词中唯一的一个"绢"字也改为"帕"字。不过，不论是歌名，还是歌词，就只改了一字，也没有影响儿歌的流传，且要表达的内容及情感也完全一样，没受到丝毫的影响。丢手帕的道具就是一块手帕，至于场地，只要是平坦的地方皆可，若是草坪最好。丢手帕人数一般在五人以上，人数不设上限，男女小孩都可参加。

手帕，也称手巾、手巾帕、手绢，是20世纪七八十年代，每个少年的必备品。母亲总会用别针在孩子的袖口或者肩上别上一块粗布做的方方的手帕，用来为孩子擦口水或擤鼻涕。每天晚上，母亲都会把它洗得干干净净，第二天起床时再给孩子别上。待孩子长大一些后，手帕就从孩子的袖口或肩上转移到衣服或裤子包包里，手帕也由孩子自己洗。直到上了小学，才彻底告别了那块方方止止的小小手帕。就这么一块方正正的手帕，却珍藏着孩子们童年时光所有的欢乐。

说到丢手帕的游戏，就不得不说一下《丢手绢》这首大家耳熟能详的经典儿歌。《丢手绢》是我国著名幼儿工作者鲍侃1941年在延安保育院工作期间，为孩子们创作的一首儿歌。1948年，我国著名音乐家、作曲家、文化工作者关鹤岩为《丢手绢》谱曲。这首儿歌经关鹤年谱曲后，传唱至今。这首陪伴了无数人童年时光的歌曲，旋律优美自然，朗朗上口，使得丢手帕这一游戏在信息技术发达的今天依然流行。如今幼儿园的小朋友们边哼着这首歌儿边玩着游戏，不亦乐乎！凉山当地的孩子们在玩丢手帕的游戏时，唱的时候把歌名改为了《丢手帕》。

丢手帕游戏有以下一些规则：丢手帕的人要将手帕丢在围成圈的一个人员身后的正方向，并且不能得丢太远；丢手帕的人不能离围蹲人员的圈太远；丢手帕的人不能被丢了手帕的人发现和追上抓住，否则就要到圈子中表演一个节目，表演完之后还要再次负责丢手帕。如果丢手帕的人没有被追上，并且抢占了被丢手帕的人的位置，则被丢手帕的人要负责下一轮丢手帕的任务；围圈蹲着的任何一个人员不能一直望向背后，也不能用手去摸，围圈人员不能互相提醒。

丢手帕游戏开始前，准备一块手帕，大家通过翻手心手背和划嘘嘘的方式，确定一个先丢手帕的人，其余的人围成一个大圆圈蹲下。游戏开始时，大家一起轻声地唱起《丢手帕》歌谣："丢，丢，丢手帕，轻轻地放在小朋友的后面，大家不要告诉他，快点快点捉住他，快点快点捉住他，快点快点捉住他。"并一边唱一边手拉着手，围成一个圆圈蹲下。

被确定为丢手帕的人沿着圆圈外行走

或跑步，在歌谣唱完之前，他要趁围圈人员不注意的时候，轻轻地把手帕丢在其中一人的身后正方，然后继续沿着圆圈外行走或跑步。被丢手帕的人如果发现自己身后被丢了手帕，就必须迅速捡起手帕起身追赶丢手帕的人，如丢手帕的人还未跑到被丢了手帕的人的位置蹲下之前，就被被丢了手帕的人追上并抓住，则要站在圈内的中间位置为大家表演一个节目，可唱一首歌，可学马牛羊或鸡猪狗或各种鸟叫，可讲一个故事、一个笑话等，表演完后继续负责丢手帕的任务。

如果被丢了手帕人没有追上并抓住丢手帕的人，丢手帕的人就要跑到被丢了手帕的人的位置上，被丢了手帕的人就要做下一轮丢手帕的人，游戏重新进行。如果被丢了手帕的人在歌谣唱完后仍未发现身后的手帕，且让丢手帕的人转了一圈后抓住的，除了要进圈内站在中间位置为大家表演一个节目外，还要做下一轮丢手帕的人，他的位置则由刚才丢手帕的人代替。

以上是丢手帕游戏的传统玩法，就只有一个人围着一圈人丢一块手帕。如今，有很多幼儿园或一些小学低年级的老师，为增加游戏的趣味性，能给更多的人提供游戏的机会，在传统玩法的基础上，进行了发展创新，在大家轻唱儿歌时，两三个小朋友拿不同颜色的手帕，一起丢手帕，两人丢手帕就围成两圈，三人丢手帕就围成三圈……在传统的一圈组合丢手帕游戏过程中，有一些学生往往只把手帕丢给自己的好友，这就会给课堂带来不和谐的因素，造成学生之间的不团结。多圈组合既增加了游戏的难度，又给小孩子提供了更多的游戏机会。但需要注意的是，丢手帕游戏是大家围成圆圈进行的，所以丢手帕的人和被丢手帕的人跑动时圈数不宜过多，以免孩子因跑动圈数过多而发生头晕跌倒的危险。

丢手帕游戏能有效促进幼儿身体基本动作的发展，提高大肌肉的运动机能。在游戏过程中，幼儿始终处于主体地位，并保持着身心愉悦的精神状态，这对形成幼儿乐观开朗、积极向上的性格具有积极的意义；有利于锻炼和提高孩子灵敏度及应变能力的发展，促进孩子身体的灵活性和在公共场合的表现能力，改善了孩子的人际交往。

随着时间的推移，也许很多人都已经忘记了丢手帕这个非常有趣的传统民间游戏的游戏规则。但它带给我们的许多儿时的美好回忆，我相信人们一定不会忘记。

跳　绳

　　说起跳绳，大家并不陌生，然其源自何处，始自何时，恐怕鲜为人知。跳绳运动在中国已有数千年的历史，是民间一项喜闻乐见的健身活动。跳绳原属于庭院游戏类，后发展成民间竞技运动。单人跳绳早在南北朝时即已出现，所谓"两手持绳，拂地而欲止"，即今日的单人跳绳。唐代称跳绳为"透索"。多人跳绳则迟至明代始见记录。明清时代，跳绳称之为"跳百索""绳飞"。

　　明朝的《苑署杂记》记载："跳百索：十六日，儿以一绳长丈许，两儿对牵，飞摆不定，令难以凝视，似乎百索，其实一也。群儿乘其动时，轮跳其上，以能过者为胜，否则为索所绊，听掌绳者绳击为罚。"百索之名是因绳索摆动后似百条绳在动之故，最早是孩子们在春节时兴的一种游戏。所谓"跳百索"，就是因为当绳飞转时，可以幻成千百条，顾名思义称跳绳为"绳飞"，大概是由于绳子转动，像是在空中飞动，所以得名。

　　跳绳运动在清代相当盛行。清代儿童跳百索，经常用有节奏的歌谣加以伴唱，娱乐习惯很强。据清人蕃荣陛《帝京岁时纪胜》中记录，在清代北京元宵节民间娱乐时，称跳绳为"跳百索"。济南府《府志》中载："每年孟春正月元旦，儿女以绳跳为戏，名曰'跳百索'。"清代民间也有女子跳百索活动的记载，如清代《乐陵县志·经制·风俗》载："元宵期间，

　　　　　　　　　　　　　　　　　　第四辑　娱乐谱

女子以跳绳为戏，名曰'跳百索'。"清代晚期出版的《有益游戏图说》中说："用六尺许麻绳，手执两端，使由头上回转于足下，且转且跃，以为游戏，是谓绳飞。"这里称跳绳为"绳飞"。无论从跳绳的方法上或是名称上，都有些继承与发展。因此，跳绳运动一直流传至今。

跳绳，是一人或众人在一根环摆的绳中做各种跳跃动作的运动游戏。其跳法有一人自抛绳自跳，记数论胜负。亦有两人抛绳一人跳。或单脚跳、双脚跳。还有两人用两根绳交叉而抛，一人在中间用双脚跳等。跳绳是一项简便易行的运动，不仅能够发展幼儿动作的协调能力，增大肺活量，经证明还能健脑。要想收到预期的效果，就必须考虑幼儿的心理发展水平和年龄特点。因此，跳绳已经成为现当代中小学体育课的一项重要的体育活动，深受中小学生的青睐。

跳绳是一项民间体育活动，在中小学体育课中原本就占有极其重要的地位。现在又被列为学生"体质健康"测试项目，所以各中小学已将跳绳开发为校本课程。而跳绳对跳者本身的素质——灵敏度、协调能力、力量等都有很高的要求。如果学生跳绳技术掌握得好，既能减轻各种考试的压力，又能提高其整体素质。因此，让绝大多数学生掌握跳绳的技术，使大多数学生都会跳短绳，是十分必要的。

现今社会都十分重视下一代的身体素质，特别是有一些家长，在孩子幼儿园时期就开始教其跳绳。因此，就出现了在小学里一个班学生跳绳水平参差不齐的状况：好的能连跳几百个不停，差的一个也跳不起来。因此，幼儿园的老师在教孩子跳绳时，一定要了解孩子们容易犯的错误，并对症下药，帮助孩子改正，让其掌握跳绳的要领和技巧。

手摇绳的错误：有的学生摇绳时会将手内旋，或摇绳不连贯，或所用力量不均匀，从而造成摇绳间断。解决办法是一手并抓两绳头，一只手一只手地练习。老师可手把手——握着学生抓绳头的手一块摇，帮助学生找到感觉，熟悉绳性。但要注意必须散开，以免被甩起来的绳子打到。

脚跳跃方面，初学跳绳的学生应以双脚并跳为佳。练习时请一个跳绳节奏较好的学生在中间摇绳跳，其他学生站在四周徒手模仿跟跳，练习并脚跳节奏。练习时要求学生紧盯跳绳，以找到感觉。还可以以一帮一，即一个会跳的学生带一个不会跳的学生一块跳。

手、脚配合的错误：手快脚慢，手慢脚快，手、脚配合不够协调，是学生最易犯的错误。针对此错误的解决办法有：单人跳空绳——学生左右手各持一绳，双手同时甩，双脚并跳；集体跳空绳——两个学生在场中间甩长绳，其他学生看绳双脚并跳。此方法比单人跳空绳效果好，十几个学生同时跳起落下，容易让学生掌握节奏；通过摇绳、跳跃的强化训练，让学生自己持绳，甩过头顶落地后停顿一拍，然后双脚轻跳过绳，同时双手将绳后拉。一个能熟练跳过后，连着跳两个，然后逐个增加。这种方法针对节奏感较差的学生效果较好，但易出现摇绳动作变形的现象。

变幻不同的花样可以不断激发学生的活动欲望和参与意识，提高学生的竞争力、组织能力和交往能力，发挥学生的创造力和主观能动性，进而促进学生对绳性的掌握。跳绳有哪些花样呢？单跳，单跳有正跳、反跳、正反穿花跳、侧甩加正反跳、单腿跳、车轮跳、跨步跳、车水跳、双飞、交叉腿跳、水平甩绳跳等；双人跳，双人面对面同时跳，一人甩绳一人跳进，两人各持一绳头同时跳、两人各持一绳头一人跳等；三人跳，两人甩一人跳、两人各持一绳头甩三人同时跳、一人甩绳另两人一前一后三人同时跳等；多人跳，甩长绳跳加人跳、穿花跳、接力跳、童谣跳、游戏跳等；水平甩绳圆圈跳，围成一

第四辑 娱乐谱

个圆圈，一人站中间，将绳水平甩动跳过；纵队障碍跳，一路纵队，两人各持一绳头，从前向后拉绳，一一跳过。要想提高跳绳水平，必须要花费大量的精力，付出艰辛的努力。

　　我国很多民间传统体育娱乐项目具有简单易行、强身健体、自娱娱人的功效。从这种意义上说，跳绳运动项目应该得到更多的重视和提倡，它必将大大有益于我国国民的身心健康。

老鹰捉小鸡

　　老鹰捉小鸡，是20世纪八九十年代流行于故乡凉山的一种多人参加的益智娱乐游戏。这种游戏至少需要三个以上的人才能玩，一人当"母鸡"，一人当"老鹰"，其余的当"小鸡"。小鸡依次在母鸡身后牵着衣襟排成一列，老鹰站在母鸡对面，做出捉小鸡姿势。游戏开始时，老鹰叫着做赶鸡动作，小鸡做惊恐状，母鸡则极力保护身后的小鸡。老鹰再叫着转着圈去捉小鸡，众小鸡则在母鸡身后左躲右闪。这种游戏对发展孩子的灵敏性和协调能力，培养孩子的合作练习、合作意识有一定的促进作用。

　　玩老鹰捉小鸡游戏的场地没什么讲究，在户外或室内只要一块七八平方米的空间均可。一群小伙伴选好一块场地，通过翻手心手背和划嘘嘘的方式，确定一人当老鹰，一人当母鸡，其余的人当小鸡。"老鹰"站在"母鸡"的正前方，"小鸡"依次在"母鸡"身后相互牵着衣襟排成一列。在整个游戏过程中规定，"老鹰"不允许推、拉"母鸡"，只能跑动避开"母鸡"。如果抓到"母鸡"身后的"小鸡"，即为一次游戏结束。"母鸡"可以抓、拽、推、抱"老鹰"，张开双臂跑，尽量拦挡住"老鹰"。"母鸡"在拦挡"老鹰"的同时，可以大声喊着老鹰从哪边过来了等话语，提醒自己身后的"小鸡"。

　　"母鸡"为防止"老鹰"的捕捉，身体可以左右移动，在"母鸡"身体左右移动的同时，其身后的小鸡们也随着以相同方向来转动。如果"老鹰"突破了"母鸡"的防线，快要抓住最后面的小鸡时，小鸡要立即蹲下，双手捂住耳朵，这样老鹰就得重新站到"母鸡"的前面，游戏重新开始。还有就是若"老鹰"抓住了某只"小鸡"时，其他"小鸡"散开，即为一次游戏结束。下一次游戏开始时，被抓住的"小鸡"就要做"老鹰"，原来的"老鹰"排在"母鸡"后，原排尾倒数第二的"小鸡"排在原"老鹰"之后。

　　玩老鹰捉小鸡时，游戏规则好像不是那么重要，不用熟读条框，更不用阅读游戏说明，但规则在孩子的心中，有着无比重要的分量，没有人去违规，大家在一个简单的世界，用简单的方式，一轮一轮地玩着。游戏中的老鹰被赋予了最强大的权威，为躲母鸡，它左兜圈、右兜圈，跑大弯、急掉头，可以用尽任何办法，只要用手抓到了小鸡就是赢了，没有裁判，却总是会得到最公正的结果。被抓到的"小鸡"也会自觉地站在旁边，等待下一轮上场。

　　在这个游戏中，只要玩下去，胜利一方必属于老鹰无疑，因为主动权完全掌握在老鹰手中。母鸡除了可以防守，毫无进攻的可能。这倒也符合事实。但这个游戏还有一个重要规则，那就是老鹰不可侵犯母鸡，这才使得母鸡对小鸡的护卫成为可能。攻守双方来回跑动，能起到锻炼身体的作用；同时小鸡崽们齐力躲避老鹰的追击，也能培养大家的团结互助意识；当

"母鸡"还能够锻炼孩子的责任感。

在那个年代学校的体育课上，最令人难忘的，就是一群小伙伴，在体育老师的微笑默许下，酣畅淋漓地玩一会热闹非凡的"老鹰捉小鸡"。当然，有时体育老师与学生在操场上，也玩老鹰捉小鸡的游戏。一般是老师扮演"老鹰"，选出一名个子高大、身强力壮的学生扮演"母鸡"，其他学生扮演小鸡。兴许是老师的加入，使那些"小鸡"们首先就输了气势，一旦这个加强版的游戏开始，就能看到操场上几十只"小鸡"惊叫着四处乱跑，把那只"母鸡"孤零零地晾在操场中间，无奈地看着"小鸡"被一只只抓回来。那场景，简直可以用"秋风扫落叶"来形容。老鹰捉小鸡时，众小鸡围绕母鸡转，受其保护，此游戏气氛活跃紧张，生动有趣。

在多次的游戏过程和实践中，我们会不断地总结，要当好一只"老鹰"，需要矫健快捷的身手，能在极短的时间内发现行动最迟缓、动作最慢的"小鸡"，随后以迅雷不及掩耳之势，以假动作虚晃一枪，骗得面前的"母鸡"失去重心，后面的"小鸡"们出现短暂的慌乱。最后，"老鹰"猛地扑向目标，一举功成！

童年总是在欢笑与快乐中流逝，人总是在追求和发展中长大。人到了中年，总忍不住回想童年时所玩过的各种游戏，回想起游戏中的乐趣。那时的生活简单、朴实，那时的时光平凡、快乐。那时在院坝中或学校操场上玩老鹰捉小鸡的游戏场景，总会时不时地浮现在我眼前。

［ 附　录 ］

平常心出大散文

——青年作家符号散文集《乡土物语》赏析

许雯丽

读了贵州青年作家符号近期创作的"稼穑记""匠人志""习俗册"和"娱乐谱"四组乡土系列散文集《乡土物语》后，甚感欣慰。作家在散文中，通过对故乡稼穑、工匠、习俗、娱乐等风土人情的记叙与描写，表现了作家对故土真挚而浓烈的情怀与眷恋。

文如其人，一个作家的价值观决定了其作品的境界与品味。阅读中，让人惊喜地看到，在《乡土物语》中，作家符号找回了庄稼人的尊严；找回了天地人同频共振的默契；找回了土地本来的样子。《乡土物语》里的土地，干净、多情、妩媚、守时、厚道、博爱、灵性。在"稼穑记"中，读者看到了天人合一的默契与地域特色；在"匠人志"中，读者看到了匠人的崇高与卑微；在"习俗册"中，读者感受到了薪火相传的责任与艰辛；在"娱乐谱"中，读者看到了生命的蓬勃与成长的苦涩。

作家符号从文学、历史、哲学、审美、科学的角度，立体地审视伴随他成长的村庄，让散文突破二维空间的束缚，超越了诉苦申冤的生存重压，在描写中依赖经验又突破经验，自由引用民间谚语，运用生动的修辞手法，亲切自然的语言表

现力，如工笔画的细节描写，让散文集《乡土物语》如天籁之
音：读者不仅能听到作家灵魂深处敬畏自然之声，还能听到一
片叶子的唤人之音。读了符号的散文，我发现：天地间最美的
东西，不是物，而是心。

人命关天说稼穑

在这个以逃离稼穑为荣的时代，读了作家符号《乡土物
语》中"稼穑记"这组散文，我真想高举一碗烈酒，跪在多情
的土地上，祭拜皇天后土，重复汉高祖"王者以民为天，民以
食为天"的箴言。散文的魅力，就在于它像春风，能唤醒在冬
季休眠的生灵。

俗话说："人是铁，饭是钢，一顿不吃饿得慌。"笔者常听
前辈们讲饥饿的故事，太多，太多，有的人饿得皮胖脸肿倒地身
亡，有的人吃树皮、草根，有的人吃白泥……因此，我很敬畏天
地，敬畏庄稼人，敬畏谷神，对描写稼穑的作家更是尊敬。

读了符号的散文，惊呼：稼穑，不仅需要千年祖先积累的
农耕智慧，还需要天人合一的科学精神。符号的先辈在清朝年
间从江西带着先进的农耕文明，迁徙到了贵州水城凉山，改变
了当地原始的刀耕火种。如今，符号用审美、文学、科学的视
野，诠释和记录了农耕文明的精髓，让即将失传的耕读文化薪
火相传。土地，庄稼，信仰，生命，在符号的散文中纠结着，
展示着，在漫不经心的描写中，让读者感到作家符号竭力用忧
国忧民的情怀，托举着即将坍塌的农耕文明。

符号在散文《苞谷》中写道：

"母亲说，当冬瓜树叶长到每片能包得住三颗苞谷米
时，就表示栽苞谷的时间到了。"

一片无声的冬瓜树叶，就这样温柔地告诉人们种苞谷的时间，不需要烦琐的规章制度，就能让庄稼人自觉稼穑，在"晨兴理荒秽，带月荷锄归"的岁月中与天地同行。这是冬瓜树叶有灵性，还是庄稼人有灵性？文如闪电，符号的散文一扫文浮章躁之尘埃，让清新务实之文风吹进文坛，荡涤萎靡之浊气。符号的散文，没有刻意雕琢之痕迹，而是用真挚的思乡情感应着天地的自然法则，直抒胸臆，才思泉涌。符号的散文，美在自然、素雅、深邃、智慧、真情。在我们已经忘记了天地自然之美的时候，符号用散文，将迷失在碎片中得意忘形的眼睛，拉回到天地人和谐共存的大美境界之中。

　　符号在稼穑散记中所描写的物候之美，像一把尺子，测量着人类真正的智商和情商。

　　符号从自己家乡凉山的稼穑中总结出农作物的生长规律，耐心地记录下来，是一位有智商又有情商的作家。符号怕有无畏者说："违背大自然规律怕什么！"又苦口婆心地补充道：如果违背自然规律，就像在水里去砍树，到山上去抓鱼，劳而无获，因此，耕种需要遵循二十四节气。先祖以黄河流域气候、物候为依据建立的二十四节气只是基本准则，因为中国地大物博，不同地域的物候又是不同的，所以不能教条照搬。符号在"稼穑记"的开篇《农耕乃衣食之源》中写道：

　　　"农耕乃衣食之源，人类文明之根。农耕文化是世界上最早的文化之一，也是对人类影响最大的文化之一。农业是人与自然交互作用的产物，具有强烈的地域环境依赖性。因此，农业生产必须遵循大自然和农作物生长发育的规律，协调外部环境与生物有机体之间的矛盾。如果违反自然规律，就像'入泉伐木，登山求鱼'一样，劳而无

获。'天地人'三者的有机协调，是农业生产事半功倍的
先决条件和必要条件。"

符号从北方的物候说到南方的物候，从贵阳的物候说到水
城凉山的物候，然后带着读者慢慢走进他的故乡凉山。每一个
地方的物候都是不同的，这就是要遵循孔子说的因地制宜，不
能一刀切。

符号家乡凉山的过去，是土墙茅草屋的村寨，三五家聚在
一起，沿山势走向绵延十余里。家乡人大多是在清朝从浙江、
江西一带迁徙而来，两百年来和睦相处，耕种至今。他们遵循
大自然的规律，世世代代在凉山村种苞谷、洋芋、荞子、豆
子、麦子。

符号的散文很美，是因为他描写的物候很美，苞谷、豆
子、荞子从播种、发芽、开花、结果，都是很温柔地顺应节
气，顺应天地的运行规律，不需要用叛逆来彰显个性，叛逆
了，人就得饿死。洋芋不能在冬天大喊大叫，荞子不能在春天
出风头，一切都是悄无声息地在自己的时节开花结果。

符号在散文《苞谷》中的物候像音乐的旋律一样舒展优美：

"谷雨前后，种瓜种豆；清明撒早荞，谷雨撒早秧；
勤人要听懒人哄，刺檬开花好下种。"

字里行间充满了人与物候诚信相约之美，不迟到，不早
退，一切都听从天地节气的安排。怎样耕种，这是智慧与学
问。在散文《洋芋》中符号写道："二月惊蛰前后十天是栽洋
芋的最佳时节，惊蛰一犁土，春分地气通。"惊蛰到了，就要
开始种洋芋。在写物候的过程中，符号用了大量的民间谚语，
以渲染浓郁的地域特色："抢种如赶考，抢手如抢宝。""清

明断雪，谷雨断霜。"现代人，只跟着小小的钟表走，整天叫喊疲惫，而庄稼人却要跟着太阳走，跟着月亮行，庄稼人不用看村干部的脸色，而要看天地节气的脸色，否则庄稼无收，猪肉涨价，闹饥荒饿死人。错过节气，就等于错过粮食，错过粮食，就等于错过生命。真正的庄稼人，为什么要厚道，要讲诚信？这是感应物候之德。稼穑失信，就要挨饿。

老百姓常说，天大由天。这反映了民间对天地自然的敬畏与对物候的信守。现在很多人不知道什么叫物候。其实，在符号散文中，他已经通过很多的谚语以及耕种的时节来解释了物候之美。

"稼穑记"像一本教科书，值得人们品读，从中认识到稼穑的快乐与艰辛。

"稼穑记"中的自然之美，如清泉出山。假若人类把美局限在胭脂口红上，那审美已经彻底坍塌。天地是从不需要化装的，植物却用修善的花朵来装饰它。音乐、舞蹈之美，起源于稼穑和狩猎。

作家符号在散文中描写的很多稼穑场面，在我眼前竟然像舞蹈一般优美浮现：

> "播种大豆的时候，掌心捏着大豆种子，五指和大鱼际紧握住薅刀把，挖一小薅刀稍松五指，让大豆从指缝间落下五六颗，再盖上一小薅刀泥巴即可：荞盖深，麦盖浅，大豆只盖半边脸。"

散文中像这样精耕细作的描写贯穿全文，简直就是一部耕种的百科全书，既是文学的，也是科学的。从历史、哲学、文化、地域、父辈以及自身的耕种经验来写稼穑，语言质朴。

种苞谷和花豆，用的是农家肥，就是草粪。这抬粪与丢粪都是有道规的："种洋芋是先丢种子后丢粪，种苞谷和花豆，是先丢粪后丢种子。种子播下后，要用泥土盖上，若是泥土盖浅了，会被太阳晒干变成哑种子，若盖深了，种子发霉。"这些耕种的学问在书本上是学不到的，都是口传身教。

"稼穑记"中的和谐之美，就如大自然中的春夏秋冬、日升月落。稼，为耕种，穑，为收割。在符号散文中，稼穑就是一首天地人的和谐之乐曲，人们在鸟语中知道天地之节气，人顺应节气收割。

在符号的散文中，让我看到稼穑知识，如星空之浩繁，如大地之广博，书本知识如冰山一角。稼穑，鸟语就是最好的导师。在散文《苞谷》中，鸟通天地节气，庄稼人又通鸟语，人与万物沟通，所有的生灵相依相伴，不可分割：

"相传远古时蜀国国王杜宇很爱他的百姓，禅位后隐居修道，死了便化为子规鸟，凉山人称为'苞谷雀'，即布谷鸟。每当春季就飞来唤醒老百姓快快布谷，催人播种。……伴着花香，那一声声从山冈上传来的苞谷——苞谷——苞谷的布谷鸟的叫声，催人们赶快下种。清脆悦耳的布谷鸟声、犁牛的吆喝声、锄头镰刀劳作的叮当声、人们的谈笑声此起彼伏，组成了一曲曲悦耳动听的山乡耕作交响曲，令人心旷神怡，催人奋进。"

天地人鸟，在作家的笔下，和谐出一种力量之美。好像连鸟儿也知道人生哲学：

"说到布谷鸟的叫声，想起小时候夏天在故乡凉山听到的一种鸟叫声，很有是非观，很有教育意义。这种鸟叫的是：'勤快穿多少，懒的光屌屌'——'勤快穿多少，懒的光屁屁'，就这样重复着鸣叫，一次要鸣叫五六遍，且叫声的声速由慢到快，音量由底到高。小满和芒种，苞谷幼苗长到三四寸高了，布谷鸟就发出了'薅苞谷——薅苞谷'的叫声，提醒人们就要薅头道苞谷、大豆及洋芋等农作物了。这个节气要整理秧地，如整理移栽大秧（叶子烟秧）地、辣子秧地、酥麻秧地、毛稗秧地等。谚语云：'苞谷薅得嫩，强如放道粪。'意思是苞谷薅得越早越好。当苞谷的幼苗长到有三片叶子的时候，就可以薅头道苞谷了。这时在每株苞谷幼苗顶端的叶心处都会托着一颗小水珠，在阳光下晶莹剔透，可爱极了。这让我想起了母亲常说的一句话：'有一棵秧苗，就有一颗露水。'"

从散文中让人感觉到，真正的庄稼人，灵气，大智若愚，感应天地节气，与鸟儿心有灵犀。想想现在读古人装在书里的知识都较困难的现代人，灵气已经荡然无存，还骄傲自大，目空一切。符号在文中写道："若一个农民不会种这些农作物，他就不是一个地地道道的农民，不是一个称职的庄稼人。"

从字里行间可以看出，作家符号不仅从小参加稼穑，而且对农事非常用心。符号小时候跟着大人学会了许多农活，如犁地、薅苞谷、撕苞谷、挖洋芋、割苞谷草等，都做得得心应手，做得荡气回肠，做成一个能写出大散文的作家。即使后来参加工作后，符号也利用周末和节假日回家帮助父母干农活，在暑假期间挖洋芋时，因久不下雨土地硬板，曾挖断过三四把薅刀把。

种庄稼要应节气，收割也是要应节气的。杰出的作品一定应了杰出的人生经历。稼穑，不仅仅是为了生计，还修炼性格。

如果说，符号将耕种描写得如一部和谐交响乐，需要天地人鸟合作，那收割就如勇士攻城，早一步或者晚一步，都将会前功尽弃。

> "立秋过后，随着布谷鸟'苞谷快熟——覀逗小娃哭——苞谷快熟——覀逗小娃哭'的鸣叫声，就接近了七月半。谚语云：'六月半出一半，七月半熟一半，八月半收一半。'"

符号在文中写出了家乡耕种的苞谷，不仅仅是在于庄稼人的控制，更是受天时地域的影响，从栽苞谷到成熟到收割，包含了"谋事在人，成事在天"的哲学含义。

> "海拔较低的河谷坝子中，苞谷成熟收完了，凉山的苞谷还没成熟。虽说故乡凉山的苞谷栽得早、熟得晚，生长周期长，但苞谷品质和所含营养，相对来说要比低海拔生长周期短的苞谷好。不论是什么农作物，只要生长周期长，它吸收的阳光雨露和日月精华相对来说都要多一些，其品质和营养价值就要高得多，这是自然而然的道理。因此，在二十四节气中，即使是同一个地区，因海拔高度不同，农事活动各异。"

庄稼的成熟受地域的影响，蕴含了因地制宜的道理。尽管现在有大棚稼穑，但人们在购买蔬菜的时候，总是喜欢问商家："这菜是大棚种的还是露天种的？"商家往往是顺嘴打哇哇说露天种的。

传统稼穑辛苦，但苦中有健康啊。

符号在散文《荞子》中写道：

> "种苦荞一般是一头牛、三个人。一人打犁沟，一人用撮箕抬拌好的山粪和荞种倒在丢荞种的撮箕里，一人丢拌好的苦荞种。打一沟犁沟丢一沟荞种，犁过去是打犁

沟，犁回来既是盖荞种，又是打犁沟。第一铧是犁沟，从第二铧起，每一铧既是盖又是沟。犁沟打完荞种盖完，这叫作赶牛栽。若没有牛，怎么栽？"

在传统稼穑中，需要合作，人与人、人与牛的合作，展示着一种力量之美，包容之美。符号在文中用稼穑般的修养与耐力，将种荞子的细节描写到极致，让人就像在欣赏一幅工笔画。

在写收割荞子，更是力透纸背，平常中见神奇：

"到了立秋时节，苦荞的叶子落尽，开始收割回家，用一根约三尺长的木棒捶打脱粒。一人捶打，左右手各拿一根木棒，左右开弓，不停捶打。若是两人捶打，就各持一根木棒，面对面地站着，你一棒，我一棒，此起彼落地打在苦荞上，让苦荞脱粒，苦荞颗粒呈"三棱"圆润状，呈黑褐色。

"棒打结束，用镰刀捞开荞草，两个人面对面地站着，并同时拿着一把边长为一米左右长的正方形浪筛，另一个人用撮箕将荞渣和荞子撮进正方形浪筛。手持正方形浪筛的那两个人，便我推你拉，你拉我推，来回如是。荞渣和荞子在正方形浪筛里不停地跳跃、翻滚、滚爬，筛下来的是荞子和荞糠，剩在正方形浪筛里的是荞渣。最后，把荞糠和荞子一起背回家，放在平簸箕里一边上下颠簸，一边用嘴对着簸箕里面吹，扬去荞糠、秕荞和尘土，剩下的就是颗粒饱满的苦荞了。用口袋装好背回家放好，待太阳好的时候，放在敞坝或大簸箕里晒干收装好即可。"

劳动需要合作，凝聚人心。如果作家没有亲自参加收割，不管怎么苦思冥想，是一个字也写不出来的。因此，写作本身是毫无价值的，只有当写作成为记录人类的思想、情感、经验、科学，才有写作的价值。

写作中，文字就像一支画笔，如果画笔很昂贵，装饰着珠宝，却画不出一幅温暖心灵的画，那这支笔是毫无价值的。

符号在《荞子》中写稼穑艰辛入木三分，让我感到浪费粮食的确是一种罪恶。

苦荞虽苦，但收割的时候较轻松。苦荞收完，就开始种甜荞。甜荞虽甜，却是成熟在寒冷的冬季，收割的时候，异常辛苦。这两种农作物苦中有甜，甜中有苦，充满了哲学意味。

"割甜荞就没有割苦荞那么容易了，因是冬天，再加上海拔高，故乡凉山就更加寒冷了。割甜荞时，割满一把就放一把在地上堆着，五六把放一堆刚好够捆成一捆。还没割上几把，双手就被冷风寒霜冻得发青发紫发痛，人们冷得嘴里不停地"嘿哈嘿哈"地呼出热气。割一气就要站起来，将右手上的镰刀夹在左胳肢窝下，双手十指并拢向内弯曲抬起伸到嘴边蒙住整个嘴巴，用从嘴里呼出的热气为冻得发青发紫发痛麻木的双手取暖。就这样，割一气，让双手取暖一气，让双手取暖一气，又割一气。直到冬阳慢慢升起后，才稍微暖和一点，割荞子的速度才逐渐快起来。待割完荞子后，回头用茅草扭成的草绕子捆在荞杆上部的三分之一处，将五六把放一堆的荞子捆成一个个荞捆，捆好后收到地坎边，用草扦背回家。"

文中的肖像描写很生动，让读者身临其境，感觉自己的手也被寒冷刺痛。发青、发紫、发痛的双手，在有颜色、有知觉的特写中，终于感到粒粒皆辛苦的内涵。只有疼痛，才会为过去的浪费深深地自责后悔，这就是大散文的魅力所在，在视觉与感官的特色渲染中，引发人们去思考。

卯眼虽小藏乾坤

"先生倒好学，难吹弯弯角，木匠倒好学，难打望天凿。"这是作家符号不经意的一笔，竟蕴含了惊人的普遍哲学命题。

在常人看来，工匠俗语太过时、太陈旧、太没用了，符号却用与众不同的眼力，发现其无价。天地间，一切美好的东西都躲藏在平常之中，这是因为美好的东西太少，而人类的贪欲太多的缘故：美玉蕴于趺砆，智者混迹于俗世，雷电藏于虚空，山珍淹没于杂草，七色阳光隐于无色，好女人屏蔽于凡眼，一位真正的作家，是在生活的磨砺中成长的，作品的价值更是出其不意。

作家符号回归了散文是用来记录生活的初衷，摒弃华丽辞藻掩盖的空虚，再现了如稻谷一样成熟与饱满的凉山民间生活习俗，为迷茫的生活梳理出一种回归的标识。符号散文的返璞归真，是从鸡鸣狗吠、油盐柴米的平常中得来；散文中的快乐幸福，都是从辛苦中得来；散文中的生机盎然，都是从好脾气的修炼中得来；散文中的落后残忍，是从智慧与反思中得来。

符号的散文以叙事为主，纪实而又哲理的文风折射出作家务实的生活态度与深度思考力。

符号在工作之余写出有质量的作品，我一点也不感到吃惊，因为从他平时的为人处世、人生观、价值观就能判断，他作品的问世，是水到渠成、瓜熟蒂落的事。当然，也是水城县伯乐独具慧眼与对文化重视的结果。符号在创作中不急不躁，且在生活中磨炼自己，固本索源。本，是树根，有根深，才有叶茂。反之，有的年轻人为了急着出名，忽略基本功的训练，急于求成，搞花架子，文章就像还没成熟的葡萄，急售，酸涩害人。要不就像放鞭炮，噼噼啪啪炒作几下，没几天就熄火，经不起时间的考验。不积跬步无以至千里，符号一步一个脚印，自觉接受生活的磨砺，让他的散文成为融思想、艺术、科学、审美、哲思且富有凉山地域特色的作品。

符号的"匠人志"这组散文取材于故乡凉山的本土素材，描写生动、议论简洁，记叙行云流水，手法上不留技巧痕迹，文理即是事理，天然自成，令人惊叹。文风大气如鲲鹏俯视山川，精细如叶脉吸天地之精华，在生动形象、胸有成竹的散文创作中，表现出蛰伏许久、厚积薄发的气势。

符号散文中的工匠是智慧的，同时又是残忍的。符号散文中的传统民居，都是榫卯结构盖成的人字房。如今，这样的房屋越来越少，因为用榫头卯眼盖房子的工艺濒临失传。

符号用一个作家的良知与历史责任感，放下媚俗的创作，用心记录即将消失的工艺。这样的责任感虽然如一个小小的卯眼，却能撑起如房梁一样的民族精神。别小看一个小小的卯眼，它能将一堆散乱的木材塑造成为诗情画意的楼台亭阁，构筑精神的殿堂。符号散文中的木匠都是在家里做工，假如在客户眼皮底下木工做得不好，马上就被发现，所以传统的木匠技艺必须精湛、品德必须高尚，盖一栋人字形木房子，要一年半载。卯眼，是房屋或家具的心脏，依靠卯眼盖出的房屋，几百年不倒，用一辈子都不会摇晃，可以当传家宝几代人享用。相反，很多现代家具不再用传统的榫头做卯眼，而是用钉子将几块木片钉在一起就行了，一两天就可以做完一套家具，用几个月就摇晃起来，一搬家就散架了，苦不堪言。就像现在的爱情，依靠钉子一样的物质、金钱维持，遇到一点风吹草动，就散伙。榫卯做的桌椅可不一般。我有一把用传统工艺榫头卯眼做的椅子，油漆脱落露出了木纹，搬了几次家，别人都劝我扔了，但我仍留着，因为坐在传统工艺的椅子上安全可靠，心灵安静，不用担心散架，还能欣赏榫卯的传统工艺。

如今读到作家符号的"匠人志"，倍感亲切，同时感到文脉被传承的欣慰。

符号在散文《木匠》中写道：

"弹、修、锯、铲、凿、刨是木匠的基本功，木头扣接处不用钉子钉，而是用凿子雕凿凹槽榫眼和凸起榫头。俗话说：'先生倒好学难吹弯弯角，木匠倒好学难打望天凿。'雕凿榫头、榫眼是木匠活最考手艺水平的地方。木头能否承重，会不会变形，屋架会不会倾斜垮塌，主要就是看木头扣接处的榫眼榫头是否严丝合缝，是否坚实粗壮。这些对四伯来说，都是心中有数的，他做起来均是得心应手，心想事成。"

木匠四伯心中有数，是因为卯眼打得好，作家在看似平常的描写，却蕴含了哲学的内涵。木匠活要做得好，主要是抓住了弯弯角这个主要矛盾，卯眼决定了屋架的稳定，就如同道德决定着社会的稳定。没有诚信的社会道德意识，社会经济的发展就会停滞不前；历史上的江淹因为忽略了苦练写作基本功的主要矛盾，依靠模仿几篇文章就当上作家，不久便江郎才尽；老师如果不抓住塑造学生的灵魂的主要矛盾，盲目题海战术，教育出来的学生到了社会就"难吹弯弯角"；当官如果忽略民生的主要矛盾，就像当木匠不会打卯眼，想当好一名吹好弯弯角的官就难了。冰冷的哲学问题，在符号的散文中充满了温暖的人间烟火气息。

读到符号散文中这些民间经典句，让人浮想联翩。作家能用一种思想点燃另一种思想，这就是经典的散文。

作家符号在散文创作中，从不回避"弯弯角"，把只有木匠本身才懂的科学元素也写得令人惊叹：

> "四伯用墨斗弹墨线，用斧头把鼓凸出来的部分节疤砍劈刨除掉，将弯曲处砍直，把木头做成立房子所需要的中柱、二柱、三柱、四柱、檐柱、大川、二川，地脚用石窝儿代替，而在木头的两头，有的要刨凿成榫头，有的要用刨凿成榫眼，有的要用刨凿成榫眼凹槽。待四伯将整栋房子所需要的中柱、二柱、三柱、四柱共18根柱子，以及檐柱和两匹大川、二川制作好后，就只待黄道吉日立房子了……"

看到这里，作家叙事的功夫就不再说了。

文中四伯手中的墨斗是用来弹墨线的，弹出的墨线又细又直。这线又蕴含了人生哲学：木匠手中的墨线引申为生活中的规则和法度，有了规则和标准，才能做成房架、桌子、凳子，这应该就是不以规矩不成方圆的来源吧。现在很多民间的东西因失传，学生学习越来越困难。记得我在给学生讲《大学》的时候，其中有一个词叫"絜矩之道"，学生无法理解，我就画了一个木匠用的墨斗，学生一脸茫然，说从来就没有见到过墨斗。因此，符号在散文中如实记录了这些工匠所用的工具以及活动的细节，系统地保存了民间文化，是难得的民间文化财富。符号在散文中的细节描写，不仅可以看到木匠四伯的心灵手巧、技艺精湛，还能获得一种艺术的审美享受。在审美空间里，木匠建造出来的四合院最美，木窗雕花最美，这样带有科学元素的美文，就如仰望宇宙星空，俯视高山流水。

符号在写作中，能意到笔随，是因为他写自己熟悉的生活，就如智慧的四伯，在木工制作中胸有成竹，步步为营。

符号笔下的工匠是有尊严、被尊重的师傅：

> "在故乡凉山，木匠是比较受人尊重和羡慕的行业，因为他们掌握的这一项技能与家家户户的生产生活都密切相关，大到修房建屋，小到桌椅板凳，只要是用木料建造和制作，都离不开木匠。"

符号的散文，很少有空洞的抒情和无病呻吟。他不仅很有耐心地描写着"弯弯角"，难能可贵的是在散文中的反思，在反思中写出令人毛骨悚然的现状。尽管作家在散文中没有过多地议论与抒情，读者却能从中悟到很多道理。人间的很多惨状，大多与人类贪欲有关：人们为了让猪狗牛马肥胖一点，就采用残忍的手段对其进行阉割。

《骟匠》中的骟匠，走村串户，边走边敲着碗口那么一个大小的铜铛铛，便能招来割猪骟鸡的生意。

符号在文中写骟匠是这样阉割生命的：

> "用小勺子把鸡的睾丸掏出来，……割猪匠用左脚踩住猪颈子，右脚用力支撑地面，用左手在猪的下腹轻轻抚摸几下，这是在寻找下刀的位置，即寻找草猪卵巢的位置，……伴随小猪凄惨的哀号声，割猪匠用末端带有个弯钩的小钩子钩出两个像去了外壳的荔枝果一样的睾丸……"

符号在散文中虽然没有指责其残忍，但通过他形象生动的描写，真是看得我心惊肉跳，其残忍不言而喻。符号用了明太祖朱元璋的一副对联消减了这种残忍的程度："双手劈开生死路，一刀割断是非根。"这副对联，算得上是对骟匠这门手艺最形象、最贴切的诠释了。

人类能不能牺牲一点利益，让动物们、人们享受本然的生活，让一切回归自然？

作家符号散文中的工匠是崇高的，同时又是渺小的。符号的散文朴实无华，文风稳健，不急不躁，不躲躲闪闪。他在散文叙事中，好像显得很平静，波澜不惊，在拉家常似的平常中点燃读者思想的火花。

符号写木匠：

> "这些匠人不论走到哪儿，给什么人家做活路，主人家一般都是除了供他们好吃好住外，还要双方事先谈好价钱，或按计件或按计时给他们一份不菲的报酬，即所谓的工钱。只要有技术，有活儿做，既有吃不完的好饭好菜，又有一份不低的工钱。况且，这些匠人，只要手艺过硬，能吃苦耐劳，性情温和，脾气好，这家还没做好，那一家就找上门来了。"

亲切的叙事后面蕴含了"修身齐家治国平天下"的命题。这是一个成熟作家的叙事风范，没有生硬冷漠的说教，平平淡淡的语言，就蕴含着让读者大彻大悟的做人之道，将传统文化融入叙事，让人在审美阅读中感到工匠的崇高。

是的，脾气好，就是修养好，修养好，命就好。

散文中凉山村的木匠是包容的，知识丰富，视野开阔，见多识广：

> "不说别的，就在我们的家族中有一老辈子（指长辈）符丕成，算我的四伯，四伯木工手艺非凡，解放前夕，他还担任过南开乡保安联防队大队长，但他不愿当

官，辞官从艺。因此在四伯的带领下，在他的那一辈及下一辈中，就有不下十个木匠，个个木工手艺超群。他们除了种地，还会做木工活路，一年四季，他们的身影都奔波在周边乡镇的村子、寨子中，总有做不完的木工活。在故乡凉山，还有一些匠人具有多门手艺，他们既是石匠、泥水匠，又是木匠、砖瓦匠。就我的父亲来说，父亲既做过弹花匠、教书匠，又做过砖瓦匠。"

匠人们的勤劳善良，自信厚道，才是广结善缘、受人喜欢的根源。

不管在什么年代、什么时候，人的修养都是立身之本。工匠的崇高伟大，蕴含在渺小平凡之中。

符号善用简笔画的技法来做肖像描写。《解板匠》中，作家简单几笔就勾勒出解板匠的形象。在《石匠》中，石匠"在双手的手心里吐上一口唾沫，左手牢牢地握着錾子，右手拿着几斤重的手锤，顺着那画好的线一錾一錾地移动，一锤接着一锤地敲打，那石头的粉末就像白面一样纷纷扬扬地落到了石面上。风一吹，那白色的粉末就飘到了石匠的手上、衣服上、胡须上、头发上。要不了一两个小时，龚石匠全身上下就飘满了白花花的粉末。"从这可以看出作家肖像描写的功力深厚。在《篾匠》中，通过选竹子、劈竹子、晒竹子、编竹子等工序，表现出篾匠的精神。

作家符号散文中的工匠是超前的，又是落后的。历史如弯弯曲曲的河流，随着传统文化的复兴，工匠在旅游文化和经济建设中显示出了一些优势，但同时也有很多工匠手艺在当今时代消失了。

表面看工匠的工作落伍了，但工匠精神却是超前的，只要人类存在一天，务实专注的工匠精神就会薪火相传。在《铁匠》中，铁匠"索性就脱掉衣服，赤裸着上身，系上一个厚厚的皮裙，那飞溅的红红的铁屑就像长了眼睛似的，惧怕他们，纷纷绕道而行。看到铁匠铺子一锤一堵火的场景，我不由想起流传于故乡的一句话，这句话是凉山人对那些无理取闹的人说的：'你要惹就去惹那些一锤一堵火的，欺负软人不出名。'铁匠真是一锤一堵火的硬汉啊！"工匠的精神就是正直勇敢，不怕烈火烧在身上。为了练出宝剑，一锤一堵火。在现实生活中，为了能做好一件有利于老百姓的事，有时候也必须仗义执言，敢于和破坏环境、污染环境的事作斗争。因此工匠精神不会消失。《唢呐匠》《砖瓦匠》《弹花匠》不但没有消失，还更加顽强地在民间生存着。

平时，我们对消失或即将消失的民间文化扼腕叹息。如今，作家符号将民间活动的过程系统地记录下来，就不用担心消失了，等到人类哪天厌倦了钢筋、水泥、钉子，卯眼就可以在符号的书中寻找到真传。符号的散文，不仅仅表现了作家厚积薄发的写作天赋，更是对民间文化保存的一大贡献，可以作为地方教材保存。

俯仰天地话习俗

作家思想的高度决定作品的高度。生活中的符号不善言谈，但善于思考。符号观察生活的视觉是透视的、立体的。他是心明眼亮、有大胸怀的作家。他在"习俗册"中虽然写的是故乡的习俗，却以天地历法、中华历史作为大背景，把故乡的民间习俗看作是中华传统文化的一部分，宏观与微观相呼应，使散文表现出历史的厚重。

在天地及历史的长河中，生命个体渺小如朝生暮死的虫子，只有回到故乡，个体生命才显示出其价值。故乡人的生活虽不惊天动地，但却在仁义礼智信中充满生机。作家站在历史的高空，用俯视的眼光，游刃有余地将民俗节气的演变梳理得井井有条，让读者在清晰的脉络间获取解密乐趣的同时，不但知其然，而且还知其所以然。

作家符号从人们熟悉但却又陌生的"年"字开始说起。熟悉"年"字，是因为其与我们的生活息息相关。陌生，是因为我们很多人都不知道"年"这个字的文化内涵。符号在散文中写道："甲骨文和小篆，像一个人背负着成熟的谷物之状……引申为'岁'，但'年'和'岁'是有区别的。"作家很有耐心地做好宏观的铺垫，接下来就走进故乡凉山村的年俗。

符号在《故乡年俗》中，写得荡气回肠，有推磨的声音，春碓的声音，雷声、雨声、鸡鸣狗叫声，构成一首气势磅礴的交响乐：

> "我的故乡位于祖国西南，地处云贵高原黔西北乌蒙山麓水城县南开乡的一个小山村，过年是故乡一年中最隆重也是最大的一个节气。一进入腊月，过年的气息便在村庄的空气中氤氲，这种气息是从各家各户杀年猪开始的。……腊月三十这天，人们起床后，做的第一件事就是打糯米糍粑，没糯米的人家，就打糯苞谷粑粑、小米粑粑或毛稗粑粑，早餐就用蜂糖或白糖蘸现打的粑粑吃。中午随便做一顿吃了后，接着炖洗好的猪头、猪脚，杀鸡，蒸年饭等活儿。"

作家符号笔下的过年，不全是吃，而是从劳动开始。劳动不仅可开启人的智慧，还锻炼健康的体魄，这是现代人值得借鉴的。符号写道：

附录

　　　"从腊月二十四起到腊月二十七，各家各户、大人小孩都在为过年忙个不停。舂炭、推磨和舂碓算是过年时的三件苦差事。这几天要舂好够过年所烧的煤炭，制作好过年所食的豆腐和粉子面。舂炭大多是小孩们的事，挖几背黄泥巴背回来，将黄泥巴和煤按一定比例配好，用水把配好的黄泥巴和煤充分地搅拌在一起，再用舂煤杆杆反复舂，直到黄泥巴和煤完全融为一体，有黏性，即舂糯了，用薅刀挖起来会自然而然滑下去，一点也不沾在薅刀上才行。推磨主要是推豆腐，一人添磨，用小瓢舀上适量经水浸泡涨的大豆往磨眼里放，添磨的人眼要看得准，手要放得快，否则手随时都有被旋转的磨单钩打到的可能。二至三人推磨，双手把着磨把手，步调一致，一起用力，让上扇石磨按顺时针方向转动，磨出的豆浆白白的，顺着下扇石磨流出来。在故乡，母亲用酸汤点出来的豆腐既嫩，口感又好。舂碓主要是磕粉子面和舂酥麻糖，将经水浸泡发干后的糯米粒放进碓窝，一至二人同时用脚踩碓杆，重复单调的动作，让碓杆上下着力，把糯米粒舂成粉末，再用细箩筛筛过才行。用糯米粒舂出来的糯米面称粉子面，用白糖和酥麻一起舂出的称酥麻糖。粉子面和酥麻糖是新年包糖、包疙瘩用的主要食材。"

　　后面的打扬尘、打粑粑、炖猪蹄，一家人就动手贴香火、春联和门神。开年夜饭前，要先供天地，供已故的历代祖先。吃年夜饭前要先喂狗，才能轮到人，吃完年夜饭守夜至午夜12点，就要去井里挑净水。

　　曾经有人嘲笑中国的过年就是吃，看了符号的散文，我才发现，中国人传统的过年，是从劳动开始的，还有很多文化娱乐活动：

"过年期间，对山歌成了青年男女们谈情说爱的一种最为质朴的表达方式。从正月初一至正月初三，在南开与金盆交界的钻天坡的几个山头上，人头攒动，热闹非凡。整个山上山下，有炖锅羊汤卖的，有卖小百货的，但最热闹的还是观看青年男女对山歌。每个山头都有那么七八处对山歌的场子，每个场子一般都是男女双方各三五人，双方均要根据所唱山歌的内容，一唱一和，现编现唱。若有情投意合的，唱了几天山歌后，两人就基本上确定了恋爱关系，有的就直接由男方把女方带回家，成为一家人。在青年男女们对歌时，围着观看的人比对歌的人要多出好几倍，有的还手提录音机，录下了那一首首动听动情的山歌。"

在《元宵节亮灯》中，作家写道：

"夜幕降临，父亲就带着我们去离家不远的祖坟上亮灯烧纸了。到每座祖坟前，我们首先将削好的四根竹签插入地里，然后将白纸糊的灯罩筒套在竹签上，最后将煤油灯放在灯罩的中间，点燃灯芯。因点燃的煤油灯四周有白纸糊的灯罩作阻挡，风不会将煤油灯吹灭。再加上灯罩上下是开口的，形成空气对流，煤油灯也不会因为缺氧而熄灭。离开前，我们依旧要烧纸钱、放鞭炮、叩头。一般盛满一墨水瓶煤油可以燃烧一个晚上，直到天明。"

人，不可能天生就懂得孝顺和感恩，因此，祭祀的民俗能在仪式中潜移默化地培养人感恩与孝顺的品德。在《端午习俗散记》中写到了作家老家南开乡凉山村有一个小地名叫菖蒲麻窝，因长满菖蒲而得名。作家通过对民俗的描写，表现了中华传统文化的魅力。符号散文中的民歌，简单而又朗朗上口：流行于贵州西部水城地区的民间小调《放羊歌》，歌词简单却蕴含生活的艰苦与心酸："五月放羊是端阳，菖蒲美酒兑雄黄。别人喝得昏昏醉，奴家不得半杯尝。"

还有散文《印象中秋》《故乡婚事》中很多的民间故事传说，都是作家精心挖掘、收集、整理、创作的，重现历史的厚重，表现出了民间浓郁的生活气息与人们的智慧与生活的勇气，在字里行间表现出作家的格局与胸怀，独立思考力。

符号之所以写出了乡土凉山的精气神，其思想情感植根于民俗的土壤，长期受到以忠孝、礼仪、劳动、娱乐民风民俗的熏陶结果。会有读者说，散文《寻找江南才女陈氏寄夫书》不属于民俗，我认为，这正好体现了一个村庄崇尚孝道文化的民俗。

文如其人，作文先做人。散文的精气神其实就是作家的精气神。作家在现实生活中，是一个孝顺的人，才会不知不觉地在散文中表现出相应的价值观，表现出明辨是非的智慧。

"美玉蕴于蚨砆，凡人视之，怢焉。"就是说，美好的事物总是隐藏在平凡中，凡眼视而不见。符号寻找的这封寄夫书有着深刻思想内涵。读者通过作家寻找这封家书以及父亲能背诵这封家书，看出中华孝文化对一个边远村庄的影响，夜郎并不自大，边远山村并不是文化沙漠之地，江南的一封家书成为凉山村私塾的教材，可以看出传统文化影响之深远。符号没有把书信教材看作是过时的老朽，真是独具慧眼啊！传递优秀的传统文化，才是真正的大孝子。符号寻找这封家书，其实是在寻找祖先倡导的孝悌忠信。因为人类一旦离开了孝悌忠信，便会天下大乱。

家书中有两个人物，一个是江南才女陈氏，一个是她的丈夫赵修廷。两人谁是谁非，成为了百姓心中的榜样和反面教材。若将此家书作为教材，可以培养学生正确的人生观，那就是百善孝为先。

江南才女陈氏，十六岁时嫁给赵修廷为妻。因家境贫寒，生活困难。婚后三个月，其丈夫赵修廷离家外出游学，想挣点钱养家糊口。赵修廷一路游到贵州贵阳，到谢财主家当了私塾先生。其间，恋酒迷花，称自己父母双亡，无妻小，单身一人，娶谢财主的女儿为妻，过着荣华富贵的生活，把家乡的父母扔给妻子，对整个家庭不闻不问，就连父母双亡他也不安葬，二十余年不思归家。

书信中的言辞对仗工整，语言犀利，是非明辨："贪闭月羞花之貌，忘缟素衣襟之情。衣冠中之禽兽，名教中之罪人。"

从这封家书里，让人明白了很多道理：孝悌忠信，是中国传统文化血脉延续的核心，维系着一个民族的生存繁衍以及家庭稳定，有着永恒的生命力。有了传统文化的孝悌忠信，才能有一个民族的枝繁叶茂。如果都像家书中的赵修廷，为了美色和钱财，抛家弃子，追求享乐，那么，依靠家庭维系的整个中华民族便会坍塌。

书信中句句揪心断肠："自翁姑死后，妾倍觉凄凉，或数日而不举一火，或累年而不制一衣。忍饥受寒，……昔翁姑劝妾改嫁，而烈女不事二夫，愿守断臂封发之节。……"家书中的翁姑，是公婆的意思，公婆劝她改嫁，她却以家庭为重，并没有再嫁。

这是一篇关于一个家庭、一个细胞、一个女人的小散文，很小，很小，不足挂齿。可是，又关系着一个家庭、一个社会、一个民族的问题，很大，很大，成为生死攸关的大散文。

从作家符号寻找这封家书来看，民风淳朴，不是天然的，而是几千年来传统文化熏陶的结果。字里行间，无不展示着作家的社会责任感与道德良知。"文章功夫不经世，何异丝枲缀露珠。"就是说，如果文章经不起时间的检验，不给人们以心灵的启迪，尽管文辞华丽，也不中用，就如挂在丝窠上的露珠，转眼蒸发。

符号散文除了给读者艺术、审美的享受，还有极强的教化功能。

娱乐之中开大智

有一种娱乐，致死；另一种娱乐，开智。作家符号帮助我们寻找丢失的记忆。

"纵横议论析时事，如医疗疾进药方。"就是说，文章应有社会责任感，就像高明的医生对症下药。作家符号的散文，让人惊喜之处，就是"如医疗疾进药方"。

符号的这组"娱乐谱"散文，虽然带有浓郁的凉山地域特色，但凡70后以前的中国孩子，都感受过这些传统游戏给童年带来的无穷乐趣，在游戏中不知不觉长大，不知不觉获得了智慧。

符号散文中的游戏，不需要花钱，不需要有豪华的处所，不需要别人提醒，不需要花重金上补习班，只需要巴掌大的空间或者家中的囤箩、牛圈、猪圈、麦秸垛都可游戏。《打毛蛋》中符号是这样描写的：

> "打毛蛋不像打篮球、打排球那样有规定的队员人数和固定的场所。打毛蛋不限人数，两个人可以对打，两组人也可以对打。四个六个人可以打，十个八个甚至二三十个人都可以打。打毛蛋也没有固定场所，只要有一块十余平方米平整的敞坝就可打了。……打者把毛蛋拍打在地上，待毛蛋弹跳起来，继续用手拍打，每打一下毛蛋只能接触地面一次，拍打一下算一个，边打边数数，打的

个数多的为赢方，个数少的为输方。打平抛时毛蛋弹跳得不高，难度也不大。而打翻抛时则不一样，毛蛋弹跳得要高，打者把毛蛋拍打在地上，就要立即按逆时针方向旋转一圈，在毛蛋还未落地之前，刚好拍到，旋转一圈拍打一下算一个，边打边数个数，接连如此，打得好的有上百个，甚至几百个，差的也有二三十个。每个队的队员轮番上阵，待两队的队员打完一轮，哪个队累计的总个数多，哪个队就是赢家，累计的总个数少的就输家。"

生动的描写，让人身临其境。毛蛋就是用马尾或者羊毛线缠绕成的如成人拳头般大小的"小皮球"，有弹性，一拍能弹跳一米多高，能锻炼人的协调能力，成人如果经常打毛蛋，可以降低患高血压、高血脂、高血糖等疾病的概率。儿童打毛蛋，可以让孩子心身健康。儿童在划嘘嘘的时候，不仅锻炼了手指的灵活，还刺激大脑增强记忆。

作家符号将传统游戏的细节、过程，生动准确地记录下来，可见其写作功力的深厚，同时，保证游戏不失传，可见其"如医疗疾进药方"的妙处，希望这些游戏能得到复兴。

符号的这组娱乐散文有着不露锋芒的高度，就如贵州屋脊韭菜坪，看上去平坦如草原，没有锋芒，没有险峰，但它很高很高，这种很高的品质是依靠积蓄力量磨砺而来。

在散文《打陀螺》中，符号把打陀螺的两种方法写出来，极富地域特征，唯美而细腻。透视的空间，能带给人一种入境的三维立体感受。符号在散文中是这样描写的：

"第一种方法是：左手持着陀螺尖的那一端，右手握着带有鞭子的小木棍，并将鞭子沿着陀螺上端缠绕，差不多把鞭子缠绕完后，将缠绕着鞭子的陀螺靠放在地上，左手离开陀螺，右手猛力连拉带提起木棍，陀螺在鞭子牵引力作用下，顺着鞭梢松开，滴溜溜地就在地上旋转开来。第二种方法是：把陀螺缠绕好后，就微微地弯下身子，左手正扶着陀螺，食指和中指轻轻夹着陀螺的腰间部，大拇指按着陀螺的顶端，右手握着棍子用力往侧面一拉，那陀螺很快就脱离了鞭子的束缚，掉在地上并旋转开了。刚开始旋转的陀螺趔趔趄趄的，像喝多了酒的醉汉一样，摇摇晃晃，东倒西歪，旋转还不稳定。这时需要赶紧抽打上几鞭子，随着'啪——啪——啪'声干脆利落的响声，陀螺稳稳当当地旋转起来，并发出与地面摩擦的'簌——簌——簌'声。"

符号把倒圆锥形的陀螺玩法，用生动的比喻，将打陀螺的情景描写得如此精彩，洋溢出天真烂漫的童趣和真挚的乡土情怀，表现出男孩在游戏中的驾驭能力与快乐，简直让人拍案叫绝。

如果说打陀螺的游戏充满了男孩子的阳刚之气，那拣子的游戏更多是女孩子的"专利"。参加拣子的孩子从荷包里抓出几颗子，围着场地，或蹲或坐，游戏开始。符号在文中写道：

……这里说说背子、接子的方式：七颗子摆放在手心，将七颗子全部向上抛起，然后用手背去接下落的"子"，再将手背上接着的"子"向上抛起，反过来用手心接住下落的"子"，谁接的"子"多谁就先拣子。

"拣子"的第一关——捡，把七颗"子"撒在地面上，然后捡起一颗"子"握在手中，将手中握着的这颗"子"抛起，分三次捡完地面上剩下的六颗"子"，依次捡起一颗、二颗、三颗……要求每捡一次都要把原来的

"子"握在手中，同时在捡"子"时手不能接触到其他"子"。因此，在撒七颗"子"的时候，还得掌握好力度，不要撒堆放在一处，尽可能将"子"散开些，但也不要散得太远，太远了，捡的时候难度大。特别是随着子的数量逐渐增加，撒得太散乱肯定就无法将其全部捡入手中。游戏开始了，七颗"子"摆放在手心，往地面上一撒，捡起其中一颗"子"往上一抛，利用"子"降落的同时捡起地面上的"子"，然后接住落下的"子"。拣子的数量依次由少增多，从最初的每次只捡一颗逐步增加到同时捡二颗、三颗、四颗……直至一次性将六颗全部捡玩。在这一过程中，依次捡了不准确数目的子或者接不住抛出的子都算失败。而在拣子的时候，更不能触动其他子，否则也是全盘皆输。谁先过了第一关后，就接着过第二关——背。

拣子的第二关——背，就是将地面上的七颗"子"捡起来轻轻向空中一抛，在"子"下落的过程中用手背去接住。接着过第三关——抓，就是将手背接住的"子"向空中一抛，在"子"下落的过程中，扬起手去抓，抓到几颗就算几分，最终分数为24分。这24分可以一次性完成，也可以分多次完成。假使这次你失误了，下次再轮到你的时候，上次的积分依然有效。第二关——背，那些手背宽大、手指缝隙较小或者手背翘的孩子在这一关会占很大的便宜。因为手背宽大，"子"在下落时接触的面积大，落在手背上的"子"就会多些；手指缝隙小的孩子，"子"不容易从缝隙中掉下去，自然留在手背上的"子"就多些；手背翘的孩子，落在手背上的"子"会更加稳当一些，不易滑落。

这里需要指出的是，在拣子的"三关"中，第一关是单独完成的，而第二关、第三关不是孤立的，而是由"捡""背"和"抓"组成的一系列连贯动作。因此，越是到了第三关越是不容易过关，要是前面两关有一丁点失误，后面就不可能再继续下去了。谁最先在第三关积满24分，谁就是赢家。

耐人寻味的童年拣子游戏，被作家符号描写得如此惟妙惟肖，是很少见的。文如其人，生活工作中的符号不善言谈，总是微笑不语、谦和平静的样子，这是经历了风雨后的淡定，走过了坎坷后的智慧，经过自我磨砺后的务实。这种性格表现在文中，形成了"人平不语，水平不流"的散文风格，符号的散文没有华丽的言辞，没有故弄玄虚的叫喊，在平静的叙事中，表现出的是步步惊心的游戏场景，让读者在欣赏散文的同时，更多是身临其境。

品读符号散文，是在欣赏作家豁达的人生态度，欣赏作家大智若愚的从容。文章中没有指责、没有抱怨、没有刻薄，是因为作家悲悯天下，希望用游戏去修复缺失的童年。

符号在散文中把苦果幽默成了美酒。符号善用生动的修辞、干净简练的语言，把凉山游戏讲述得幽默风趣。如把旋转不稳定的陀螺，比喻为像喝多酒的醉汉一样；把女孩拣子的动作比喻为像鸡啄米一样；用拟人手法写陀螺——一鞭子下去陀螺就会人仰马翻，要么在原处倒地，要么被抽打出去几米远就倒地，倒在地上的陀螺，就称为陀螺死了。

这些形象生动的描写，让读者过目不忘。

在《弹珠珠》的游戏中，符号这样写道：

"当然我们在尽情享受着玩游戏快乐的同时，也会承担和面对游戏带给我们的苦果。因弹珠珠要长期反复跪地摩擦，裤子膝盖处的布总是被磨破、磨烂、磨通，为此，也避免不了父母的责骂甚至拳打脚踢，棍棒交加。当然，打骂过后，母亲不得不抽出时间，用从其他不穿的衣物上剪裁下来的布料，一次次地缝补在裤子的膝盖处，经一次次的缝补，补疤叠着补疤较为厚实，当然也就耐磨多了。"

尽管符号是在写游戏的苦果，但我看到这里不禁捧腹大笑。幽默风趣是作品的兴奋点，也是作家智慧的表达。陶醉在快乐中的孩子，把裤子磨破了被打，这就是苦中有乐，乐中有苦的人生开始，在拳打脚踢、棍棒交加的细节里，让人体会到的是幽默中母爱的艰辛，孩童的天真烂漫。作家用棍棒与母亲缝补的情景对照，就是用智慧把艰难困苦化为幽默的神奇力量，让人感到一切都是那么地美好。

随着传统游戏的终结，孩子们每天背着沉重的书包，上学听课，放学有写不完的作业，这些游戏即将失传，希望在传统文化复苏的时光里再生。

符号散文中的细节描写就如同殿宇上精美绝伦的砖雕、木雕、石雕，与高大殿宇呼应成大气磅礴的气势。符号虽然是写一个凉山村的风土人情，但却通过细微折射出华夏传统文化的磅礴力量。这种力量是民族之根、精神之根、生存之根，形成了大与小的辩证统一，引起读者共鸣。

苦乐相随，大小呼应，成为符号散文哲学思想的辩证统一。正如一副对联所言："快乐每从辛苦得，便宜多从吃亏来。"是的，在世俗的眼光里，游戏耽误了时间，游戏磨破了裤子，游戏弄花了脸，实在是太吃亏了，但是，这些游戏在不知不觉中练就了人的心理健康，开启了智慧，锻炼了体魄，学会了团队合作与竞争意识，学会了礼仪与人际交往，得到了太多的好处。

作家符号的"稼穑记""匠人志""习俗册""娱乐谱"这四组乡土散文，取材于童年时故乡的风土人情，其文思纵横驰骋，描写精致准确，叙事水到渠成，具有浓郁的乡土特色。文韵根深叶茂，在山风中舒展自如，在风雨中从容不迫，在阳光下熠熠生辉，把中国乡土的传统文化巧妙地浓缩在贵州水城县南开乡凉山村以及一个人的稼穑之中，给读者再现了一个个被人们遗忘却又不能遗忘的民俗世界。民俗是植根于故土、约定俗成的传统文化，为民众所创造、传承，既不能打造，也无法抹去。民俗是人与人之间沟通的桥梁，是一个民族的精神支柱，离开民俗，生命就如一片羽毛。

符号，作为70后作家，出生水城县南开乡凉山村，在成长中受益于民间习俗的熏陶，不管成长的路如何艰辛与坎坷，但始终不放弃梦想，从一位优秀的山村教师，成长为一位读者喜爱的青年作家。现任水城县文联主席、政协委员，又是民进会员的符号，依然在繁重的工作之余，勤于笔耕，用优秀的作品回报家乡、感恩家乡父老。他的书信体小说《那些年的爱情》，以及其他散文、小说、诗歌刊载于《香港散文诗》《贵州政协报》《贵州教育报》《新都市文学》《六盘水文学》《贵州作家微刊》等，受到读者的关注。

2020年8月9日

许雯丽，笔名一朵云，中国作家协会会员，中国散文学会会员，贵州省作家协会理事，贵州省写作学会常务理事，六盘水市作家协会原主席。已出版散文集《冰冷的火焰》《冰的激情》《镇远古城天地人》《双乳峰下游贞丰》《贵州女人》《胜境凉都》，小说集《夜郎素女》《城门》《汉朝那条牂牁江》等著作，共计300余万字，作品被多家网站转载。论著《灵感与写作》被清华大学主办的中国学术期刊（光盘版）电子杂志社转载。有多部作品获国家、省、市级奖，曾荣获贵州省十佳著作人称号、六盘水市管专家称号。

后　记

　　2019年年初，应政协水城县委员会科教文卫体委员会的安排和委托，让我写一些传统文化方面的文章。从2020年庚子年初春到6月份，因新冠肺炎疫情，每天借值班的机会，经过近5个月的伏案疾书，我的乡土系列散文集《乡土物语》终于完稿了，也算给政协水城县委员会科教文卫体委员会一个交代。其实，这本书"习俗册"中的大多数文章都是之前两三年内逐步写就的。近五个月中，主要写出了"稼穑记""匠人志"和"娱乐谱"中的所有文章，"习俗册"中的《故乡婚事》《寻找〈江南才女陈氏寄夫书〉》这两篇文章，也是在这个期间写的。

　　说起这本书的创作缘由，除了受政协水城县委员会科教文卫体委员会的安排和委托外，还得要从获得诺贝尔文学奖的莫言在回答"……您的作品中什么地方打动了评委"时，曾这样说过："我的作品是中国文学，也是世界文学的一部分，我的文学表现了中国人民的生活，表现了中国独特的文化和风情。"他在《每一个作家都离不开乡土》一文中也这样说过："作家文学创作的故土情结是难以磨灭的，很多作家都是不自觉地在运用乡土文学，全世的作家几乎无一例外。"

　　文学即人学，通过人这个中介，故乡与文学之间产生了一种极为密切的关联，我国古代文学中，《诗经》有十五国风之分，《楚辞》乃楚地之文学。现代文学中，鲁迅的《故乡》《社戏》《风波》等，就将绍兴独特的风画和社会生活的风俗画有机地交织在一起，既凸显了江南水乡的特色；老舍的《茶馆》中具有浓郁的北京特色等；沈从文的没被现代文明污染的湘西世界等。就拿当代文学来说，陈忠实的《白鹿原》把陕西关中地区的地理特征、农事耕作、文化遗迹、村规民约、婚丧嫁娶、节日礼俗价值取向、情趣品性等组成幅幅独特的自然景观、人文景观和历史观等淋漓尽致地体现出来；路遥的陕北榆林清涧县乡村那平凡的世界，莫言的山东高密东北乡，贾平凹的陕西商周乡村，葛川江的吴越文化气韵，阿来的嘉绒藏区雄浑苍劲的北国边随风画，苏童香树街系列中苏州街头色随处可见，毕飞宇的苏北水乡，迟子建的冰雪北国等。可以说，每位作家的文学作品都与故乡息息相关。

常言道："树高千丈，叶落归根。""羁鸟恋旧林，池鱼思故渊。"这些就是故土情结的最佳诠释。随着年龄的增长，离开故乡越久，越会产生怀旧的情愫，总爱回忆起小时候在故乡的经历及那些人和事。故乡的一草一木、山川地理、人文风物、生产生活、风俗习惯及童年的欢乐与悲哀等景物和场景像电影一样，时不时地在脑海中闪现，在眼前呈现。加之，有很多农事劳动、劳动工具、生活用品、乡村匠人、风俗礼仪和娱乐游戏等，随着经济的发展、社会的进步，都被现代科技文明所替代了。曾经滋养我们的这些农业农耕文化、风俗礼仪文化、工匠精神和民间娱乐文化，越来越多的人都不知道了，已经到了濒临消失的边缘。我想，在大力提倡保护和发扬传统文化的当下，能将这些传统文化保存下来，是一件很有地方特色和历史意义的好事。这就是创作这本乡土系列散文的初衷。

我的这本乡土系列散文集《乡土物语》，包括了"稼穑记""匠人志""习俗册""娱乐谱"4辑40余篇文章。在写作许多篇章时，还得到了父亲符丕贤和母亲杨昌秀的帮助，特别是在写作《麻布衣裳》《叶子烟》《寻找〈江南才女陈氏寄夫书〉》《砖瓦匠》《弹花匠》等篇什，有许多内容都是来自父母口述。尤其是在我每写完一组，打印出来，请父亲帮我校对，采纳了父亲提出的许多好的意见和建议，作了进一步的充实和完善。

这四组文章陆陆续续写出来后，"稼穑记""匠人志"和"娱乐谱"中的部分文章先后分别在《贵州作家》《川东文学》《创业者》《贵州作家·微刊》《六盘水文学》《六盘水日报》选登或连载，"娱乐谱"中的文章在《六盘水日报》连载。当然，"习俗册"中的大多数文章是在前两年陆续写就的，在之前的《六盘水文学》《六盘水政协》《贵州作家·微刊》也刊登了一些。大多数在《水城文学》连载。四组文章刊登出来后，得到了部分朋友的关注。特别令人欣慰的是《乡土物语》书稿从2021年1月4日在"多彩凉都"网站连载以来，一直受到读者的关注，该网站热搜阅读量排名前十的内容全是《乡土物语》中的相关文章。

特别值得一提的是，中国作协会员、六盘水市作协原主席许雯丽女士为这四组系列散文集取名为《乡土物语》，并写了两万余字的评论——《平常心出大散文》。对许雯丽女士过高的评价，真是受之有愧啊！还有幸请到中国作家协会会员、中国散文学会会员刘燕成先生为本文集写的序——《符号的散文和散文的符号》。燕成先生写好后，没过几天，燕成先生就把刊载有在《今日兴义》报

"文化专栏"头条的《符号的散文和散文的符号》这篇序的电子版,通过微信发给我。与此同时,燕成先生建议将我之前命名的"稼穑散记""匠人散记""习俗散记"和"娱乐散记",改为"稼穑记""匠人志""习俗册"和"娱乐谱"。

感谢黄河出版传媒集团阳光出版社责任编辑林薇、胡鹏两位老师、作家许雯丽女士、作家刘燕成先生对《乡土物语》的厚爱!感谢贵州省青年版画家、六盘水市美术馆馆长、六盘水市美术家协会主席杨智麟先生和成都圣立文化传播有限公司美术编辑唐小糖女士为本书设计的精美封面、腰封和书签!感谢画家丁恩东先生为本书绘插图和为腰封画的肖像!感谢水城农民画家李洪远先生的农民画作品《丰收》作为本书的封面!感谢水城农民画家徐成贵先生的农民画作品《春采水城春绿》作为本书的书签!感谢父母及家人和文艺界人士的大力支持!这里还要特别感谢政协六盘水市水城区委员会科教文卫体委员会给我创作机会,并为编辑出版本书所付出的辛苦劳动和鼎力支持!

最后,因能力水平有限,本书还有很多不足之处,敬望能读到这本书的读者诸君批评指正,我将感激不尽!

2021年6月8日

符号于水城双水